KB195548

인생, 어떻게 살 것인가?

위대한 시인들의 사랑과 꽃과 시 ❶

인생, 어떻게 살 것인가?

서동인

 주류성

목차

계절과 삶의 기억, 꽃을 노래하다

우리에게는 세상 어디에 내놓아도 뒤지지 않을 훌륭한 문학작품이 많다. 그중에서도 가장 돋보이는 것은 시문학 작품이다. 개인 문집과 시집, 시평서라든가 그 외 다양한 기록물에 전하는 선조들의 시문학 유산은 시대를 뛰어넘어 지금의 우리에게도 큰 울림을 준다.

삼국시대로부터 고려와 조선을 거쳐 현대에 이르기까지 우리에게는 알려진 것보다 훨씬 빼어난 작품들이 많지만, 그중에서도 특히 '현대 시' 이전의 한시漢詩에 주목하는 이들이 그리 많지 않았다. 한문으로 쓴 시이니 시대에 뒤진 고리

타분한 유산일 것이라는 편견이나 잘못된 믿음으로 그간 우리의 한시들이 크게 저평가된 것도 사실이다. 그러나 그 한시라는 형식의 꺼풀을 벗겨놓고 보면, 위대한 시인들이 남긴 오래된 기록물 가운데는 그냥 버려두기엔 아까운 작품들이 너무도 많다.

그중에서도 숱한 세월을 두고, 수많은 시인과 문인들이 꽃을 노래한 시에는 우리의 삶과 인생이 녹아 있다. 그들은 꽃에 대한 단순한 감상만을 말하지 않았다. 우리네 인생의 회로애락을 섬세하게 표현하였다. 그들이 산 시대와 환경, 삶의 양식은 지금의 우리와는 다르지만, 그들이 남긴 시는 우리의 마음에 한결같이 내재하는 문제를 끊임없이 다루고 있다. 간단히 말하면 그것은 존재에 관한 물음이다. 궁극적으로는, 인생은 무엇이며 어떻게 살아야 할 것인가에 대한 문제 제기일 것이다. 시 속에 담긴 그것들을 우리는 어떻게 이해할 것이며, 거기서 어떤 깨달음을 얻을 수 있을까?

꽃은 계절이 지나가며 던져놓는 달력이다. 따로 달력이 없더라도 꽃을 보면 시간의 흐름을 알 수 있다. 이를테면 산수유가 피면 언제이고, 개나리에 이어 벚꽃이 피면 진달래가 그 모습을 알릴 차례라는 걸 알 수 있듯이 꽃이 피는 순서가 계절의 순서이다. 이처럼 정해진 절기에 꽃이 피므로 꽃을 보면 절기를 알 수 있다. 그러므로 꽃으로 보는 계절을 화력 花曆이라 해도 되리라.

바로 그 계절마다 피는 꽃과 더불어 우리의 삶도 늘 함께 해왔으므로 계절과 삶의 기억은 꽃과 분리할 수 없다. 더구나 많은 이들이 자신의 삶을 꽃으로 노래하였으니 그들이 남긴 꽃시를 읽어가다 보면 우리가 잊고 있었거나 몰랐던 것들을 새록새록 느낄 수 있다.

지금의 우리는 늘 봄을 맞으면 '들뜬 화려함과 꿈같은 나날'에 흠뻑 취하여 봄이 어떻게 가는지, 그 짧음을 한탄한다. 우리가 당연하게 생각하고 반기는 봄꽃들은 어쩌면 고달픈 인생길에 신이 내려주는 은총이자 자연이 주는 최대의 선물이다.

꽃으로 표현하는 시인들의 화법

아주 오랜 옛날부터 사람들은 꽃을 빌려서 사랑과 이별, 행복과 불행, 기쁨과 슬픔, 쾌락과 번민, 희망과 절망, 삶과 죽음 등 자신들의 인생과 회로애락을 노래하였다. 그것들을 이름하여 꽃시 즉, 화시花詩라 해도 좋을 것이다.

예나 지금이나 문인들이 읊은 화시에는 우리네 인생이 고스란히 투영되어 있다. 중국과 한국의 많은 문인이 노래한 꽃시에는 그들이 꽃에 부여한 의미가 담겨 있다. 꽃을 빌어 시인이 던져놓은 은유와 상징 속에는 번뜩이는 지혜와 기교도 있고 인생과 철학이 담겨 있다. 두 나라의 수많은 화시 가운데 주로 한국의 시인과 문인들이 남긴 작품들을 대상으로, 그들이 훔쳐낸 꽃의 언어를 들여다본다.

우리의 삶은 꽃과 친숙하였다. 도시의 삶이 팍팍해서 가끔은 꽃과 멀어져 있는 것처럼 느낄 때가 있지만, 도심이라 해서 꽃과 멀어져 사는 건 아니다. 오히려 꽃과 더 친숙하다. 꽃을 자주 선물하고, 또 빈번히 볼 수 있으니까.

우리가 계절마다 보는 꽃들은 그 종류가 얼마 되지 않는 것처럼 보일 수 있다. 그러나 눈여겨보면 계절 따라 번갈아 피는 꽃은 다채롭다. 전원으로 돌아간다면야 마음껏 원하는 꽃을 심어 가꿀 수도 있고, 싫도록 사계절 모두 꽃을 볼 수도 있을 것이다. 도시를 벗어나 자연으로 돌아간다면 그 이름을 알고 싶은 가녀린 꽃들까지 헤아릴 수 없을 만큼 많은 꽃이 있다.

꽃과 사람의 공통점은 살아 있는 생물이라는 것이다. 우리는 제한된 시간 속에 살아가는 생멸生滅의 존재이다. 그래서 꽃은 으레 사람으로 대치된다. 꽃을 사람으로 여기다 보니 꽃을 바라보면서 사람들은 근심, 걱정, 번민, 사랑, 삶의 회한, 인생무상 같은 것들을 떠올리게 된다.

꽃은 나 자신의 삶과 행로를 돌아보게 한다. 또, 나의 미래를 생각하게 한다. 개인적으로 일곱 살 적, 새벽 비를 맞아 활짝 핀 복숭아꽃을 보고 너무도 아름다워 눈물을 흘린 기억이 있다. 장다리꽃이 마당 밖 큰 밭 가득 피어 벌 나비가 함박눈처럼 꽃 위로 자욱하게 나는 모습을 보고 어쩔 줄을 몰라 했던 어린 시절의 기억도 있다. 5월이면 철쭉이 시냇물을 새빨갛게 물들이던 금강산에서 가까운 DMZ 일대의 그 아름다운 장관을 기억한다. 소백산이나 경남 황매산의 철쭉도 때가 되면 자취를 드러내며 우리네 마음을 홀린다. 오래전의 이야기이지만, 산꾼들에겐 설악산 대청봉에 융단처럼 펼쳐져 있던 에델바이스 꽃(바위솜다리)이라든가 철마다 피는 갖가지 무리 꽃들을 바라보고 탄성을 지르던 기억이 있을 것이다. 하동 쌍계사에서 화개장터에 이르는 십리 길에서 보는 벚꽃이나 남해안의 동백꽃, 이름난 매화밭이나 배밭에서 보는 무리 꽃들은 아름다우면서 현란하다. 너무 화려해서 슬픔을 느낄 만큼. 우리의 산하, 이 땅 곳곳에 피는 꽃들이야 계절마다 모습을 달리하지만, 사람의 마음을 즐겁게 하는 건 한 가지다.

 꽃은 우리의 삶에 긍정적으로 각인되어 있다. 그래서 언제나 좋은 일에는 꽃이 동원된다. 이를테면 칠보단장 여자의 의례용 관을 화관花冠이라고 하고, 남녀의 혼례를 화촉華燭, 또는 화촉花燭이라 한다. 남의 결혼을 격조 있게 높여서 화혼華婚이라 하는 것도 꽃으로 혼사를 축복하는 말이며, 꽃을 수놓거나 화려한 문양을 넣은 왕골돗자리를 화문석花紋席이라 하고, 꽃을 넣어 만든 차를 화차花茶라고 한다. 나아가 청춘, 인생의 황금기를 '꽃다운 청춘' 또는 '꽃다운 나이'라고 하며 근래엔 '꽃띠'라는 말도 쓰게 되었다.

여인과 미인을 꽃으로 표현하는 것은 아주 오래된 수법이다. 여기서 더 확대되어 꽃은 사람을 상징하기도 한다. 꽃은 장식뿐 아니라 실생활에서 유용하게 쓰이기도 한다. 그 하나의 예가 꽃 요법(Flower Remedy)이다. 꽃으로 질병을 예방하거나 치료하려는 대체요법의 하나이다. 이것은 꽃을 감상하거나 향기를 맡으며, 향을 차로 마시거나 정유精油를 물에 타서 복용하는 등, 꽃과 그 향기를 이용하여 심신의 장애를 극복하고자 하는 것인데, 이러한 꽃 요법은 동양이나 서양 모두 오랜 역사를 갖고 있다.

꽃은 때로 우리네 지고지순한 삶을 나타내기도 하고, 아름다운 이상향을 가리키는 상징물로도 인용된다. 시인 김춘수는 언젠가 자신이 바라본 꽃을 이렇게 표현하였다.

미닫이에 보랏빛이 우련ㅎ다
살살이 햇살이 몰아들고
물결처럼 번지면
꽃은
병아리 날개 양 팔락거린다.

팔락이며 고개 들고

葯(약)이 葯을 부벼댄다.

잎이 후루루 후둘인다

바람도 없는데……

보랏빛이 궐문처럼 무너진다.

쌀쌀이 햇살을 몰아가고

곳곳에 그늘이 어슬하니

어드매 흐르느뇨.

구름도 찢어가고

(이하 생략)

葯(약)은 '꽃밥'을 이르는 말이니 꽃들끼리 서로 살을 부비는 모습을 이른 것이고, 보랏빛을 말하고 있으니 아마도 그 꽃은 라일락이거나 등나무꽃 또는 오동나무꽃 같은 종류가 아니었을까?

그런가 하면 시인 정호승은 '꽃2'에서 꽃으로 자신의 마음을 이렇게 표현하였다.

꽃2 (정호승)

마음속에 박힌 못을 뽑아

그 자리에 꽃을 심는다

마음속에 박힌 말뚝을 뽑아

그 자리에 꽃을 심는다

꽃이 인간의 눈물이라면

인간은 그 얼마나 아름다운가

꽃이 인간의 꿈이라면

인간은 얼마나 아름다운가

　　원망과 원한 대신 마음 한가운데에 꽃을 심는다면, 인간의 슬픔과 원망으로 흘리는 눈물 대신 마음에 꽃을 피운다면, 심지어 사람의 꿈마저 대신하는 게 꽃이라면 정말 세상은 아름다울 것이라는 시인의 절규이다.

　　이처럼 꽃은 시인에 따라 각기 다른 메타포(Metaphor, 은유)를 갖는다. 꽃은 사람을 대신하고, 여인을 의미하며, 미인을 가리키고, 인생을 표현하는 도구가 된다. 꽃을 이용한 상징적 표현 가운데 가장 유명한 예는 아마도 염화시중拈花示衆일 것이다. 석가모니가 설법을 하면서 연꽃을 꺾어 들어 청중에게 보여주자 그 뜻을 알아챈 가섭이 빙그레 웃었다는 일화이다. 여기서 석가모니가 손으로 들어서 보여준 꽃은 무엇을 의미할까?

불가에서는 진리의 상징이라고 해석한다. 석가모니는 연꽃으로 먼저 '꽃은 꽃이다'라는 메시지를 전하려 했을 것이다. 꽃은 모진 추위와 시련을 겪은 뒤에 핀다. 인고 뒤에 펼쳐 보이는 별세계이다. 또, '화무십일홍花無十日紅'이라 하여 '열흘 붉은 꽃이 없다'는 말도 곧잘 쓴다. 무엇이든 영원한 것은 없다는 말이다. 흔히 권력이나 부귀영화가 오래 지속되지 않음을 이르는 데에도 꽃이 쓰인다.

예로부터 많은 문인이 남긴 시들, 그중에서도 꽃을 대상으로 한 시를 읽다 보면 바로 앞에 한 무더기의 꽃을 대하고 있는 느낌이 든다. 꽃향기 물씬 풍기는 이런 화시花詩를 보면 정신이 맑아지고 생각은 깊어진다. 우리보다 앞서 살다 간, 지혜로운 이들의 사랑과 이별, 삶과 죽음, 꽃에 투영된 그들의 인생과 철학을 더듬어 보며 우리는 마음을 가다듬고 지혜의 눈을 열어 잃어버린 길을 찾아 비로소 바르게 나아갈 수 있을 것이다.

입춘에 꽃을 심으며 바라노라

봄의 관문은 입춘 날이다. 입춘은 소한(1월 5일), 대한(1월 20일)을 지나 동지(12월 22일)로부터 대략 달포만에 찾아오는 날. 가장 추운 절기를 지나자마자 맞는 날인데, 아직 춥지만 땅에 뿌리를 내린 식물들은 이제 서서히 잠에서 깬다. 초목의 뿌리는 가장 먼저 봄 냄새를 맡고, 잎을 피울 채비를 서두르게 된다.

한 해의 시작은 봄에 있고, 봄의 시작은 입춘에 있다. 그러니 이제 해야 할 일은 하나. 뜰에 꽃이나 심어야겠다. 조선 숙종~영조 시대에 주로 활동한 문인 이관명李觀命(1661~1733)[1]의 '입춘立春'이라는 시에는 봄에 대한 기대가 가득 차 있다. 봄의 문턱에 선 계절, 고요함 속에 뭇 생명이 분주하게 움직이는 모습을 떠올리게 한다.

쌓이던 눈 오늘 아침 그쳤으니

처사의 집에 봄에 돌아왔구나!

---

1) 호는 병산(屏山)으로 숙종 13년(1687)에 생원(生員)과에 합격하였고 숙종 24년(1698)에 문과에 급제하였다.

몸이 한가하여 할 일이 없으니

뜰 가득 새로 꽃을 심어야겠다

積雪今朝罷

春歸處士家

身閑無一事

新種滿庭花

　복잡한 인간사 벗어나 산림에 묻혀 사는 이(처사)의 집. 처
사는 속세를 버리고 산야에 묻혀 사는 선비를 이르던 말. 바
쁠 일도 없고, 약속도 없다. 정해진 것은 어디에도 없으니 몸
도 마음도 한가하기만 하다. 새벽녘 잠깐 흩날리던 눈이 그
치고 겨우 날이 개었다. 응달엔 얼음 위로 눈이 소복 쌓여 춥
다. 찬 겨울의 여운이 아직 가시지 않았다. 인적 드문 산간
계곡에 집을 짓고 살아가는 촌부村夫 이관명이 가진 욕심은
하나뿐이다. 빈 뜰에 찬 기운 가시면 뜰 안 가득 심은 꽃을
보겠노라는 탐화욕探花慾이랄까. 시인은 무욕의 삶을 군더
더기 없이 깔끔하게 그려내었다. 그러나 이관명이 심은 것이
단지 꽃뿐이었겠는가.

　이관명이 봄을 맞는 모습이 다음 시에도 잘 그려져 있다.

그의 시 '강에게 묻다'[問江문강]이다. 아마도 시인은 벌써 봄 꽃에 가슴 아파하며 눈이 일렁이는 듯 봄 멀미를 하고 있는 가 보다. 달 밝은 봄밤, 울어 예는 강에게 시인은 묻는다.

> 흰 물결 어룡의 집 멀리 떨어져 있고
> 돌 여울에 배를 띄워 가기가 어렵네
> 무슨 일로 봄바람 불고 달 밝은 밤에
> 흐느끼며 애간장 끊는 소리만 내는가
> 白波遠隔魚龍宅
> 石瀨難容舟楫行
> 何事春風明月夜
> 嗚嗚只作斷腸聲

강이 우는 까닭을 묻고 있으나 시인이 그것을 모를 리 없 다. 잘 알고 있지만 남의 일처럼 말함으로써 넌지시 그 속내 를 전하고픈 것이었다. 그리하여 달은 밝고 봄바람 불어, 아 름다운 봄을 서러워하여 우는 것이 아니냐고 능청을 떤다. 이 시는 시인 자신이 강에게 묻고 있는 형식을 취하고 있지 만, 실제로는 '흐느끼며 애간장 끊는 소리만 내는 강'은 시인을 대신한다. 그 강은 달빛 아래 일렁이며 조용히 흐르는 강이 아니라 화자 자신의 내면에 흐르는 강이다.

옛사람들은 봄을 맞아 꽃을 보면 괴로워하였다. 꽃에서 인생을 보았기 때문이다. 그것이 바로 시름이자 춘수라 하는 것이었다. 봄을 통해 우리네 삶과 죽음, 만남과 이별, 기쁨과 슬픔, 환희와 고통 같은 것들을 다시 확인하는 게 아닐까?

그럼에도 사람들은 꽃을 심고 가꾸었다. 이규보 같은 고려의 대문장가도 꽃을 심으며 기쁨과 인생을 노래했고, 또 꽃을 보며 시름을 달랬다. 그는 '꽃을 심으며 근심이 시작되었고, 꽃이 피니 근심이 졌다'고 말하였다. 꽃을 심을 땐 심는 즐거움을 모르다가 꽃이 피고서야 비로소 그 기쁨을 알았다는 것인데, 그의 말대로라면 꽃을 보는 기쁨은 꽃을 심는 데서 시작된다.

이규보는 '꽃을 심다'[種花종화]라는 시에서 꽃과 근심을 절묘하게 대비시키고 있다.

꽃을 심을 땐 근심 아직 피지 않더니
꽃이 피니 또 근심이 마저 저버렸네

도가 다른 데 있기 때문이다. 이 시에서는 시인의 원대한 포부와 꿈이 어려 있어 여느 시에서는 볼 수 없는 분위기가 있다.

오동잎은 가을비 내릴 때가 좋다기에
이른 봄날 빗속에 오동을 옮겨 심네
어찌하면 뒷날에 초미금을 만들고
오래된 가지에 봉황이 깃들게 할까?
圭葉政宜秋雨時
新春早向雨中移
他年豈欲成焦尾
鳴鳳要棲最老枝

시인은 일찌감치 오동나무를 심었다. 봄비 속에 오동나무를 심는 일은 희망을 심는 일이다. 오동나무를 심게 된 동기는 간단하다. 가을비 내릴 때 오동잎에 빗방울 듣는 소리가 좋아서란다. 옮겨 심는 것도 비 오는 날이다. 그러나 시인이 정작 오동나무를 심은 뜻은 다른 데 있다. 가지에 봉황이 깃들게 하고 싶어서이다. 초미금을 만들어 아름다운 음악을 듣고, 봉황을 깃들게 하리라는 웅대한 꿈이 있다. 사실 사업을 하는 사람이나 학문을 하는 이라면 이만한 계획과 배짱은 있어야 세상에 이름을 내밀 수 있는 게 아닐까.

모든 일에는 시작이 있고, 끝이 있다. 달리 말하면 원인이 있어야 결과가 있다. 그것을 계절에 의탁하여 설명하자면 봄에 계획하여 실행한 것이 있어야 가을에 거둘 게 있는 법.

규엽圭葉은 오동잎이다. 본래 규圭는 중국에서 천자(天子, =황제)가 각 지역에 땅을 나누어 제후를 봉할 때 내주던 홀笏을 가리키는 말이었다. 상층 귀족의 신분을 나타내는 물건인 만큼 옥이나 상아로 홀을 만들었다. 조금 신분이 낮은 사람은 나무로 만든 홀을 사용한 일도 있다. 홀을 특별히 규圭로 부르게 된 데는 내력이 있다. 중국의 세 번째 왕조인 주周 나라의 성왕成王이 장난으로 오동나무 잎새[桐葉동엽]로 그의 아우를 숙우叔虞라는 제후 자리에 앉히면서 그에게 내어준 땅이 바로 당唐이었다. 농담으로 한 얘기였는데, 그때 마침 주공周公이 궁궐로 들어오며 그 일을 듣고 축하하였다. 주공은 문왕의 작은아들로서 조카 성왕을 보필한 신하. 그러나 성왕은 '장난삼아 한 일'이라고 변명하였다. 이에 주공은 조카 성왕에게 '천자는 장난으로 하는 일이 있어서는 안 된다'고 하여 결국 숙우라는 직위와 함께 당唐이라는 땅을 봉토로 그대로 확정 지어 주었다고 한다. 당이라는 땅을 주고 제후로 책봉했기 때문에 이런 일이 있은 뒤로 흔히 그를 당숙우唐叔虞라고 하였다. 이 일이 있고 나서 오동잎은 제후가 받는 봉토를 뜻하게 되었고, 오동잎을 '규엽'으로도 부르게 되었다고 한다.

또, 초미焦尾는 초미금焦尾琴을 가리킨다. 아름다운 소리를 내는 악기를 말함인데, 여기에도 유명한 일화가 있다. 옛날 아궁이에 오동나무로 불을 때는 사람이 있었다고 한다. 그때 채옹蔡邕이라는 사람이 나무 타는 소리가 어찌나 맹렬한지 그 소리를 듣고는 그것이 좋은 나무임을 알고서, 한참 타고 있는 오동나무를 얻어다가 켜서 금琴을 만드니 과연 아름다운 소리가 났다. 그런데 금의 끝부분에 불탄 자리가 그대로 남아 있었으므로 당시 사람들이 그것을 초미금이라고 불렀다고 한다. 焦(초)는 불로 태우는 것을 뜻하고 尾(미)는 꼬리이니 琴(금)의 끝부분에 불탄 자리가 남아 있었던 것이다.

이것은 『후한서』(권 60) 채옹열전에 나오는 실화이다. 오동을 심으면서, 초미금을 만들 수 있는 아름드리 나무로 자라 봉황이 깃들기를 바라는 작자의 심정을 실은 것으로 보건대 권호문이 원대한 꿈을 가슴에 담고 때를 기다리던 젊은 날에 쓴 작품이 아닌가 싶다. 황준량과 권호문은 퇴계를 스승으로 둔 선후배 사이였다.

이 시를 다시 고려 시인 목은 이색의 서향화瑞香花란 시와 비교해보면 차이를 알 수 있다. 권호문이 오동나무 하나 심는데 의도와 목표가 있었던 반면 '서향화'에는 그런 것은 없고 천진한 동심이 있다.

서향화가 음 속에서 흐드러지게 피었기에
청명일에 받들고 나오니 향기가 집안 가득
우선 코를 대고 나서 두 눈을 닦고 다시 보니
연분홍 물든 가지 위에 다른 꽃잎이 여기저기

窨中開遍瑞香花
擎出淸明香滿家
鼻觀先通揩兩眼
淡紅枝上散餘花

시의 첫머리에 쓴 窨(음)이라는 글자는 '어두운 땅'을 가리킨다. 그러니까 窨中(음중)은 '차갑고 어두운 땅속'이다.

그런데 서향화는 대체 어떤 꽃일까? 인재仁齋 강희안姜希

顔(1419~1464)의 『양화록養花錄』에 "서향화는 뛰어난 품종으로서 그 진한 향기를 귀하게 여긴다. 자라서 크면 아위화阿魏花라고 한다. 이른 봄 산비탈에 피는데 노란 꽃잎에 향기가 짙은 것이 진짜 납매라고 할 수 있다."고 하였는데, 후일 조신이 『수문쇄록謏聞瑣錄』에서 이 구절을 다시 인용하여 설명하였다. 그렇다면 서향화는 매화의 한 종류임을 알 수 있다.

그렇지만 서유구의 『임원십육지(임원경제지)』 「예원지藝畹志」에는 매화와는 다른 종류로 설명하였다. "그 종류가 처음에 중국 여산廬山에서 나왔다. 한 비구승이 낮잠을 자다가 꿈속에서 꽃냄새를 맡았는데 아주 맵게 느꼈다. 이에 그것을 구하게 되니 이름을 수향睡香이라고 하였다. 사방에서 그것을 기이하게 여기니 꽃 중에서 상서로운 것이라 하여 드디어 서향이라 부르게 되었다."고 설명하였다.

일부에서는 서향화를 천리향으로도 부르고 있다. 이른 봄부터 피는 앙증맞은 꽃이지만 향은 깊다. 그 향기가 천 리까지 멀리 전해진다 해서 붙여진 이름인데, 이 경우의 천리향·서향화는 매화와는 전혀 다른 종이다.

서향화에 대한 시로는 이 외에도 강희안의 '서향을 읊다'[詠瑞香영서향]라는 작품이 더 있다.

여산에서 옮겨와 비로소 꽃이 피니

비취색 비단 옷에 자색 구름 단장했네

금색오리 향로에 침향을 사를 필요 없으리

주렴 장막에 실바람 부니 가는 향기 좋아라

移自盧山始發揚

翠羅微露紫雲粧

不須金鴨燒沈水

簾幕風輕細有香

꽃들이 봄철 한 계절에만 피었다가 지는 게 안타까워 사람들은 사철 꽃을 보았으면 하는 희망을 갖고 있었다.

그래서 사철 언제나 피어 있는 꽃은 없을까를 생각하였고, 마침내 생각해낸 꽃이 '사시화'이다. '사계절 피는 꽃'이다.

중국과 한국의 문인들 가운데 '사시화'란 제목으로 쓴 시가 조금 남아 있다. 먼저 중국의 구양수歐陽修(1007~1072)가 쓴 '사시화'란 시가 이덕무의 『청장관전서』 청비록(제4권)에도 실려 있다. 구양수가 귀양 갔을 때 사판관謝判官을 시켜서 유곡幽谷에다 꽃을 심게 하였는데, 어느 날 사판관이 편지를 보내어 놀러 오라고 하였다. 이에 구양수가 답장 편지

끝에다가 사시화四時花란 시 한 수를 써 보냈다.

분홍 꽃 하얀 꽃 사이사이 섞어서 심되
먼저 피고 늦게 피는 순서대로 심게나
내가 네 계절 늘 술 가지고 갈 것이니
하루라도 꽃 피지 않는 날 없게 하게나
淺紅深白宜相間
先後仍湏次第栽
我欲四時攜酒去
莫敎一日不花開

여기서 사시화는 어느 특정한 꽃 이름이 아니다. 사시사
철 피는 꽃을 뜻한다. 그러나 사시사철 쉬지 않고 피는 꽃은
없다. 다만 이 시에서 작자가 말하고자 한 것은 어떤 종류라
도 좋으니 어느 계절, 하루라도 꽃이 없는 날이 없게 해달라
는 요청이었다. 그리하여 일 년 어느 날이고 원할 때면 찾아
갈 테니 꽃을 대하고 둘이서 술 마시며 정담을 나누자는 뜻
이다. 부르면 언제고 사계절 술을 가져가겠다는 것은 사시화
를 심으라는 부탁을 맨입으로 하기가 멋쩍어서 한 소리일 뿐

이다.

　입춘에서 우수(雨水, 2월 19일)를 지나 경칩(3월 5일), 춘분(3월 21
일)이 되면 드디어 봄꽃들이 만개할 채비에 들어간다. 청명(4
월 5일), 곡우(4월 20일)가 되면 천지가 봄꽃들로 차려입는다. 이
무렵이 되면 남녘에서 찾아온 철새들로 산속의 새소리도 한
껏 다양해진다.

　새소리가 흥겹고 싱그러운 생명들로 가득 찬 봄날, 여기서
잠시 Toselli의 세레나데(Op.6)를 떠올려 봐도 좋겠다. 고려
시인 최유선(1010~1075)의 규정시閨情詩에서도 그와 똑같은
분위기를 읽을 수 있다. 뽕나무 잎과 삼밭의 삼이 비를 맞아
더욱 짙푸르게 바뀌고, 늦봄 작약이 한창 꽃잎을 피웠다. 새
들도 흥이 나서 지저귀니 몸은 깊은 산속 푸른 숲에 머무는
듯하다.

　　뽕나무와 삼이 비를 맞아 더욱 푸르고
　　작약에 봄이 머물러 늦게 핀 꽃잎 붉다
　　괴이해라 이렇듯 좋은 새 소리 들리니
　　이 몸은 마치 첩첩산중에 있는 듯하네

桑麻得雨更靑葱
芍藥留春結晚紅
怪得鳥聲如許好
此身如在亂山中

　최유선의 이 시는 중승中丞이란 벼슬을 한 정서鄭叙의 「잡
서雜書」에 실려 있다. 최유선은 고려에서 시중侍中 벼슬을
지낸 이로, 최충崔沖의 아들이다. 이 시의 앞머리에는 이런
설명이 붙어 있다.

　"꾀꼬리 우는 새벽. 시름 속에 비 내리고 푸른 버들 하늘거리
　며 무르익은 봄날 희롱하듯 올려다본다."(黃鳥曉啼愁裏雨 綠
　楊晴弄望中春)

　시름에 겨운 봄날, 새벽비가 내리고 있다. 비가 내리니 더
욱 시름겹다. 비 그치자 꾀꼬리가 다시 맑은 소리로 운다. 물
오른 푸른 버들과 꾀꼬리는 봄을 한창 즐기고 있다. 중춘(中
春)이라 했으니 음력으로는 2월이고, 양력으로는 대략 4월쯤
에 해당하리라. 봄의 한가운데, 조용한 아침의 풍경을 묘사

하면서 꾀꼬리 소리와 빗소리를 담기 위해 시인은 정성을 들였다. 여기서 보듯이 시인들은 저마다 시에 소리를 담아내기 위해 제각기 나름의 노력을 쏟았다.

조선 후기 석북石北 신광수申光洙(1712~1775)의 시 '전가田家'에 계절을 나타내기 위해 등장하는 뻐꾸기도 시에 소리를 적당히 담아낸 하나의 예가 되겠다.

뻐꾸기 한 마리 두 마리
후원 뽕나무 위에서 우네
시내 남쪽 콩꽃 밭에서
젊은 여인 빗속에 점심밥 내다 먹이네
一鳩兩鳩鳴
後園桑木上
溪南荳花田
少婦雨中餉

이 작품은 신광수가 46세 때인 1758년에 지었다. 먼저 鳩(구)는 비둘기이다. 비둘기가 '구구(九九)' 하고 울기 때문에

'구구 하며 우는 새(鳥)'라는 뜻에서 鳩라 하였다. 하지만 여기서는 비둘기가 아니다. 아직 뻐꾸기를 구분하는 용어가 생기기 전에 쓴 말이고, 전가(田家, 농부네 집)라든가 농사일과 관련이 있는 것은 뻐꾸기이다. 그래서 여기서는 뻐꾸기로 새기는 것이 훨씬 낫겠다.

시인은 뻐꾸기를 한 마리, 두 마리로 등장시키고 있는데, 여기엔 그럴만한 이유가 있다. 암수 뻐꾸기가 차례로 서로 주고받듯이 우는 것을 표현한 것이다. 아주 오랜 옛날부터 뻐꾸기는 농사일을 독려하는 새로 알려져 왔다. 남편이 밭일을 하고 있었던가 보다. 한 여인이 밥고리를 이고, 시내 남쪽 콩밭으로 나가 점심밥을 먹이고 있다. 田家(전가)라는 시 제목도 '밭일하는 집'(농부네)을 의미하니 그렇게 이해할 수 있다.

이 시에서 뻐꾸기는 한창 바쁜 농사철임을 알리기 위한 장치이다. '뻐꾸기가 울 때'는 파종에 바쁜 농사철을 의미한다. 오랜 옛날부터 뻐꾸기를 포곡布穀이라고 불렀다. 포곡은 '곡식을 뿌린다'는 뜻. 아마도 뻐꾸기란 이름은 '포곡'에서 온 것으로 볼 수 있다. 신광수는 조선 숙종 때 나서 영조 때에 주로 활동한 인물로 영조 22년(1746) 가을 한성시漢城試에서 2등으로 급제한 수재였다.

석북 신광수와 똑같은 생각에서 당나라 시인 왕유(699~759)도 '뻐꾸기 우는 봄 농사일'에 주목하여 시를 썼으니 그것이 '봄날 전원에서 짓다'는 뜻의 '춘중전원작春中田園作'이란 시이다.

봄날 지붕 위로 뻐꾸기 날며 울고
마을가에 살구꽃이 희게 피었다
작은 도끼로 뽕나무 가지를 치고
살포로 논의 물꼬를 새로 뚫는다
돌아온 제비는 옛집을 찾아 들고
나이 든 농부 새 달력을 본다
술잔 앞에 두고도 들지 않으니
멀리 떠나온 나그네 서글퍼라

屋上春鳩鳴
村邊杏花白
持斧伐遠揚
荷鋤覘泉脈
歸燕識故巢
舊人看新曆

臨觴忽不御
惆悵遠行客

　살구꽃 피어 있고 지붕 위로 뻐꾸기 난다. 뽕나무 가지를 쳐다가 누에를 먹여야 하고, 살포로 물꼬를 터 논에 물을 대야 하는 때. 제비들도 어지럽게 난다. 씨 뿌려야 할 곡식의 종류가 많으니 지금쯤 어디에 무엇을 파종해야 할지 책력을 봐두어야 할 것이다. 이제 한창 밭이랑을 다듬고 씨 뿌려야 하는 시기. 멀리 고향을 떠나온 나그네이기에 술은 있어도 마시지 않고, 잠시 서글픈 향수에 젖는다.

　고향의 봄을 그린 시로, 신숙주가 함경도를 여행하다가 궁궐에서 임금을 모시는 여러 동료들에게 적어 보낸 작품이 있다.

　봄 맞은 두만강은 변방 산을 휘감아 흐르고
　나그네는 오색구름 사이로 고향을 꿈꾸노라
　그대들은 술 취한 뒤에 응당 아무 일 없으니
　밝은 달 배꽃 가운데 추위도 두려워 않으리
　豆滿春江繞塞山

客來歸夢五雲間
中書醉後應無事
明月梨花不怕寒

배꽃을 노래한 시인데, 그가 전한 뜻을 다시 요약하면 이
런 내용이 될 것이다.

**"이 즈음 한양 도성에는 배꽃 가득할 것인데, 아휴 춥구나. 그
대들은 술에 취해 근심을 놓았겠지만 두만강변은 아직 겨울
이라네."**

우리의 산하가 저 두만강에까지 이르고 있음을 다시 확인
하고, 신숙주의 호방한 뜻을 알고 나니 즐겁다.
신숙주는 천성이 고명했다고 한다. 마음을 관대하게 가져
서 남에게 너그러웠다. 젊어서 산속 절에 들어가 글을 읽기
를 쉬지 않았다. 평소 집에 책이 없는 것을 한탄하다가 그는
절로 들어갔다. 매우 힘든 처지에 거기서 공부하여 과거에
합격하였다. 관리로 나간 뒤로는 집현전에 있는 책을 모조리
읽었다고 한다.

뜨락의 나무에도 봄기운이 돋는 계절. 홀연히 지나가는 바람에 나그네의 심사가 어지럽다. 바람 부는 봄날의 소회를 소두산蘇斗山(1627~1693)은 '우연히 읊다'[偶吟우음]는 시에서 자신의 생활을 '우울하다'고 표현하였다. 들뜬 봄날이라고 마냥 즐겁고 유쾌한 것만은 아니니까 물론 우울할 수도 있다. 순환하는 사계절 속에 왔다 가는 우리 인생이 나그네이고, 그 긴 인생길에서 겪게 되는 수많은 번민과 고민들로 생각은 끝도 없이 복잡하다. 그래서 무엇이든 망설이거나 마음을 정하지 못하고 무엇엔가 늘 휘둘릴 수 있다. 일찍이 정약용도 '인생은 먼 길 가는 나그네 같은 것, 평생을 갈림길에서 헤매노라'(人生如遠客 終歲在路岐)고 하지 않았던가('손무자를 읽고'[讀孫武子]라는 시에서). 다산의 말을 원문 그대로 해석하면 '죽는 날까지도 갈림길에 있다'는 것이니 뜯어보면 진실한 가르침이다. 언제나 우리 삶이 선택을 강요받는다는 사실을 일깨우고 있다. 우리의 삶이 어느 한 순간이라도 선택 아닌 것이 있는가.

 일찍이 택당澤堂 이식李植(1584~1647)도 정약용과 똑같은 감정에 사로잡혀 있었던 듯하다. 다음 시를 보면 그의 심란한 마음을 읽을 수 있다.

지난 일 지금 생각하면 부끄럽고
작년 일 올해 생각하니 후회되네
갈림길 위에서 괜시리 헤매다가
얼마나 많은 세월 흘려보냈던가
即事羞前事
今年悔往年
無端岐路上
歲月幾推遷

　누구나 겪는 마음일 것이다. 특히 세모에 서 있거나, 병든 몸이 되어 죽음을 떠올려야 할 때, 지난 일을 돌아보면 후회만 남는 일생이라면 더욱 그럴 것이다. 시의 마지막 행에서 쓴 추천推遷이란 시어가 절묘하다. '밀어서 움직인' 것을 의미하니 해야 할 일을 미루었다는 뉘앙스를 남겼다.

　임진왜란과 정묘호란·병자호란을 처절하게 겪은 '수난의 세대'로서 택당 이식李植(1584~1647) 또한 조선의 뛰어난 문인 가운데 한 사람이었다. 이왕 말이 나왔으니 그의 시 한 편을 더 보고 가는 것도 의미가 있겠다. 어느 봄날, 그가 본 저수지 가의 봄 풍경이다. 함초롬히 피어난 창포 줄기를 보고 내

심 기쁨을 억누를 수 없었던가 보다. '못 위에서'[池上지상]라
는 시이다.

새벽에 일어나니 빈집에 이슬 기운 맑아
짚신 급히 꿰어 신고 못가로 가보았더니
무심히 핀 봄꽃들 돌아와 기쁨에 겨워라
바윗부리 사이로 솟은 창포 긴 줄기 하나

晨起虛堂露氣清
急穿芒屬傍池行
等閑春物還堪喜
石齒菖蒲長一莖

죽음처럼 고요한 겨울을 이별하고, 이제 봄바람이 분다. 뜨
락의 나무에 부는 바람. 가지에도 봄기운이 일고 있다. 그 작
은 생명들의 움직임을 느끼며, 봄날의 조용한 흥분 속에 갖
게 되는 희망.

　시인 소두산蘇斗山(1627~1693)은 '우연'에 기대고 있으나 해
마다 봄을 맞을 무렵이면 으레 돌아나는 춘수春愁에 괴로워
하고 있다. 춘수란 봄에 갖게 되는 시름이다. 그러나 그것은

시인만이 느끼는 게 아니다. 평범한 사람들도 대개 다 느끼는 것이지만, 시인처럼 표현하지 못할 뿐이다. 우음(偶吟, 우연히 읊다)이라는 시로, 소두산의 작품이다.

우울하여라 기나긴 나그네 생활
온갖 생각 끝이 없건만 아득해라
봄바람 홀연히 서로 지나가더니
뜨락의 나무에 봄기운이 돋아나
鬱鬱長爲客
悠悠意不窮
東風忽相過
庭樹生春容

봄꽃을 보면 누구나 즐거워한다. 그러나 기쁨은 잠시, 온갖 생각들로 마음이 아득하다고 시인은 말하였다. 우울한 나그네는 시인 자신이자 화자이고, 이 시를 읽는 모든 이이다.

사춘기 소년 소녀에서부터 다정한 연인들은 물론, 황혼의 노인들에 이르기까지 사람들에게 봄은 얼마나 황홀한 계절인가. 그들의 아름다운 이야기와 꿈을 담고 있는 계절. 때로는 회한의 정을, 때로는 사무치는 그리움과 한을, 거센 바람처럼 몰고 와 가슴 뛰게 하는 계절이다. 그 봄의 한가운데서 서거정徐居正(1420~1488)은 애타게 임을 그리는 여인의 마음을 '춘규원春閨怨'(봄날 규방 여인의 원망)에서 이렇게 읊고 있다.

어젯밤 봄바람이 여인의 방에 불더니
살구꽃 다 지고 복사꽃이 향기로워라
달빛은 작은 병풍에 유리처럼 빛나는데
반쯤 덮인 이불에는 오래 된 한 쌍의 원앙
애써 비파를 타 보지만 곡조 이루지 못하고
눈물 자국으로 연지 뺨은 점점 물들어가네
봄 시름은 어이해 이다지도 바다처럼 깊은지
파랑새 한 번 날아간 뒤로는 소식이 없어라

春風昨夜吹洞房
杏花零落桃花香
短屛月色琉璃光
半被老却雙鴛鴦
強撥琵琶不成曲
淚痕點染臙脂額

春愁如許深如海
青鳥一去無消食

    살구꽃이 지고 복사꽃이 한창 피어 향기롭다. 화려한 봄, 규방의 여인이 품고 있는 그리움이라든지 비애를 드러낸 작품이다. 시 제목 그대로 '봄날 규방 여인의 원망'이 시 전체에 녹아 있다. 복사꽃 향기 가득한 밤, 달빛이 밝아 병풍에 빛난다. 베갯머리 근처엔 한 쌍의 원앙 목각인형. 다정한 원앙처럼 곁에 있어야 할 임은 없다. 외로움을 애써 감추려 비파를 타던 여인의 손이 그만 스르르 풀려 밖을 내다보다가 저도 모르게 깊은 한숨과 함께 눈물짓는 광경. 시인은 주변 경치를 아름답게 꾸며 한 여인의 처연한 감정을 극대화하였다. 꽃으로 가득한 이 풍경 속에 온갖 새도 있어야 하건만, 한 번 날아간 뒤에는 파랑새도 모습을 드러내지 않는다고 한탄하고 있다. 파랑새는 희망이다. 그리운 대상이며, 임을 데려올 반가운 소식이다. 연인에 대한 그리움이나 순정이 얼마나 깊은지를 나타낸 것인데, 시인은 미인 주변의 여러 가지 정황을 화려하게 꾸며 '화려한 만큼 슬픈 감정'을 나타내려 노력하였다.

조선 성종 때의 문인이었던 서거정은 전국을 유람하며 많은 시문을 남겼다. 본래 그의 가계는 여러 곳에 널찍한 터전과 별서別墅를 갖고 있었다. 그 자신은 어려서 아주 많은 잔병치레를 하였고, 그의 어머니는 늘상 그를 업어서 키웠으므로 그가 죽은 뒤에는 어머니의 무덤 뒤에 묻어서 죽은 뒤에도 어머니가 업고 있는 모양으로 만들어 주었다고 한다.

하여튼 임진강가에는 서거정이 어린 시절을 보낸 임진별서臨津別墅가 있었고, 벼슬길에 나가기 전에는 불암산佛岩山 서쪽 양주楊州 땅 토산촌서兎山村墅라는 별서(별장)에서 글을 익히며 청춘을 보냈다. 별서는 별장, 촌서村墅는 시골에 지은 별장을 이르는 말. 토산촌서에는 널따란 정원과 연못도 있었다. 정원에는 매화·대나무·버드나무를 심고 연못에는 연을 심었으며 꽃이 피면 그것을 보고 시를 지었다. 성종이 왕위에 오른 뒤에는 현재의 서울 몽촌 일대를 사전賜田으로 받아 몽촌별서夢村別墅와 제부촌서諸富村墅를 지어놓고, 거기서 맞은편 광진별서를 오가곤 하였다.

서거정의 삶에서 빼놓을 수 없는 친구이자 관료문인으로 이승소李承召(1422~1484)가 있다. '승소'란 그의 이름은 '임금이 부른다'는 뜻을 갖고 있으니 아마도 그의 부모는 아들이 임금의 사랑을 듬뿍 받기를 바랐던 모양이다. 그러나 그는 관료로서, 문인으로서 서거정만큼 잘 나가지는 못하였다. 이승소의 여러 시편 가운데 관녀파종觀女播種이라는 시가 흥미롭다. '씨 뿌리는 여인을 본다'는 뜻인데, 그가 실제로 파종하는 여인을 보고 지은 시인지, 아니면 그와 같은 삶을 갈구하였는지를 자꾸만 생각해보게 만드는데, 그 내용으로 보아 씨를 뿌리는 여인은 이승소 자신일 것이다.

새벽에 남쪽 밭으로 가서

씨 뿌리고 나니 해가 지네

쓸쓸하게도 귀밑머리 하얗고

처량하게도 옷은 백 번 꿰맸네

스스로 오막살이를 달게 여겨서

비단 장막은 꿈에도 이르지 못하네

고락은 모두 운수와 관계된 것이니

끝내 어길 수 없는 것이라네

凌晨向南畝

播種到斜暉

蕭颯雙蓬鬢

凄凉百結衣
自甘居蔀屋
夢不到羅幃
苦樂皆關數
終然不可違

　시의 제목이 말해주듯이 '씨를 뿌리는 여인네를 바라보며'
읊은 작품이다. 이른 새벽부터 해 질 때까지 밭에 나가 씨를
뿌리고 경작을 하는 사이에 머리가 하얗게 세었음을 설명하
였다. 여기저기 꿰맨 누더기옷을 입고 비단옷은 생각하지도
못한다. 초라한 오막살이 삶은 고달프지만 스스로 택한 길,
받아들일 수밖에 없는 운명으로 귀결시키고 있다. 겉으로 드
러난 내용으로만 보면 이것은 시인이 길을 가다 밭에서 일하
는 노파와 농촌의 현실을 그린 것으로 이해할 수 있다. 하지
만 시 속의 여인은 시인 자신일 수 있다. 새벽부터 해질녘까
지 씨 뿌리고 일을 하는 모습은 시인 자신의 일상일 수 있고,
귀밑머리 하얀 사람도 시인 자신이다. 해진 옷을 입고 오두
막에서 살며 아침부터 저녁 늦게까지 농사를 짓는 백발의 농
부로 그 대상을 좁혀 설명하고 있으나 시 속의 파종하는 여

인은 시인 자신이다. 시인의 운명적인 삶을 시에 그린 대로 살아가리라는 의지의 표현인 동시에 임금의 부름도 받지 못하고, 찾는 이도 없는 가운데 현실에 순응하며 노년의 삶을 이어가고 있는 자신을 밝힌 게 아닐까?

조선의 불우한 시인 석주石洲 권필權韠(1569~1612)의 시는 절창 아닌 것이 없다. 심금을 헤집는 걸작이다. 그의 시 '적적滴滴'이라는 5언절구 한 편도 봄날의 정경을 묘사한 작품으로서 빼놓기엔 아까운 명작이다.

방울방울 눈에 맺힌 눈물
가지 위엔 꽃이 가득가득
봄바람이 나의 한을 불어가
하룻밤에 하늘가에 이르리
滴滴眼中淚
盈盈枝上花
春風吹恨去
一夜到天涯

적적滴滴은 '방울방울', 영영盈盈은 '가득가득'으로 해석

할 수 있다. 그러나 여기서 말한 '방울방울'은 빗방울이 아니라 눈물방울이다. 가지마다 가득히 핀 꽃을 바라보며 그 아찔한 모습에 눈에는 눈물이 가득 고였던가. 그러나 사실은 그게 아니다. 가지를 가득 메운 꽃에 이슬이 맺혀 방울방울 눈물방울을 머금고 있는 것으로 이해할 수도 있다. 그렇게 본다면 꽃에 내려앉은 물방울은 나의 눈물로 이해할 수도 있다. 여하튼 봄바람이 그 한을 불어 하늘 끝까지 갈 것이라는 표현이 지극히 아름답다.

　봄바람이 불고 있다. 부는 바람이 나의 한을 모두 데리고 가서, 저 멀리 하늘가에 이를 것이라고 하였으니 그 한이 얼마나 길고도 가없으면 하늘가까지 미쳤을 것인가. 아마도 그 한을 봄바람이 쓸고 가버려서 내일 아침엔 편안한 마음으로 해를 보고 싶다는 표현이 아니었을까? 권필이 흘린 눈물은 한의 눈물이며 가지 위에 핀 무수한 꽃은 한의 꽃이었다. '가지마다 만개한 꽃이 하룻밤 바람에 지면 나의 한도 함께 저버릴 것'이라는 속내를 이렇게 표현한 것이다.

꽃을 보다

대략 춘분이 지나면 매화 다음으로 개나리와 진달래, 벚꽃, 목련, 라일락, 배꽃 등 무리 꽃들이 산야에 장관을 펼쳐놓는다. 곧이어 바람결에 어지럽게 날리는 꽃보라(꽃비), 콧속을 콕콕 찌르는 봄꽃들의 향기. 어딜 가나 봄은 아찔하다. 하도 현란하여 봄은 한바탕 꿈이다. 무엇보다도 봄은 꽃을 보는 재미, 즉 꽃을 보는 기쁨과 즐거움이 만땅인 계절이다. 이름하여 열락悅樂의 봄이다. 청명 곡우를 지나면 봄꽃으로 이름을 올린 꽃들은 빠짐없이 명함을 내민다. 어디든 들뜬 설레임이 있다. 가볍고 자꾸만 짧아져 가는 여인네들의 치마폭으로 봄이 얼만큼 무르익는지를 가늠할 수도 있다. 그저 꽃구경에 사춘기 소녀처럼 마음이 살랑거리는 계절이다.

한창 꽃구경의 즐거움에 빠진 황준량黃俊良(1517~1563). 그는 '꽃을 보다'는 의미의 '간화看花'란 시에서 꽃 피는 봄날의 모습을 간결하게 그리고 있다.

매화꽃 눈처럼 날리고 살구꽃이 피더니
복사꽃 자두꽃 봉오리 활짝 차례로 피어

남은 봄에 맛볼 열매 탐내는 건 아니지만

서로 번갈아 피고 시들며 세월을 재촉하네

梅花飄雪杏花開

桃李繁英次第來

不是春殘貪結子

榮枯如代自相催

봄꽃이 순서대로 핀다면 매화꽃·살구꽃·복사꽃·자두꽃의
순서라야 하는가 보다. 시인은 봄날 꽃구경에 정신이 없다.
그는 꽃구경에 눈이 호사하고, 마음이 넉넉해지는 것으로 만
족한다. 차례대로 꽃이 피고 지니 그것들을 두루 구경하고
즐기느라 온통 정신이 팔려 있다. 그렇다고 매실이나 살구·
복숭아·자두 열매에 마음을 두는 것은 아니다. 그에게 꽃구
경은 열락悅樂과 이신怡神을 위한 정갈한 행위이다. 열락은
기쁨과 쾌락이며, 마음을 위로하여 정신을 즐겁게 하는 것을
'이신'이라 한다.

황준량의 '꽃을 보다'[看花간화]라는 시와 제목이 똑같은
시로서 청한자淸寒子 김시습金時習(1435~1493)의 작품이 있
다.

꽃을 보며 하루 종일 홀로 머뭇거리는데
뜨락의 풀은 몽실몽실 낮 그림자 더디 가네
하늘나라엔 늙음을 고치는 약 어이 없을까!
상을 괴고 있는 거북, 인간에선 볼 수 없네
세월은 흐르는 물처럼 한창 내닫고 있고
세상은 뒤얽힌 실처럼 어수선한 느낌일세
꽃 아래서 빨리 술 가져오라 재촉하면서
연일 취해서 부축을 받아도 괜찮구만 그래

看花終日獨蹰躕
庭草氄氄午景遲
天上豈無治老藥
人間不見搘床龜
年光鼎鼎如流水
世味紛紛似亂絲
花底直須催喚酒
不妨連日醉扶持

본문 가운데 '상을 괴고 있는 거북, 인간 세상에선 볼 수
없다'(人間不見搘床龜)고 한 구절은 사마천의 『사기』 구책조龜

策條에 나오는 이야기이다. 다소 어려운 이야기인데, 장수와 복을 누리고픈 염원에서 '남방南方의 노인이 거북이로 상다리를 만들어 상을 떠받쳤다'는 고사에서 인용한 말이다. 예로부터 거북과 학은 천 년을 산다 하여 장수를 상징하는 동물이었다.

화자는 꽃향기에 취하고 술에 취해 경계심도 절제도 잃은 모양이다. 뜨락을 가득 채운 꽃에 홀려 시인은 온종일 배회하였다. 그가 하루 내내 서성인 뜨락이 어디인지는 알 수 없다. 다만 그가 있는 곳은 봄의 한가운데. 화려한 꽃들로 세상 분위기마저 어수선한 느낌이다. 꽃의 향연, 환희에 도취된 까닭이다. 시인은 또 한 해의 꽃을 보며 흐르는 세월, 늙어가는 자신의 모습을 돌아보고, 시름을 이기지 못해 끝내 술에 의지하였다. 아마도 시인은 이렇게 말하려 했는지도 모른다.

"나는 술에 취해 향기로운 풀밭에서 자고 싶어라."(我欲醉眠 芳草)

김시습은 매월당梅月堂이란 호를 사용하였다. 이 외에도 청한자淸寒子라는 별호를 쓰기도 하였다. 매월당은 달빛에 핀 매화를 바라볼 수 있는 집이란 뜻일 테고, 청한자는 글자 그대로 맑고 빈한한 군자라는 뜻. 권력과 부귀를 탐하지 않고 신선처럼 초야에 묻혀 사는 선비를 가리키는 말이다. 매화를 은군자隱君子라 지칭한 것을 보면 매월당과 청한자의 관계를 짚어볼 수 있다. 일생을 불우하게 지낸 조선의 몇 안 되는 천재 가운데 한 사람으로, 삼각산 아래에서 글을 읽던 당시 김시습(1455년, 단종3)은 21세의 청년이었다. 그때 마침 세조가 단종의 자리를 빼앗았다는 소식을 듣고는 사흘 동안 문을 걸어 잠그고 있다가 나와서 통곡을 한 다음, 책을 모두 불태우고 공부를 접었다. 그리고는 미친 체하며 도망쳐서 머리를 깎고 중이 되어 스스로 설잠雪岑이라 하였다. 그때부터 그의 방랑이 시작되었다. 그가 모처럼 한양 성안에 들어오면 어린아이들이 떼지어 뒤따르면서 '다섯 살'이라고 불러댔다. 다섯 살 적에 김시습이 신동이라고 불리어 대궐에 들어간 사람이라는 소문이 돌았기 때문이다. 성에 들어오면 주로 향교동에 묵었다. 그의 서울행을 듣고 서거정이 찾아가면 벌렁 드러누워서 두 발을 벽 사이에 거꾸로 기대고 발장난을 하면서 종일 얘기하였을 만큼 둘이 친했다.

김시습과 같은 시대를 살았고, 절친한 친구이자 나이 많은 선배였던 사가정四佳亭 서거정徐居正(1420~1488)의 '꽃을 대하고 읊다'[對花吟대화음]는 시 또한 김시습의 '꽃을 보다'[看花간화]라는 시와 표현하고자 한 것은 같다. '꽃을 보고' 읊은 것이나 '꽃을 대하고 읊은' 것이 한 가지 제목이듯, 두 사람은 해마다 꽃을 보며 부질없는 인생과 세월의 무상함을 느끼고 있는 것이다. 그들은 꽃을 그저 단순한 감상의 대상으로 보지 않는다. 꽃과 자신의 동일시이다. 시들어서 지는 꽃을 보며 인생을 생각하고, 늙어가는 자신의 모습을 꽃에 갖다 대고 슬퍼한다. 시인은 술이 없으면 그 슬픔 이기지 못할 것이기에 술을 마시며, 월급도 입는 옷마저도 술 사는 데 썼다고 너스레를 떨었다. 하기사 술꾼들이 평생 술집에 바치는 돈이 어디 만만한 액수인가? 하지만 여기서 술은 일종의 핑계이다.

예전에 꽃 필 때 나는 소년이었지
올해 꽃이 필 때 나는 노년이라네
노년에 꽃을 대하니 슬픔에 잠겨
꽃이 필 때 술이 없을 수 없다네
내 월급은 술 빚는 마을 것이 되고

내 옷은 술 사는 데 쓰는 돈이 되지

꽃을 대하고 술 마시니 두 뺨이 불그레해

꽃 앞에서 마시지 않으면 근심 어이할까?

昔年花開我年少

今年花開我年老

年老對花潛悲傷

花開不可無壺觴

我祿盡爲釀酒村

我衣盡爲沽酒財

對花酌酒面雙酡

對花不飮愁奈何

서거정이 64세에 지은 시이다. 음력 2월의 이른 봄에 활짝
핀 꽃을 보면서 시름을 이기지 못해 술로 달래는 자신의 모
습을 그렸다. 물론 음력 2월에 피는 꽃은 매화이다. 해마다
매화가 피고 지는 사이에 소년이 노인이 되었음을 발견하고
시인은 말할 수 없는 슬픔에 빠져든다. 꽃을 보면서 자신의
삶을 돌아보게 되었고, 화려한 꽃을 바라보면서 자신의 늙고
초췌한 모습에 그만 상심하였다. 꽃을 보면서 세월의 흐름을

알게 되었고, 꽃이 지는 것을 보면서 수심을 갖게 되었다. 이처럼 피고 지는 꽃을 자신의 인생으로 파악하고 있다. 이러한 서거정의 인식을 한마디로 표현하자면 화인일체花人一體라고 해야 할까? 꽃과 사람을 한 가지로 본 것이다.

서거정의 호는 사가정이다. 서울 지하철 7호선 사가정역은 그의 호에서 빌린 이름. 그는 권근의 외손자이다. 여섯 살에 글을 지어서 신동이라고 불렸다. 여덟 살에 외할아버지 양촌 권근 앞에 앉은 서거정이 "옛날 사람은 7보에 시를 지었다고 하는데 그것은 늦은 감이 있으니 5보에 시를 짓고자 합니다."라고 말하고는 그 자리에서 시 한 편을 뚝딱 지었다고 한다.

참고로, 칠보시를 지은 사람은 조조曹操의 아들 조식曹植(192~232)이다. 조조가 가고, 그로부터 대권을 물려받은 형[1] 조비曹丕가 일곱 걸음을 때는 동안에 동생 조식이 시를 짓지 못하면 죽이겠다고 하였다. 조식은 형 조비가 돌아서서 일곱 발자국을 다 떼기도 전에 시를 지어 살아날 수 있었다. 그래서 이 시를 흔히 칠보지시七步之詩 또는 칠보시라고 한다.

---

1) 위(魏) 문제(文帝)이다.

콩을 삶으려고 콩대를 태우니

콩이 가마솥 안에서 소리 없이 운다

본래 한 뿌리에서 태어났거늘

서로 볶아댐이 어찌 그리 급한가

煮豆燃豆萁

豆在釜中泣

本是同根生

相煎何太急

    사람을 들볶는 형을 콩을 볶는 가마솥과 불에 타는 콩대로
비유하였다.

    그런데 똑같은 '꽃구경'[看花간화]인데도 다산 정약용
(1762~1836)의 꽃구경엔 술이 필요하지 않다. 집 밖의 꽃을 보
려 하지도 않는다. 내 집 안의 꽃으로 만족한다. '이 꽃 저 꽃
다 꺾어 봐도 우리 집 꽃보다 못하다'는 것은 무슨 뜻일까?
집 밖의 꽃을 보는 그 마음마저도 탐심貪心이라고 여기는 것
이다. 그것이 무엇이든 자신에게 주어진 것 이상으로 욕심을
부리지 않겠다는 뜻을 담고 있다.

    그래서 그는 내가 가진 것만으로 만족한다. 꽃을 보는 것

마저도 자신이 가진 것 이상을 바라지 않는다는 것이니 물욕에 물들지 않는 경지이다. 이것을 한마디로 표현하자면 이런 이야기가 될 것이다.

"나는 오직 만족한다."(吾唯知足)

즉, 다산 정약용은 오유지족吾唯知足을 말하고 있는 것이다. 이것을 바꿔 말하면 "만족함을 알면 욕됨이 없다(知足不辱)"이다. 『노자』에서도 "만족함을 알면 욕됨이 없고 분수에 맞게 멈춤을 알면 위태롭지 않으니, 이렇게 하면 오래도록 안전한 삶을 유지할 수 있다."고 하지 않았는가.

여느 사람과 다를 게 없는 꽃구경인데 다산 정약용의 가슴엔 인생과 늙음에 대한 슬픔이나 번민·고뇌·애상과 같은 감정이 없다. 방화(訪花, =꽃을 찾다)라는 시에서 그의 달관의 경지를 엿볼 수 있다.

백 가지 꽃 꺾어서 보아도
우리 집 꽃보다는 못하네
꽃 종류가 특별해서가 아니라

그냥 우리 집 거니까

折取百花看

不如吾家花

也非花品別

秖是在吾家

그저 꽃을 대한 순간의 직관적 감상을 말한 것인데, 담백한 맛이 있다. 꽃을 보는 마음조차도 욕심이 없고 순수하다. 내 집의 내 꽃만 해도 실컷 볼 수 있기에 굳이 남의 꽃, 울타리 바깥의 꽃을 탐하지 않는다. 아마도 정약용이 말한 꽃은 자신의 마음에 피운 꽃, 그러니까 심화心花일지도 모른다. 마음에 담은 많은 지식과 여유, 관용과 배려, 넉넉한 마음, 이런 것들이야말로 그가 마음에 피운 꽃일 것이다. 다산 정약용이 삶에 대해 갖고 있던 달관의 일면을 엿볼 수 있는 시가 더 있다.

어찌 늙음을 피할 수 있으랴

죽음도 어찌 피할 수 있으랴

죽으면 다시 태어나지 못하는

인간 세상을 하늘로 여기다니

無可奈何老
無可奈何死
一死不復生
人間天上視

　사람마다 인간 세상을 천상계(天上界)로 여기고 있지만, 죽으면 다시 돌아올 수 없는 우리네 삶에 대해 장년 이후의 정약용은 많이 고민했던 것 같다. 누구나 각자 다른 수명을 갖고 태어나지만, 자신에게 주어진 시간을 어떤 내용으로 채울 것인가는 또 다른 문제이다.

　황준량의 '진달래꽃을 처음 보고'[初見杜鵑花초견두견화]라는 작품은, 제목으로만 보면 마치 진달래꽃을 처음 보는 사람인가 의심할 수 있다. 그러나 시인이 살아오면서 진달래꽃을 처음 보았겠는가? 어느 해 봄인가, 시냇가 벼랑에 진달래가 흐드러지게 피어 시냇물이 온통 붉게 물든 것을 보고, 또다시 세월이 흘러 나이를 보태게 되었음을 슬퍼한 것이리라.

　온 산 진달래꽃 봄바람에 활짝 피어서
　시내와 벼랑에 노을이 비친 듯하여라!

해마다 피고 지는 게 본래 섭리이건만

시인은 부질없이 가는 세월 슬퍼하네

春風開遍萬山花

曲澗崩崖映彩霞

開落年年元有數

騷人枉費惜年華

한시의 맨 마지막 행에 나오는 **騷人**(소인)은 '시끄러운 사람' 즉, 시인을 말하고, **年華**(연화)는 '해마다 펼쳐지는 화려한 봄'을 의미한다. 시인은 봄날의 꽃잔치, 다시 말해서 화연花宴을 보고서 문득 서러운 인생을 떠올렸다. 봄꽃들의 잔치, 그 화려함이야 어디에다 비길 것인가? 그 역시 꽃에서 인생을 본 것이다.

황준량의 '진달래꽃을 처음 보고'라는 시는 상촌象村 신흠 **申欽**(1566~1628)[2]의 '시내 위에서 아이들에게 써 보이다'[溪上

---

2) 신흠은 임진왜란 때 신립을 따라 조령전투에 참가한 경력이 있다. 신립이 패하자 강화도로 들어갔다가 정철의 종사관이 되었다. 1608년 대사헌으로 세자책봉주청사(世子冊封奏請使)가 되어 명나라에 갔다가 이듬해 귀국하였으며 1613년 계축옥사가 일어나자 파직되어 춘천에 유배되었다. 인조반정 이후 이조판서, 좌의정이 되었으며 정묘호란이 일어나자 세자를 모시고 전주로 피난하였다. 나중에 돌아와서 영의정에 올랐다.

示兒輩[시아배]라는 시와 비슷한 분위기를 전한다.

지팡이 짚고 홀로 시내 모퉁이 나오다 보니
바위 감돌아 나 있는 길에 이끼가 덮였어라
철쭉꽃 진달래가 어울려 비쳐 있는 곳에서
내가 걷는 길 봄빛은 지팡이를 따라오는데
扶藜獨出小溪隈
細路縈巖暈碧苔
躑躅杜鵑相映處
春光隨我杖頭來

철쭉과 진달래가 함께 무리 지어 핀 모습이 시냇물에 얼
비쳐 짙붉다. 그 물가를 걸어가다 갖게 된 느낌을 '봄빛이 내
가는 길에 지팡이를 따라오더라'는 말로 압축하였다. 내 가
는 길이 인생길이고, 그 시간을 지팡이가 드리운 그림자로
표현하였다. 한창 봄이 익고 있는 한가운데를 걷고 있는 자
신을 '봄날의 순간'이라는 시간으로 맵시 있게 형상화하면서
자신이 봄빛에 흠뻑 젖었음을 매우 격조 있게 과장하였다.
그러면서 '청춘 뒤에 바로 노년이 따라온다'는 뜻을 살포시

던져놓았다. '시내 위에서 아이들에게 써 보인' 뜻이 바로 이것이었다. 봄엔 진달래를 뒤따라 철쭉이 핀다. 그럼에도 시인은 진달래와 철쭉이 어울려 있다고 하였다. 시냇가를 따라 흐드러진 핏빛 꽃잎의 화려한 자태를 한껏 부풀린 시심으로 드러냄으로써 봄 분위기를 한층 고조시켰다.

진달래꽃으로 말하면 김삿갓(金炳淵, 金笠)이 썼다고 전해오는 '함관령咸關嶺'이란 시도 빼놓을 수 없겠다. 남녘에서는 진달래가 진 지 한 달은 되었을 때이건만 함경도 북쪽 함관령 산꼭대기의 진달래는 초여름 문턱인 음력 4월에 이제 겨우 몇 송이 피고 있다.

사월에 함관령에 오르니
북청군수가 춥다고 한다
진달래 이제 막 피고 있으니
봄도 산을 오르기 어려웠나?
四月咸關嶺
北靑郡守寒
杜鵑今始發
春亦上山難

겨드랑이 아래로 동해가 내려다보이는 함관령. 함경북도 북청과 홍원洪原의 경계에 있는 높은 고개이다. 그 고개를 북청 군수와 김삿갓이 함께 넘던 사월 어느 날의 시다.

북청 군수는 자꾸만 춥다고 한다. 계절은 이미 음력 사월 인데도 어찌나 높은 곳인지 아직도 진달래가 두세 가지밖에 피지 않았다. 그러니 봄도 이 높은 고갯마루까지 올라오기가 몹시도 힘들었던 모양이라고 허풍을 떨었다. '시내 위에서 아이들에게 써서 보여 주었다'는 상촌 신흠의 시가 삶을 곱 씹어보게 한다면, 김삿갓의 '진달래'는 그저 함경도 북청 높은 산꼭대기의 4월 진달래를 본 느낌을 간단히 적은 단상에 불과하다.

함관령 산꼭대기 추위에 진달래가 피던 무렵에서 한 달 가량을 거슬러 올라가면 어떨까? 삼월 어느 날, 유랑 중인 임제林悌(1549~1587)를 따라가 본다. 어느 해엔가 임제는 영남 지방으로 유람을 갔다. 산야에 진달래가 붉게 여울지던 그 때, 시냇가에 나가 진달래 화전花煎을 부쳐 먹었다. 그 기억 을 떠올리고 훗날 그는 '영남지방을 여행할 때 화전놀이에 서'라는 시를 남겼다.

시냇가 돌에다가 솥뚜껑을 걸어놓고

흰 가루 맑은 기름으로 두견화전을 부쳐

젓가락으로 집어 먹으니 향기가 입에 가득

일 년의 봄빛이 뱃속에 전해지는구나

鼎蓋撑石小溪邊

白粉淸油煎杜鵑

雙箸引來香滿口

一年春色腹中傳

　그가 유람하며 화전을 부쳐 먹은 곳이 영남지방 어디였는
지는 알 수 없다. 그렇다고 화전이라 해야 무슨 특별한 맛이
있었을까만, 화전 하나를 먹어본 뒤 '한 해의 봄빛이 뱃속에
전해진다'고 한 것은 그저 마음으로 느끼는 감상이다. 옛날
사람들은 봄에 진달래가 한창일 때면 몸 안 가득 봄을 맞으
려 으레 이런 화전놀이를 즐겼다. 지금은 봄에 진달래를 부
쳐 먹는 이가 몇이나 되겠는가. 바디감(Body) 좋고 향과 맛이
입에 착 달라붙는 에일(Ale) 몇 잔에 피자 한 판으로 배를 두
드리며 만족하는 지금의 우리네들에겐 별로 와닿지 않는 얘
기이다. 다만, 그 계절이 주는 상큼함을 고스란히 느낄 수는

있겠다.

봄이면 우리의 산하 어디나 흔하디흔한 꽃이었던 때문일까? 진달래꽃을 읊은 시도 의외로 많이 남아 있다. 이름이 별로 알려진 인물은 아니지만 조선 중기의 정염丁焰 (1524~1609)은 두견화杜鵑花라는 제목의 시에서 "두견새 울 때 피어 온 산을 꽃 이름으로 꾸민다"[3]고 읊었다. 그렇지만 두견새 울 무렵에 피는 꽃이면 진달래가 아니라 철쭉이 아닐까 싶다.

진달래가 피는 때면 아직은 썰렁한 겨울 냄새가 채 가시지 않았다. 그 무렵이었던가! 조선 중기 호남의 문인 김인후金麟厚(1510~1560)가 남긴 **花枝**(화지)라는 제목의 시가 있다. '꽃가지'를 보고 봄날의 모습을 그린 것인데, 추위가 아직 다 가시지 않아 꽃망울이 맺힌 상태에서 아마도 매화를 보고 있었나 보다.

담 너머 꽃가지 봄 되니 움트려 하네

해마다 옛날의 정신을 길이 보게 되네

---

3) 杜宇啼時開 滿山花名緣 鳥播人裳多 情望帝魂千古 爲鳥爲花亦等閑(『만헌집(晚軒集)』)

공연히 봄바람 시샘을 다시 받으면서

추위에 떠는 모습 가리고 옥인을 향하네

墻外花枝欲動春

年年長見舊精神

無端更被東風妬

掩抑寒姿向玉人

통상 옥인玉人이라 하면 귀한 사람이나 매화를 가리키는데, 이 경우에는 매화로 보는 게 옳겠다.

김인후는 풍채가 남달랐다. 젊어서 인종仁宗(1544~1545)이 알아주어 특별히 대우받았는데, 을사사화(1545년 7월) 이후 호남 장성으로 내려가 인간사를 멀리하고 살았다. 해마다 7월의 을사사화가 있었던 날에는 술을 갖고 산으로 들어가 한없이 통곡하였다. 정철은 그의 행동을 사모하여 "해마다 7월이 되면 일만 산중에서 통곡하네."(年年七月日 痛哭萬山中)라고 읊은 일이 있다.

김인후에 관해서는 흥미로운 이야기가 전해온다. 다섯 살 때 그 아버지가 천자문을 주니 어린 김인후는 그저 눈을 동그랗게 뜨고 바라볼 뿐 말이 없었다. 그 아버지가 '무슨 팔자에 저런 벙어리 자식을 두었는가?'라며 버럭버럭 화를 내고 한탄하였는데, 조금 있다가 어린 김인후가 손가락에 침을 발라 창문에 천자문 글자를 썼다. 그제야 자식으로 여기고 기특하게 여겼다. 이후 책을 받으면 모두 읽었고, 여섯 살에는 손님과 마주하여 시를 지었다고 한다.(『연려실기술』).

조선 왕가의 대군으로서 시에 능한 영재였던 주계군朱溪君 이심원李深源(1454~1504)은 연산군 때의 인물이다. '효령대군의 증손자인 그는 조선 왕실의 종친이었다. 효령대군은 태종의 둘째 아들로서 세종의 형이다. 그렇지만 '조선 시대 왕이 되지 못한 왕족은 상갓집 개만도 못하다'는 말이 있었을 만큼, 이씨 종친으로서 차고 시린 삶을 산 사람이 아주 많다. 그 역시 임사홍任士洪으로부터 모함을 받아 갑자사화로 죽음을 맞았는데, 그가 봄날의 살구꽃 핀 정경을 보고 노래한 시가 있다.

하룻밤 새벽 비에 지고 남은 살구꽃
곳곳에서 사람들 무논을 갈고 있네
푸르고 망망한 바닷가에 홀로 서서
슬픔 견딜 수 없어 삼신산 바라본다

一犁春雨杏花殘
處處人耕白水間
獨立蒼茫江海上
不勝惆悵望三山

　성종의 형이었던 월산대군月山大君은 풍월정이라는 이름으로도 불린다. 풍월정風月亭 이정李婷(1454~1488)과 서호주인西湖主人이란 필명을 사용한 무풍정茂豊正 이총李摠(1488~1544), 그리고 주계군 이심원이 조선왕가 종실의 3대 문인이었다. 위 시는 주계군의 즉사(卽事, 일이 있어서)라는 시이다. 여기서는 다만 살구꽃 피고 물을 댄 논을 갈고 있는 시절에 바닷가에 나가서 느낀 감회를 적었다. 삼산三山을 거론하였으니 아마도 봄날에 느낀 인생무상을 말하고자 함이었을 것이다. 시인이 말한 삼산은 삼신산三神山이다. 사마천의 『사기』에 의하면 신선이 살고 있다는 곳으로서 삼산은 봉래산, 방장산, 영주산의 세 곳을 이르는 이름이었다.

　주계군朱溪君 이심원李深源 역시 하룻밤 새에 꽃이 지는 것을 보고, 덧없는 인생을 한탄한 것이었으리라. 불로장생을 꿈꾼 진시황이 삼신산에 동남동녀 수천 명을 보내어 불사약을 구하려 했으나 한 사람도 돌아가지 않았다는 전설이 있으니. 하기사 인간 세상에 불사약이 없음을 안 그들이 자신의 목을 보전할 수 있는 유일한 길이 돌아가지 않는 것이었음을 너무도 잘 알고 있었다는 이야기이다.

주계군 이심원은 성광자醒狂子라는 호를 사용하였다. 성광자는 '술이 깨어 미친 사람'이란 뜻이니 자신이 늘 취해 있기를 바랐던 것 같다. 조선 왕가의 사람으로 태어나 왕이 되지 못했으니 취하여 몽롱한 상태가 아니면 견디기 어려웠다는 표현일 수도 있겠다. 아무튼 성광자라는 호칭은 그의 적극적인 현실 인식과 삶의 태도를 나타낸 것으로 볼 수도 있겠다. 그는 과거에도 합격한 인재였으나 연산군 때 임사홍의 간악함을 고했다가 죽임을 당했다. 그가 느낀 봄날의 슬픔이란 아마도 그가 젊은 날 겪은 특별한 감정이었을 수도 있다.

조선 후기의 시인이자 화인이었던 이덕무李德懋(1741~1793)의 '강행江行'이란 시는 꽃 핀 강가의 봄날을 환상적으로 그려내었다. 바다 가까이로 길이 나 있고, 길 따라 강물이 바다로 간다. 날이 맑아 햇살은 곱고, 바람에 모자도 삐딱하게 기운 그대로이다. 꽃잎을 줍는데 바람이 몰아치면서 머리에 쓴 모자(갓)가 비뚤어지거나 날아가도 별로 개의치 않는 모습이

다. 바람 불 때마다 우수수 지는 꽃잎. 꽃보라가 길에도 강에
도 자욱하게 내려앉는다. 봄을 보내는 길목. 길을 가다가 지
는 꽃잎을 주워본다. 눈처럼 쏟아지는 꽃비 속에 나그네는
정신이 없다.

길 가며 주워도 다시 지는 가여운 꽃
맑은 햇살 부는 바람에 모자는 갸우뚱
외로운 섬은 푸르고 홀연 조수는 흰데
우뚝 선 뱃사공 노 저어 모래밭을 가네
憐花行拾墮來花
陳陳光風帽任斜
孤島劇青潮忽白
船郎突兀刺晴沙

『청장관전서』(권10) 「아정유고雅亭遺稿」에 실린 시인데, 바
라보니 강 가운데 섬에는 풀이 푸르고, 밀려오는 파란 바닷
물이 뒤집히며 흰 포말을 일으킨다. 청과 백의 대비로 보아
바다가 보이는 강 하구쯤에서 본 풍경일 것이다. 그 강물에
자욱하게 떨어진 꽃잎들. 하얀 모래처럼 반짝이는 꽃잎을 헤

치고 노를 젓는 뱃사공. 모래밭을 끼고 배가 강을 내려간다. 역시 청과 백을 대비시켜 시각적 효과를 극대화하고 있다. 어쩌면 바다로 흐르는 강물은 시간이다. 다시 말해서 강행에서 말하는 강은 시간의 강이다. 물에 진 무수한 흰빛 꽃잎은 시간에 떠밀려 흐르는 우리네 인생, 흐르는 시간 위에 오고 가는 무수한 생명들을 이야기하고 있는 것인지도 모른다. 청장관 이덕무의 시 세계는 한 마디로 그림과 철학의 조화에 있다.

이덕무보다 한 세대 위인 김창협金昌協(1651~1708)에게도 이덕무의 시와 제목이 똑같은 시가 있다.

갈대 줄기마다 이슬 꽃이 가득하고
초가집에 한밤 내내 부는 가을바람
맑은 강 삼천리 길을 누워서 오르니
밝은 달빛에 노 젓는 소리 꿈인 듯
兼葭片片露華盈
蓬屋秋風一夜生
臥遡淸江三千里
月明柔櫓夢中聲

김창협이 '강행(江行)'에 펼쳐놓은 강가의 풍경은 갈대꽃이 뽀얗게 핀 가을이다. 한밤 내 가을바람 불고 달빛 흰 밤, 꿈속에 들리듯 노를 젓는 소리가 들리고 있다. 조용한 달빛 속에 흐르는 시간을 제시하여 몽롱한 분위기를 전해준다. 가을 달밤을 이야기하자니 김시습의 달꽃[月花월화]이라는 시가 떠오른다. 그러나 여기에는 꽃은 보이지 않는다.

달꽃[月花월화]
뜰 가득 맴도는 향기 정말 진해
아리따운 모습 단아하기도 해라
항아의 이름 빌린 까닭 있다네
전생의 분신 하늘에 있지 않은가
滿庭香氣正氤氳
婷約風流態度均
名借姮娥良有以
還疑天上有前身

다만 하늘에 뜬 달과 뜰에 가득한 달빛 그리고 꽃향기로 대상을 설정하고 있다. 뿐만 아니라 달 속에 미인 항아姮娥

가 산다는 말도 까닭이 있다는 게 시인의 생각이다. 즉, 그는 자신의 전신이 달이었다고 믿고 있는 것 같다. 이것을 고급스런 말로 명월전신明月前身이라고 한다. '밝은 달이 나의 전신이었다'는 것인데, 과대망상증이었을까? 이 말은 '달과 같이 밝고 조용한 시품詩品을 가져야 한다'는 뜻이다. 이런 측면에서 바라봐야만 월화月花와 '뜰에 맴도는 향기'가 지닌 의미를 제대로 이해할 수 있게 된다. 이쯤 되니 슈만의 달밤(Mondnacht)이란 아름다운 곡과 노래가 들리는 듯하다.

"마치 하늘이 조용히 대지에 입 맞추는 듯한 밤

희미한 붉은 빛 속에 대지는 하늘을 꿈꾸고 있는 듯

들에서 바람이 불고 들판의 이삭이 천천히 물결치네

숲은 은밀하게 웅성거리고 별이 밝은 밤이었다네…

그리고 내 영혼은 날개를 펴고

조용히 집으로 날아가듯이 들판을 날아갔다"

……

김시습의 또 다른 작품 산정화山頂花는 무슨 꽃일까?

저 험한 절벽 위에 누가 꽃을 심었나

붉은 꽃잎이 져서 비처럼 쏟아지네

푸른 소나무 구름바다 사이에

오직 집 한 채가 있네

誰種絶險花

雜紅隕如雨

松青雲氣中

猶有一家住

첫 행 만을 보면 신라 성덕왕 때 한 노인이 수로부인에게 꽃을 꺾어 바치며 지었다는 헌화가와 분위기가 흡사하다. 그러나 산정화가 어떤 꽃인지는 알 수 없다. 단순히 산 위 높은 곳(산정)에 피어 있는 꽃을 말한 것이지 어느 종류의 특정 꽃을 가리키지는 않았다. 다만 잡홍雜紅이라고 한 것으로 보아 울긋불긋 여러 가지 붉은 꽃이 어우러진 것임을 알 수 있다. 절벽 위에 피었으니 눈으로만 바라볼 수밖에. 시인은 그저 눈에 보이는 것을 그대로 옮겨 놓았을 뿐이다. 붉은 꽃이 지고, 푸른 소나무, 하얀 구름이 펼쳐진 숲속 그윽한 곳에 집이 한 채 있다. 역시 한 폭의 동양화를 보는 것 같다. 시를 읽다 보면 어느새 나는 그 속으로 들어가 있는 것으로 믿게 된다.

　이 시는 김시습이 청평사를 찾아가는 길에 소나무숲 절벽을 배경으로 울긋불긋 핀 꽃들을 바라보며 지은 시로 짐작된다. 사실 조선 시대의 선비들 가운데 청평사를 대상으로 쓴 시가 몇 편 된다. 현대시 가운데도 청평사란 제목의 시가 몇 편이 있다. 조선의 시인들이 그린 청평사가 오늘의 춘천 소양호변에 있는 청평사인지는 알 수 없다. 그 청평사라면 소양호 선착장에서 편리하게 배를 타고 10여 분 들어가면 되지만, 1970년대 초 소양호가 생기기 전까지만 해도 춘천에서 청평사를 가려면 소양강을 굽이굽이 거슬러 한참을 올라가야 했다. 그 먼 길을 돌부리에 채이고, 개울 건널 때마다 속세의 일을 하나씩 떨어트려 가면서.

　손에 쥔 것들을 내려놓는 일은 한 마디로 자기 수련의 길이다. 험한 절벽 위에 핀 꽃은 인고忍苦의 노력 끝에 얻는 결실을 말하는 것일 수도 있다. 시인의 통찰력과 함께 복잡한 것을 단순화하여 사유할 줄 아는 경지를 보여주는 작품이 아닌가 한다.

　달이 한 번 찼다가 이우는 사이에 피고 지는 꽃을 보면서 우리네 인생도 저 꽃과 다를 바 없음을 알았던 것일까? 중국의 자연주의 시인 도잠陶潛(365~427)은 일찍이 이렇게 노래하였다.

밝고 밝은 구름 사이 달이오
곱고 고운 잎 속의 꽃이로다
어찌 한때 좋은 시절 없었을까만
오래 가지 못하니 응당 어이할까
皎皎雲間月
灼灼葉中華
豈無一時手
不久當如何

도잠은 중국 동진 시대의 도연명陶淵明이다. 그는 집 앞에 다섯 그루의 버드나무를 심어놓고 살면서 스스로를 오류선생五柳先生이라고 불렀다고 한다. 도연명은 이 시에서 작작엽중화灼灼葉中華라 하여 '불타는 듯 붉은 잎 사이사이로 꽃이 핀 모습'을 묘사하였다. 도연명이 실제 하고자 한 말은 이런 것이었으리라.

"짙붉은 꽃도 한때의 화려함에 지나지 않으니 저 꽃과 인생
이 무엇이 다르랴!"

제각기 뽐내는 꽃들로 봄은 누구에게나 반가운 계절이다.
그래서 봄을 청안객靑眼客이라고도 한다. 청안객이란, 중국
진晉 나라 때 완적阮籍(210~263년)이라는 이가 반가운 사람을
볼 때는 푸른 눈동자[靑眼청안]로 보고, 미운 사람을 볼 때는
눈알을 뒤집어서 흰 눈으로 흘겨보았다[白眼視백안시]는 고
사에서 비롯된 말이다. 봄을 맞이하는 그의 마음이 얼마나
지극하고 반가웠겠는가. 봄을 맞으면 으레 산야로 나가 꽃구
경하며 분주하게 움직이던 옛 시인들의 모습에서 지금의 우
리는 무엇을 읽을 수 있을까?

조선 초기, 서른의 꽃다운 나이에 요절한 성간成侃
(1427~1456)의 시 7언절구 3수 중 첫 번째 작품에는 봄날, 꽃구
경 나들이에 분주한 모습이 잘 그려져 있다.

날마다 봄 찾다 보니 갓도 기울고
동산으로 달려가 차를 맛보려는데
멋대로 느긋하게 나비를 찾아가니

마침 시냇가엔 흰 오동꽃 피었네

尋春日日帽簷斜

走上東山欲試茶

隨意緩尋胡蝶去

溪邊時有白桐花

이 꽃 저 꽃으로 옮겨 다니며 꽃을 찾느라 봄내 바빴다. 머리에 쓴 갓이 기울거나 말거나. 맑은 꽃향기를 찾아 헤맸고, 청명 곡우 절기의 차 맛도 즐겨 누려 보았다만, 어느새 봄은 저만치 물러난 모양이다. 그 많던 들꽃이 다 사라진 것이다. 꽃을 찾을 양으로 꽃에 팔려 정신없이 나비를 따라갔더니 글쎄 흐르는 물, 시냇가에 오동나무 꽃이 한창이네.

오동나무 꽃은 봄꽃들이 다 지고, 함박꽃(작약)과 장미가 피려는 시기에 비로소 연보랏빛 꽃잎을 피워올린다. 그 색깔이 봄날의 등나무꽃과 닮았다.

성간의 또 다른 작품 '꿈에 물가에 이르다'[夢到水上몽도수상]는 시가 있다. 이 시에는 '꿈에 물가에 갔다가 절구 두 수를 지었는데 자못 의취가 있었다'(得二絶頗有意趣)는 설명을 따로 곁들여 놓았다. 말 그대로라면 꿈속에서 본 봄날의 물가

정경을 실제 모습처럼 펼쳐 보인 것인데, 시를 읽다 보면 휘황한 봄날을 꿈처럼 그린 것인지, 꿈속에서 본 봄날을 그린 것인지 자꾸 헷갈린다.

산 아래로 흐르는 시내 몇 줄기로 나뉘는데
시냇가 꽃나무에 노니는 사람 심란하게 하네
울긋불긋 다투어 핀 온갖 꽃들 구경하려고
지팡이 짚고 천천히 걸어갔더니 근원은 하나
山下溪流幾股分
溪邊花木惱遊人
欲看萬朶爭紅紫
緩步扶筇到一源

2수 중 첫수에 해당하는 시로, 시인은 시내를 거슬러 올라 물이 시작되는 곳까지 찾아갔다. 꽃을 보려고 시내의 근원까지 더듬어간 것이라는데, 성간이 이렇게 말한 봄 풍경이 과연 꿈에서 본 것일까? 물론 그의 말대로 꿈에서 본 봄 풍경일 수 있다. 하지만 그가 그린 것은 실제의 봄일 것이다. 다만 꿈을 빌어서 봄날의 풍경을 말한 실제의 의도는 '꿈같은 봄날'을 그리려는 데 있었다. 그렇다면 이 시는 꿈에 본 것이 아니라 어느 해 봄에 본 꿈결 같은 풍경이라 해야 할 것 같다. 시의 맨 마지막 구절에 쓴 공죽筇은 본래 중국 남부 촉蜀 지방의 공현筇縣이라는 마을에서 나는 대나무로 만든 지팡이를 의미하던 말이었다. 성간의 미성년 시절 이름은 화중和中이었다. 호는 진일재眞逸齋. 『용재총화』의 저자인 성현成俔의 형이다.

진일재 성간의 이러한 접근법을 화담 서경덕(1489~1546)의 '춘일春日'이라는 시에서도 볼 수 있다.

성곽 밖에 사니 속세의 잡다한 일 없고
산빛 짙은 창 안에 자니 늦게 일어나네
봄을 찾아서 골짜기 시냇가를 거닐면서
예쁜 꽃가지를 눈에 띄는 대로 꺾어보네
廓外無塵事
山窓睡起遲
探春行澗壑
看取好花枝

화담 서경덕은 한창 무르익은 봄의 무대를 성 밖에서 찾고 있다. 그것은 언젠가 그의 삶이 도성 내에서 주로 이루어졌음을 알려주는 단서일지도 모른다. 그가 머문 곳은 성곽 밖의 촌가. 아마도 인적이 드문 곳이었으리라. 창밖엔 산 빛깔이 짙푸르다. 느지막이 일어나 시내 골짜기를 더듬어간다. 봄을 찾아 예쁜 꽃을 꺾어 코에 가져다 대보기도 하고. 꽃과 눈을 맞추며 어린아이처럼 순수한 마음을 가져본다. 시인은 곱고 아름다운 봄 경치를 감상하고 있다. 이런 것을 옛 시인들은 '꽃도 따고 잎도 딴다'는 의미에서 '전홍정재녹의剪紅情裁綠衣'라고 하였다. 홍정紅情은 꽃이고 녹의綠衣는 잎을 의미한다. 剪(전)은 가지를 '자르다'는 뜻. 시인에게 봄 산에서의 유락遊樂(놀이)은 그만큼 흥겨운 일이었으므로 '뽕도 따고 임도 보는' 기분이었을 것이다.

서경덕은 집안이 대대로 한미해서 농사일을 가업으로 삼았다고 한다. 가난했으나 남다르게 총명해서 힘써 공부를 하였다. 이른바 개천에서 난 용이라고 해야 할까? 아버지의 명령에 따라 과거를 봤고, 진사과에 급제하였지만 그 후 곧바로 공부를 접었다. 그는 스승의 가르침 없이 홀로 공부하여 깊이 터득하였으므로 늘 이렇게 말했다고 한다.

"내가 스승을 얻지 못했기에 노력이 너무 많이 들었다. 뒷사람들이 내 학설에 의지하여 공부한다면 나만큼 애쓰지 않아도 될 것이다."

서경덕보다 3백여 년 앞서 산 인물로 고려 시인 이규보(1168~1241)의 '앵도화櫻桃花를 노래하다'라는 시가 있다. 이 시에서는 화려한 봄날의 풍성함을 엿볼 수 있다.

가냘픈 몸매 간들간들 활짝 핀 앵도화여
잠 깨어 일어나니 눈앞을 환히 비치는구나
예전엔 올챙이알도 여름철 절물로 바쳐져
닫힌 궁궐 깊은 곳 더위 바람 맑았으리
櫻桃花發弄輕盈
睡起晴軒照眼明
蚪卵異時供夏薦
閟宮深處署風淸

복사꽃·살구꽃 같은 봄꽃들이 일제히 피는 봄의 한가운데서는 앵두꽃도 핀다. 작고 여린 꽃. 향기가 간지럽다. 가지마다 가득 무리를 이루어 피는 앙증맞은 꽃. 이 가녀린 꽃이 옛날 사람들에게는 지혜와 출세의 상징으로 인식되었던 듯하다.

화자는 대청마루 아니면 정자의 난간에서 잠깐 잠이 들었다. 얼마 후 일어나 돌아보니 맑고 환하게 눈을 비추는 붉은 앵두꽃이 반갑다. 꽃 지면 곧 앵두가 익을 것이다. 예전엔 한 해의 과일로서 가장 먼저 나는 것이 앵두였으므로 초여름이면 임금과 나라의 종묘에 모신 사직신 그리고 조상신에게 처음 딴 앵두를 바쳤다. 그것을 천신薦新이라 일렀는데, 천신하던 일을 떠올리면서 이규보는 앵두가 구중궁궐 차갑고 깊은 곳에 따뜻한 바람이라도 데리고 들어갈 것이라고 믿고 있다. 위 시의 번역문 가운데 '절물節物'이라고 한 것은 절기를 대표하는 물건이라는 의미다. 절(節)이라 함은 1년 365일을 15일로 나누어 24절기를 만든 기본 단위, 즉 15일을 의미한다. 다시 말해서 '한 마디(節)'라는 뜻에서 '절(節)'을 붙였고, 기간을 뜻하기 위해 '절기'라는 말을 쓰게 되었다. 따라서 15일 단위의 이 절기는 태양력에 기본을 둔 것으로서 태양의 황도를 24등분하여 이름 붙인 것이다.

또 시의 원문에 있는 두란蚪卵은 올챙이 알이다. 올챙이알처럼 작은 앵두도 옛날에는 나라의 사당 신(이것을 사직신이라고

한다)에게 계절의 햇과일로 드리던(천신하던) 때가 있었다는 말
이다.

봄날의 꽃구경은 한낮 시간만으로는 짧다. 기나긴 봄날 한
낮의 꽃놀이가 제일이라지만, 꽃놀이에 정신이 팔리면 그것
만으로는 아쉽다. 그래서 밤꽃놀이도 유행을 탄다. 밤에 보
는 꽃은 더욱 아름답다. 그 모양보다는 그윽한 향기에 마음
껏 취할 수 있어 좋다. 새벽 어스름에 보는 매화나 이화는 제
쳐두고라도 이젠 벚꽃이나 라일락·목련 등, 코뼈가 으스러
질 듯 파고드는 그 향기에 취하다 보면 봄밤은 너무 짧다.

밤을 그린 시인들의 시는 꽤 많다. 한 예로 조선 후기 김창
흡金昌翕(1653~1722)의 '호정잡영湖亭雜詠'은 호숫가의 정자
에서 달밤에 보는 정경들을 그린 연작시이다. 다음은 그의
『삼연집』에 실려 있는 호정잡영의 첫 번째 작품이다.

달이 뜰 때 기이한 변화 많아
해가 뜰 때보다 뛰어나다네
층층이 금빛 탑이 솟아오르고
수면엔 천천히 일렁이는 달빛
月出多奇變

勝 於 日 出 時

層 層 金 塔 涌

湖 面 漾 光 遲

　어둑한 밤, 달의 움직임에 따라 시시각각으로 사물이 다르게 보이는 것을 그려낸 한 편의 그림이라 하겠다. 호숫가 정자를 배경으로 서서히 달이 떠오르고 있다. 그에 따라 눈에 들어오는 야경, 그림자도 제각기 달라진다. 살랑 바람이 불어 호수의 물이 달빛에 출렁이고 있다. 서서히 움직이는 달과 달빛, 금탑과 호수 그리고 그것들이 자아내는 조용한 밤의 풍경을 그리면서 시인은 사물을 움직이게 만드는 달빛에 주목하고 있을 뿐이다. 이런 모습의 초야에 묻혀 살기를 바랐던 것일까? 그러나 시인은 끝까지 계절을 제시하지 않았다.

　김창흡은 조선 숙종 시대에 주로 활동하였다. 그의 호는 삼연三淵. 아버지 김수항金壽恒(1629~1689)과 김창흡의 형제들은 당시의 정치·문화를 주도하였을 정도로 중앙 정계에서 실력 있는 이들이었다. 가운데 형인 김창협金昌協(1651~1708) 등 그의 형제들 모두가 이름을 날렸다. 그중에서 김창흡은 시에 남다른 기량을 보였다.

중춘(仲春) 이후로부터 모란이 이울기 시작하는 초여름 한 밤 무렵까지 날마다 꽃을 보다가 덧없는 자신의 삶을 돌아본 시로서 중국 청나라 때의 시인 원매袁枚(1716~1797)의 '봄날 우연히 읊다'[春日偶吟춘일우음]는 시 한 편을 보고 가야겠다.

머리에 백발이 가득하여 백발은 쓸쓸하니
봄을 보내도 아직 정만은 그대로 남아 있네
모란꽃을 보다가 삼경 깊은 밤에서야 그쳤지
반은 꽃이 애달프고 나머지는 내 자신이 가여워서
白髮蕭蕭霜滿肩
送春未免意留連
牧丹看到三更盡
半爲憐花半自憐

봄이 가면서 정을 남겼다. 모란꽃을 보았다 하니 늦봄에서 초여름으로 접어든 시기이다. 마지막 행에서 시인은 꽃과 자신을 가련한 대상으로 그려냈다. 서로 같은 처지임을 알고 처연한 느낌을 갖게 된 것이다. 한 해의 봄을 주기로 피었다가 지는 '꽃의 박명함'을 애처롭게 여기면서 시인은 어느새 흰 머리칼이 늘어가고 나이 들어 삶이 얼마 남지 않은 자신을 꽃과 동일시하고 있다.

사실 시인은 어지럽고 시끄러운 속세를 떠나 자연에 묻혀 지내면서 '여유 있는 고독'과 사색을 통해 이런 시를 쓸 수 있었다. 사람의 마음은 고독을 먹고 자란다. 나를 돌아보는 시간이 많을수록 자신을 깊게 들여다보게 되고, 세상 경험이 많을수록 사유의 깊이는 더욱 깊어진다.

조용하여 고적孤寂하기까지 한, 산속에서의 삶을 조선 중기의 시인 정철(1536~1594)은 '산승의 시축에 쓰다'[題山僧軸제산승축]는 제목의 5언절구로 이렇게 드러내었다.

산속의 스님이 달력을 알아서 뭐 해!
꽃 피고 지는 것으로 계절 알면 되지
때때로 푸른 구름 속에
앉아서 오동잎에 시를 쓴다네
題山僧軸
曆日僧何識
山花記四時
時於碧雲裏

桐葉坐題詩

　정철의 『송강집』에 실린 이 시는 산승의 일상을 그리고 있다. 깊은 산, 절간의 승려에게는 하루하루 날짜를 세어볼 일도 없고, 계절을 가늠하려 달력을 볼 필요도 없다. 바삐 서둘러야 할 일도 없고, 누구와 시비를 다툴 일도 없다. 매일 주어진 삶을 그저 살아만 가면 만족이다. 산승의 달력은 산에 피는 꽃들이다. 그것을 시인은 '산에 피는 꽃이 사계절의 기록'[山花記四時산화기사시]이라는 말로 간결하게 정리하였다. 실제로 그렇다. 무슨 꽃이 피면 언제이고, 또 그것이 지면 얼마쯤이 된다는, 시간과 계절 어림이 되는 것이 꽃이다. '때로 푸른 구름 속에서'라는 구절에서 푸른 구름은 청산을 이르는 것이며, 오동잎에 쓰는 시 또한 계절의 기록일 것이다. 일 년 열두 달, 365일은 순서대로 피는 꽃들의 날이고 계절이다. 그런 점에서 열두 달 한 해를 화력花曆이라는 말로 나타내면 우리의 삶이 더 고와질까?

　정철의 이 시와 똑같은 뜻을 가진 시 한 편이 더 있다. 병산屛山 이관명李觀命(1661~1733)의 '달력에 쓰다'[書曆日서력일]는 작품이다.

낙엽 지고 꽃 피는 게 바로 사계절이니

인간 육십갑자 꼭 알 필요가 없어라

한가한 날 전원에 돌아와 일 있으니

솔과 대나무 심어서 짐작할 수 있다지

落葉花開即四時

人間甲子不須知

暇日田園還有事

栽松種竹此中推

  초야에 묻혀 사는 그에게는 달력이 없다. 전원으로 돌아가 자연에 묻혔으니 날짜를 헤아릴 일도 없다. 세월도, 나이도 잊은 지 오래되었다. 해 뜨고 지고, 낙엽이 지고 다시 꽃이 피는 순서만 알 뿐, 계절의 순회에 따라 대충 짐작하며 사는 삶에 만족하는 것이다. 그래서 잎이 늘 푸른 소나무와 대나무를 심었다. 계절의 변화조차 알 필요가 없으니. 그럼에도 달력에 굳이 이 시를 적어야 했던 이유는 그리 잊고 살리라는 다짐이었으리라. 어쩌면 아직도 시인은 세속을 다 잊지 못하고 있을 것이다.

  정철鄭澈의 자는 계함季涵이며 호가 송강이다. 약관 이전에 사용한 그의 이름 계함季凾에 쓰인 季는 막내를 뜻하는 말이다. 이 글자는 본래 어린아이가 벼를 베어 어깨에 메고 어른들을 따라가는 모습에서 만들어낸 글자이다. 물론 지금부터 3천3백여 년 전의 갑골문에서 비롯된 이야기이다. 어른들을 뒤따라가는 것이니 맨 뒤를 의미하는 말이 되었고, 그래서 결국 막내를 의미하는 말로 확대되었다. 실제로 그는 서울 장의동에서 4남2녀의 막내로 태어났다. 정철의 나이 10세 때 을사사화가 일어나 아버지가 유배되면서 그의 가계가 몰락한다. 그의 나이 16세에 비로소 부친이 유배에서 풀려나 담양 창평으로 내려가 거기서 약 10여 년 공부를 하였다. 이 기간에 양응정, 하서 김인후, 면앙정俛仰亭 송순宋純 등으로부터 글을 배웠다. 정철은 26세인 1561년에 진사시에 1등으로 합격하고 그 이듬해 문과 별과에 장원으로 합격하여 성균관 전적이 되었다. 33세에 이조정랑이 되었고, 38세에 홍문관 전한을 거쳐 좌의정에 오르게 되었다.

한편 성혼(1535~1598)은 율곡 이이와 더불어 서인西人이었고, 정철 또한 서인이었으므로 성혼과 정철은 가까웠다. 김만중金萬重(1637~1692)의 『서포만필』에 의하면 정철에게는 호기로운 기상이 있었지만 때로 술을 마시고 실수를 하였다고 한다. 그래서 성혼이 정철의 주벽을 힐책하는 일이 있었다. 그리고 어느 해 가을이었던가 보다. 그때, 처음에는 정철이 대답이 없다가 즉석에서 "산에 밤비 내리니 대나무가 울고, 가을이 다가오니 풀벌레가 침상 가까이로 기어든다"(山雨夜鳴竹 草蟲秋近床)고 읊었다고 한다.[4] 그러나 그 가운데 "흐르는 저 세월 어찌 멈출 수 있나"(流年那可駐)라는 구절이 있어서 그것을 본 성현은 "이런 표현은 그 아름답기가 전에는 보지 못하던 것이다. 그런데 지금 보니 '산마을 대숲에 밤비 내려 대숲이 울고, 가을 풀벌레 침상에 기어든다'는 구절과는 어울리지 않는다."고 평가하였다고 한다. 그것을 두고 후일 김만중은 성현의 이 평가를 매우 정확하다고 보았다.

중국 송시의 영향을 직접 받았던 고려 중기 이후 우리의 시편 가운데도 꽃을 노래한 빼어난 작품들이 많다. 물론 조선의 문인 가운데도 아름다운 시편을 남긴 이들도 적지 않다. 김삿갓(1807~1863)[5]도 그중 한 사람에 들 수 있다. 그는 한시의 운율을 무시한 작품들을 많이 지어서 그의 시를 두고

4) 鄭松江氣豪 時有酒失 成文簡(渾)先生貶之 松江初無所答 但卽吟 山雨夜鳴竹 草蟲秋近床 曰此亦可疵乎 文簡笑曰 下句 流年那可駐 亦未見其佳也 以今觀之 此語頗不相稱 文簡之評 極精極確(『西浦漫筆』)
5) 金笠, 본명은 金炳淵. 호는 난고(蘭皐)이다.

흔히 '작대기 시'라는 혹평을 하기도 하지만, 그 표현만큼은 뛰어나다. 김삿갓이 전국의 산하를 누비며 느낀 단상을 써낸 작품 중에서 '경치를 감상하다'는 의미의 '상경賞景'이라는 시가 있다.

한 걸음 두 걸음 세 걸음 다가서 보니
산은 푸르고 흰 돌 사이사이 꽃이 피었네
화인으로 하여금 이 경치를 그리게 한다면
숲속의 새 우는 소리는 어찌 그릴 것인가?
一步二步三步立
山靑石白間間花
若使畵工模此景[6)]
其於林下鳥聲何

희끗희끗 바윗돌이 보이는 푸른 산에 꽃이 피어 있다. 가까이 다가가 보니 그 모습들이 하나하나 어여쁘다. 그림을 멋지게 그릴 수 있는 화인畵人(=그림쟁이)이라면 그 경치를 그대로 종이에 펼쳐낼 수야 있겠지만, 새 소리는 누구도 담을

6) 이응수 선생이 수집하여 펴낸 책에는 3행 다섯 번째의 글자가 謀(모)로 되어 있다. 謀나 模는 모두 베껴내는 것을 이른다.

수 없을 것이라고 끝을 맺은 것으로 보아 꽃 가운데 새소리 요란했던 모양이다. 사실 예로부터 그림에 소리를 담을 수 없음을 한탄한 이들이 꽤 있었고, 그 소리를 담기 위해 공을 들인 이들도 아주 많았다.

　다음 시는 전하고자 한 의도가 김삿갓의 제화시題畵詩에서 보는 것과 똑같은 표현이다. 남의 그림에 신흠이 화제畵題로 써넣은 글이다.

　그림은 형체가 있어서 그리는 것
　그 형체는 어디서 생겨난 것일까?
　모양이 닮았다 아니다 의견 분분하나
　자연의 소리를 들을 길 없지 않은가
　畵是因形起
　形還緣底生
　紛紛辨形似
　天籟自無聲

그림이야 잘 그리고 못 그리는 차이는 있을지라도 어찌 되었든 비슷하게나마 그릴 수는 있다. 그러나 새나 곤충의 소리는 물론 바람 소리나 물소리, 자연의 소리는 지면에 담을 수 없음을 말하고 있다. 새는 그림 속에 그냥 앉아 있는 것이 아니라 한창 지저귀는 모습이었을 텐데 소리를 표현하지 못하였으니 무슨 새인지 알 수 없다.

젊은 시인 홍주세洪柱世(1612~1661)의 다음 시는 한 폭의 화조도라 해도 좋겠다.

뜨락의 풀 섬돌의 꽃이 눈을 밝게 비추며
한가한 가운데 마음과 주변이 모두 맑다
문 앞에 하루종일 찾아오는 수레는 없어
홀로 그윽이 새 한 마리가 간간이 운다
庭草階花照眼明
閑中心與境俱淸
門前盡日無車馬
獨有幽禽時一鳴

그윽하고 조용한 산가山家에 꽃이 한창인데, 사람도 없고 한가하다. 새들도 꽃에 취한 고즈넉한 봄날이다. 새 한 마리가 때때로 운다고 말함으로써 정적에 휩싸인 고적한 분위기를 한껏 일으키고 있다. 시인은 '새가 우니 산 더욱 그윽하다'(鳥鳴山更幽)고 말하고 싶은데, 옛 시인이 먼저 그 구절을 써먹었으니 난감했던 것일까? 그래서 마지막 행에서 '그윽이 새 한 마리가 홀로 때때로 한 소리씩 울어댄다'고 말하였다. 무슨 새가 어떻게 우는지에 대한 설명은 없다. 그러니 이 시를 읽는 사람마다 자신의 경험으로 새 소리를 떠올려야 한다. 이것은 의도된 것이다. 말하자면 우는 대상을 모호하게 흐림으로써 오히려 상상의 폭을 넓혀주는 효과가 있다.

아무튼 이렇게라도 시에 소리를 담기 위해 시인들은 저마다 끝없는 노력을 하였다. 그래서 시는 소리가 있는 한 편의 그림이 되었고, 그 때문에 사람들은 예로부터 시를 유성화有聲畵라고 하였다. 소리가 있는 그림이라는 뜻이다.

일 년 사시사철이 봄이라면 그건 봄이 아닐 것이다. 봄은 짧아서 더욱 아름답다. 또 꽃은 잠깐 피는 것이기에 아름답다. 아름다움은 순간이기에 아쉽고, 때로 안타깝다. 그래서 짧은 봄을 사시사철 가슴에 심어두려고 시인 이서구李書九(1754~1825)는 아예 자신이 바라는 '봄 마을' 하나를 만들었다. 꽃이 피지 않는 날이 하루도 없기를 바라며 고려 말 누군가가 화개花開란 지명을 만들었듯이, 일 년 내내 '봄이 머무는 마을'을 마음에 두고 싶어서 그는 '유춘동'을 생각해 내었다. 봄이 머무르는 마을, 그러니까 '유춘동留春洞'이라는 시는 봄과 꽃에 관한 이서구의 대표작이라고 할 수 있다.

숲속에 꽃향기가 끊이지 않고
뜰에는 풀잎 더욱 푸르러가네
봄은 언제나 마음속에 있음을
오로지 고요한 사람만 안다네
林花香不斷
庭草綠新滋
物外春長在
惟應靜者知

숲속엔 꽃이 차례로 피는 까닭에 언제든 그 향기가 끊임이 없다. 하지만 그런 것들은 사물 속에 존재하는 봄이다. 그의 시를 빌면 그런 봄은 물내춘物內春이다. 쉽게 풀면 사물에만 존재하는 봄을 말한다. 그것은 바꿔 말하면 꽃에만 있어야 하는 봄이다. 그러나 진짜 봄은 '사물 밖(=마음)'에 있다. 그것이 물외춘物外春이라는 말의 본뜻이다. 다시 말해 '진정한 봄은 길이길이 고요한 마음에 있다'(眞春長在於靜心)는 말을 하고 있는 것이다.

이서구의 이 시는 시가 아니다. 비록 시의 형식을 빌렸다고는 하나 그가 드러내고자 한 뜻은 '조용한 마음을 가진, 관조적 심상 속에 늘 봄이 있다'는 것이다. 조용한 가운데 춘심春心을 담고 살라는 것이니 말하자면 이것은 인생을 깨우치는 가르침이다. 유득공·박제가·박지원과 함께 강산薑山 이서구는 조선 후기 4대 시인의 족보에 이름을 올린 인물. 그의 꽃시도 마음에 담아둘 만하다. 그가 남긴 문집으로『척재집』과『강산초집薑山初集』이 있다.

마지막으로 꽃이 만개한 봄날, 밤늦도록 꽃구경에 취한 당나라 시인 이상은李商隱(812~858)의 '꽃 아래서 취하여'[花下醉]라는 시를 보고 가야겠다.

'꽃 아래서 취하여'[花下醉화하취]

꽃 찾아가 꽃 못 보고 술에 취해서

나무에 기대어 잠든 사이 해 기울고

사람들 흩어진 밤 깊어서야 술이 깨네

촛불 다시 밝히고 남은 꽃 구경하네

尋芳不覺醉流霞
依樹沈眠日已斜
客散酒醒深夜後
更持紅燭賞殘花

아마도 꽃이 거의 다 진 시기였던가 보다. 꽃구경을 나섰다가 꽃을 못 봤다니 그렇게 추리할 수밖에. 그냥 술에 취해 나무등걸에 기대어 잠을 자다 보니 해가 이미 기울었다. 사람들 모두 돌아간 뒤에 남은 꽃을 구경하는 시인의 마음엔 안타까움과 미련이 가득하다.

봄비 내리면 길을 떠나고 싶다

황준량과 마찬가지로 퇴계 이황에게서 배운 송암 권호문 權好文(1532~1587)의 삶은 남다른 데가 있다. 퇴계의 여러 제자와 달리 권호문은 관료로 나가지도 않았고, 초야에 머물며 한평생 세상을 등지고 은자隱者의 삶을 살았다. 끝까지 그는 출세의 길로 나가지 않았다. 퇴계가 그러하였고, 중국의 임포林逋가 그러했듯이 권호문도 청산에 은거하며 매화를 사랑하였다. 살림살이는 어려울 게 없었으나 세상 밖에 머물렀으니 가난한 선비였고 뜻을 펴보지 못한 한사寒士였다. 다시 말해서 자연 속에 숨어서 살다 간 일사逸士였다. 그의 세계를 엿볼 수 있는 '상춘賞春'이라는 시를 이리저리 더듬어 보고 가기로 한다.

봄 찾아 강기슭 따라가니 봄이 한창이라
정사에서 한가로이 열흘이나 머물렀네
새가 울어도 산 바깥소식 전해지지 않고
꽃이 피어도 세상 시름을 풀 수가 없네
앞마을에 한바탕 봄비가 내린 뒤

술병 든 시인은 어느 누각을 오르는가

넘실대는 봄 물결을 건널 수 없어서

채란가 부르며 봄풀 돋은 물가에 섰네

尋春江岸春方爛

精舍閒多十日留

鳥語未傳山外信

花嚬難解世間愁

前村一陣社翁雨

幾處百壺騷客樓

採蘭歌罷立芳洲

이 시에서 권호문은 봄의 운치를 가득 돋우는 매개물로서 봄비를 잘 활용하였다. 그가 말한 정사(精舍)는 아마도 지금의 고산정이었을 것이다. 황준량과 마찬가지로 권호문도 이황이 즐겨 머물던 고산정孤山亭에 자주 들렀으니 이 시에서 말한 정사는 고산정 아니면 도산서원을 이르는 것이리라. 고산정은 안동시 도산면 가송리, 청량산 입구이자 안동호 상류에 있으며 퇴계의 고가가 있는 토계리에서도 그리 멀지 않다.

권호문은 줄곧 시문이나 짓고 읊조리는 우아한 풍류 즉,

풍류유아風流儒雅의 삶을 추구하고 있는 것이다. 아무리 새가 울어도 산 바깥의 일을 알 수는 없다고 하였으니 그만큼 속세와 멀리 떨어진 곳이었다. 꽃이 피어도 세상 시름을 풀수 없다며 '세간의 시름'을 세간수(世間愁, 세상 근심)라고 제시해놓고, 봄비가 내린 뒤 강의 양안(兩岸)에 봄이 한창 찾아왔음을 알리고 있다.

시인은 그저 봄꽃이 한창인데 물이 불어서 강을 건너지는 못하고 그냥 물가에 서 있는 자신을 노래하였다. 좋은 시절이건만 강을 건너지 못하고 채란가를 불렀다고 하였으니 그 강은 실제의 강이 아니라 자신의 귀향을 막고 있는 현실의 장애물은 아니었을까?

시인은 술병을 쥐고 누각에 올라 집을 바라보며 부모님을 생각했던 듯하다. 채란가는 효자가 서로 부모를 봉양하도록 경계하는 것을 주제로 한 시라고 전해오니 그리 생각할 수밖에. 기원전 1600~1046년에 존속했던 중국 상商 왕조 시대의 『시경』이라는 시가집이 있다. 그 책의 소아小雅 편에는 '채란가'라는 편명만 전해오고 있다. 그런데 가사는 없으니 대신 이 시를 끼워 넣어도 좋을 듯하다.

참고로, 위의 한시 가운데 사옹우社翁雨는 사일社日에 내리는 비를 이른다. '사일'은 입춘이나 입추 뒤, 간지에 무戊 자가 들어가는 날 중에서 다섯 번째 무일戊日을 말한다. 다시 말해 입춘과 입추로부터 50일째 되는 날을 이르는 말인데, 나중에는 이것이 새로운 의미를 가져서 계절마다 한 번씩 제사를 지내는 날을 뜻하기도 하였다. 봄비가 내리고 꽃들이 망울을 터트리는 날, 불어난 냇물에 비친 자신의 모습을 들여다보는 시인은 어떤 감상을 가졌을까? 산림에 묻혀 사는 까닭에 찾는 이 없는 삶, 고적함에 뼈가 시릴 법도 하건만 시인은 마음이 여유롭다. 다만 부모님 생각이 간절했던 듯하다.

이처럼 '고요한 한적함'을 느껴볼 수 있는 또 한 편의 시로서 청나라 문인 대희戴熙의 공산춘우도空山春雨圖를 읽어볼 만하다. '빈 산에 봄비 내리는 그림'이란 제목으로 보건대 잎이 나기 전, 봄꽃들이 나타날 무렵을 그린 그림과 그 안에 쓴 화제 시이겠다. 그러나 이 시에는 외롭거나 적적함은 없고, 그저 한가로움만 있다(『習苦齋畵絮습고재화서』). 거울 속의 자신을 비춰 보듯 자신의 내면을 성찰하는 가운데 '마음은 저절로 한가한[心自閑심자한] 상태다.

봄비가 내려 빈 산을 흠뻑 적시니
울긋불긋 피어난 복숭아꽃 살구꽃
꽃 피어도 찾아와 만날 이 없으니
시냇물에 나 스스로를 비춰 보네

空山足春雨
緋桃間丹杏
花發不逢人
自照溪中影

역시 봄비가 대지의 초목을 푹신 적신 직후의 모습을 그렸다. 복숭아꽃 살구꽃이 비를 기다려 피기 전의 모습을 빈산, 즉 공산(空山)으로 그리고 있다. 꽃이 피기 전, 초목의 잎이 나지 않았기에 풀과 나무는 아직 꽃과 잎을 피우지 않았으니 그저 온 산이 비어 있는 모습으로 보일 수밖에 없다.

시인은 '꽃이 피어도 만날 사람이 없다'(花發不逢人)고 하였으나 그 역시 시인의 의도된 설정이다. 산 깊고 숲이 우거진, 외진 곳에 찾아올 이도, 그리워할 이도 그에겐 없다. 이것이야말로 '꽃과의 말 없는 대화'이며 그것은 곧 자신을 돌아보는 '성찰의 시간'이다. 시인은 시냇물에 드리운 자신의 모습을 들여다보면서 내면을 점검하는 중이다.

어쩌면 이토록 한가롭고, 여유가 있을까. 찾는 이 없고, 거울도 없어 냇물에 비친 내 모습을 보면서 무상無想의 세계에 접어들었으니 굳이 복숭아꽃·살구꽃에 취했다고 말하지 않은 것이리라.

상촌象村 신흠申欽(1566~1628)이 봄을 느끼며 쓴 '감춘感春'은 권호문보다는 훨씬 적극적인 삶의 자세를 보이고 있다.

꽃 재촉하는 비 오고 꽃샘바람 또 부니

꽃필 때 되자마자 벌써 꽃 지게 하네

비바람이 다 무정하다 누가 말했는가?

사람들로 하여금 즐거이 노닐게 하니

인생 백 년이 참으로 한바탕 꿈이어라

술 있으면 실컷 마시며 즐겨야 하리

어찌하면 이 봄 길이 머무르게 하여

바람에 지지 않고 비엔 꽃망울 트게 할까

催花雨妬花風

纔到開時已教落

誰言風雨總無情

解使游人趁行樂
人生百年一夢爾
有酒唯須恣歡謔
安得東君鎮長在
風亦不落雨則拆

'봄을 느끼다'는 뜻의 감춘感春이라는 이 시의 첫머리에서 상촌은 해마다 대하는 봄을 이렇게 설명한다.

"봄을 재촉하는 비가 내려 꽃이 피고 나니 꽃샘바람 불어 봄을 시샘한다. 꽃을 지게 하는 봄철의 비바람은 무정하다지만, 꽃을 피우는 바람은 유정하여라. 그뿐이랴! 때에 맞게 즐기며 놀아볼 줄 아는 이들에게 봄은 참으로 좋은 계절인 것을."

그러나 이것은 시인 자신의 시의詩意를 드러내기 위한 일종의 '자락 깔기'이다. 시인이 의도하는 바는 시의 후반부에 있다. 인생 백 년이 한바탕 꿈이니 실컷 마시고 즐기리라는 것도 기실은 '짧지만 즐거운 인생'을 강조하기 위한 데 불과하다. 신흠이 의도한 진정한 뜻은 '어찌하면 봄을 길게 머물게 하여 바람에도 지지 않고 비 내리면 꽃망울이 벌어지게 할까' 하는 말에 들어 있다. 사계절 모두가 봄이었으면 하는 욕심이다.

그러나 그가 말하고자 하는 봄은 이서구가 말한 물외춘物外春이 아니다. 바로 우리네 청춘이다. 그러니 다른 말로 그 또한 물내춘物內春이다. 짧은 봄날과도 같은 청춘을 길이 머물러두고 싶다는 것이 시인의 진정한 의도이다. 봄을 맞아 꽃을 바라보면서 인생의 청춘을 그리며 안타까워하는 심정을 읊은 것이니 중의적 표현으로 볼 수 있다. 꽃 피고 지는 일은 유정有情한 비바람이 하는 일. '봄이 길게 머물게 하여 바람에도 꽃이 지지 않고 비 오면 꽃망울 트게 할까'라는 말 속에는 이미 가버린 청춘에 대한 회한도 깔려 있지만, 그보다는 상촌의 긍정적인 모습과 적극적인 의지가 반영되어 있다. 선조의 딸 정숙옹주의 시아버지였던 그는 조선 최상류층의 삶을 살았다. 그래서 그런지 그의 시 속엔 간구한 인생의 풍파 같은 게 보이지 않는다. 아버지 신흠과 아들 신익성은 임진왜란과 정묘호란·병자호란을 겪은 세대이건만, 이 시에서는 난세의 어지러움을 한 치도 읽을 수 없다.

신흠의 또 다른 아들이자 신익성(1588~1644)의 동생인 신익

전 申翊全(1605~1660)도 그에 못지않은 시인이었다. 빼놓고 가기 섭섭하니 그의 시 만망(晚望, 해거름에 멀리 바라보다) 한 편만을 보고 넘어가기로 한다.

석 달의 봄은 차례대로 저물고
강과 하늘에 온종일 바람 분다
꽃 그림자 속에는 어촌 마을
물가 구름 속에는 장삿배
節序三春暮
江天盡日風
漁村花影裏
賈船水雲中

바람 불고 맑은 날, 물에는 구름이 드리워져 있다. 그 사이로 장삿배가 오고 간다. 자신이 언젠가 본 어느 어촌 마을을 떠올리며 쓴 시이다.

봄날이라고 맑은 날만 있는가. 비 내리는 봄날도 가을 만큼이나 우리를 성숙하게 만든다. 입춘에 내리는 비야 차라리 겨울비라고 생각될 만큼 차갑지만, 청명·곡우에 내리는 비는 분명히 봄을 재촉하는 것이다. 춘분을 지나 청명·한식 무렵에 비가 내리면 봄은 이미 발치에서 밟힌다. 차분한 가운데 여인네들의 속삭임처럼 비 내리는 청명일을 읊은 시도 꽤 많이 있지만, 그중에서 우선 권필(1569~1612)의 작품을 들 수 있다. 허균은 『국조시산國朝詩刪』에서 권필이 5언율시에 뛰어났으며, 특히 청명清明이란 시가 절창이라고 극찬하였다.(『석주집』). 하지만 '절창'이라고 하기에는 어딘지 좀 어색할 정도로 지금의 시각에서 보면 시는 퍽 평이하다. 비 내리는 청명일에 창앞에 핀 진달래를 보고, 있는 그대로 그려냈을 뿐인데 전해지는 감흥은 그다지 깊고 큰 것 같지는 않다. 그것은 양력으로 4월 초의 봄비 때문일 것이다. 가을비와 마찬가지로 봄비는 마음을 차분히 다독여주는 맛이 있다. 여름철 미친 듯이 퍼붓는 소낙비와 광풍이 조용한 날의 판을 뒤집어 활력을 불어넣는 자극제 같은 것이라면 봄비는 잔뜩 가시 세운 신경을 차분하게 눅여주는 안정제 같은 것.

청명일 울타리 너머 새로 연기 피어오르니

물색이 희미한 풍경은 지난해와 같아라

깊은 거리에 칩거하니 종일 비가 내리고

두견화가 작은 창 앞에 피어 있어라

清明籬落起新煙
物色依俙似去年
深巷閑門終日雨
杜鵑花發小窗前

　울타리 너머 굴뚝 위로 연기가 솟아오르고 있고, 거리는 짙은 안개에 젖어 있다. 지난해 이 무렵에 보았던 풍경과 별로 다르지 않다. 본래 맑고 밝은 날이어서 청명일인데, 지난해도 올해도 청명일이 왠지 어둡고 침침한 가운데 하루 온종일 비가 내리고 있다. 날 궂은 청명일에 봄비 맞으며 활짝 핀 창 앞의 진달래꽃. 음울한 날씨를 그리면서도 붉은 진달래꽃으로 대상을 좁혀 클로즈업 함으로써 마지막에 분위기를 반전시키고 있다. 음과 양의 대비로써 어둡고 우울한 기조를 산뜻하게 바꾸는 이 절묘한 기교를 허균이 극찬한 것이리라.
　참고로, 『국조시산國朝詩刪』의 국조國朝는 조선을 뜻한다. 산刪은 '깎는다'는 의미. '시산詩刪'은 '시를 깎고 깎아서 더 이상 깎아낼 곳이 없는 것'을 의미한다. 즉, 시를 짓는 과정에서 시어를 다듬고 다듬어서 퇴고하는 것을 이름이니 이는

'공자가 시 305편을 산정刪定하였다'는 『논어』에 그 전거가
있다.

진일재眞逸齋 성간成侃(1427~1456))의 '도중(途中)'이라는 시
는 '길을 가다가[途中]' 바라본 정경들을 대상으로 읊은 시인
데, 역시 보슬비 내리는 봄날의 모습이다.

무너진 울타리 빗장이 반쯤 닫혀 있는데
석양에 문 앞에 말 세우고 길을 물어보네
푸른 안개 너머 가랑비 흩날리고 있는데
마침 밭 가는 노인네 송아지를 몰고 가네
籬落依依半掩扃
夕陽立馬問前程
翛然細雨蒼烟外
時有田翁叱犢行

扃(경)은 문의 빗장이다. 한 예로 고구려의 扃堂(경당)은 빗
장이 있는 집을 말하는데, 그것은 고구려의 정식 교육기관이
었다. 立馬(립마)는 '말을 세우고'란 뜻이고 前程(전정)은 '앞길'
이니 2행의 夕陽立馬問前程은 석양에 남의 집 앞에 말을 세

우고 내가 갈 길(앞길)을 물어본다는 뜻. 마지막 행의 '유연悠然'은 사물에 얽매이지 않는 것을 이른다.

청명절을 앞둔 어느 날, 너른 들판에 보슬비 내리고, 꽃바람 부는 풍경을 읊은 시가 더 있다. 석북石北 신광수申光洙(1712~1775)의 시 '청명도중淸明途中(청명일에 길을 가다가)'이다. 시인은 향수를 실어 오는 봄바람에 길을 가다가 문득 고향을 떠올렸다. 넓은 보리밭에서 고향의 내음이 물씬 풍겨오는가 싶다.

스물네 번 부는 봄철 꽃바람아
네가 불어 고향의 정을 데려오는구나!
푸른 보리는 넓은 들판에 펼쳐지고
처음 꽃 피어 성을 채우지 못했구나
마을 집들은 보슬비 속에 희미하건만
빗속 나라에 청명이 가까이 다가온다
백 리 길 더듬어 가는 파릉巴陵의 술
몽롱한 가운데 하루 온종일 가노라
東風二十四
吹作故園情

細麥平鋪野
初花不滿城
田家帶微雨
澤國近清明
百里巴陵酒
朦朧一日行

　　본래 파릉(巴陵)은 중국 호남성湖南省의 악양현岳陽縣에 있
는 지명이지만 이 시에서 말하는 파릉(巴陵)을 곧이곧대로 받
아들일 필요는 없다. 아마도 지금의 서울 양천구 어느 지역
의 옛날 이름일 것이다.

　　보슬비 내리며 마을 집들은 안개 속에 희미하다. 빗속에
펼쳐진 마을. 백 리를 가도 몽롱한 빗길. 푸른 보리밭 사이로
길게 이어진 길을 따라 걷고 있다. 옷깃을 날리는 봄바람을
맞으며 흙길을 따라간다. 성 주변을 따라 갖가지 꽃이 이제
서서히 피고 있다. 청명일에 들판의 보리밭 길을 가다가 본
풍경을 읊은 것이다. 시인은 바람결에 실려 오는 고향의 내
음을 불러들임으로써 향수를 듬뿍 안기는 수법으로 읽는 이
를 몽롱하게 만들어 버렸다.

그러나 청명절이 오고, 가을이 와도 현대를 살아가는 많은 이들은 돌아갈 고향이 없다. 사는 곳이 고향인 사람, 고향이 따로 없는 이라면 한 번만이라도 좋으니 들길을 걸어보라. 끝없이 펼쳐진 푸른 보리밭 사이로 열려 있는 길을 따라 안개 자욱한 들길을 걷다 보면 도시에서는 결코 느낄 수 없는 야릇한⑦ 희열이 있다. 근래 무작정 흙길을 걷는 이들이 많아졌고, 해안이며 산길 가운데 경치 수려한 곳에는 어디나 둘레길이 잘 정비되어 있으니 걸어볼 만하다. 그러나 흙을 만지는 농부들이 아니면 냉큼 가지 않는 흙길을 따라가노라면 발자국과 함께 뒤에 내려놓는 어깨의 짐으로 마음은 홀가분하고 발길은 경쾌해진다. 더구나 비 내리는 들길임에랴!

　보슬비 내리는 봄날 청보리밭 길엔 도시에서는 결코 느낄 수 없는 맛이 있다. 마음이 차분해지고, 복잡한 머릿속은 깨끗하게 정리된다. 그래서일까? '빗속 들길엔 낭만이 젖는다'고 말하는 이도 있다. 보슬비 속 봄날, 우산 없이 들길 가며 물안개 냄새를 맡으면 특별한 기억으로 남을 것이다. 술에 취한 듯 몽롱한 환상에 젖어 흙냄새 맡으며 보리밭 길을 걷다 보면 앞뒤로 길은 희미하고, 내가 어디쯤에 있는지 아리송할 때가 있다. 마치 우리네 인생길을 가는 것처럼. 그 길에 가끔은 이런 생각을 해볼 수도 있다.

"우리는 편한 삶을 살면서 익숙해야만 하는 것들과 너무 멀어져 있다. 바쁘게 살다 보니 삶의 무게에 짓눌려 주변을 돌아볼 줄도, 사람들과의 살뜰한 교감도, 정감 있는 대화도 잊고 지낸다. 가끔씩 눈을 돌려 계절을 돌아보고 여유를 가질 수는 없는 걸까?"

한편, 권필權韠의 누추한 시골집에 찾아온 봄날은 다소 특별하다. 가랑비 속에 복사꽃을 막 피우고 있다. 동풍이 불며 낭창한 가지마다 복사꽃 망울들이 한참 피어오를 기세다. 어디나 있었을 풍경. 그러나 풍광 좋은 시골마을, 봄날의 단상을 그린 권필의 '촌거잡제村居雜題'엔 그가 본 자연만 있을 뿐, 어디에도 삿된 생각이 아예 없다. 촌거잡제란 '시골에 살면서 잡다한 것을 쓰다'라는 뜻.

가랑비 내리다 문득 개고 나서
작은 복사꽃 처음 피어나는 때
동풍이 불어 억지로 심술부려

가장 높은 가지를 부러뜨렸네

微雨乍晴後

小桃初發時

東風強作意

吹折最高枝

사립문은 새벽안개를 열고

짚신은 아침 햇살을 밟는다

밤 사이에 산에 비가 개니

이제 봄 고사리 꺾을 만하겠지

柴扉啓曙烟

芒屩踏朝日

夜來山雨晴

春蕨已堪折

　권필이 본 가랑비 개인 봄날의 정경은 깨끗하고 다정하며
사랑스럽다. 하룻밤 사이에 비가 개어 산뜻하다. 아침햇살을
밟고 사뿐사뿐 안개 긴 언덕을 거슬러 오른다. 밤비에 새잎
을 피운 고사리. 아직은 줄기가 여리고 부드럽다. 봄이 얼만

큼 다가왔는지를, 시인은 세지도 않고 꺾기에 알맞은 고사릿
대로 가늠하고 있다. 이제는 짚신을 볼 수도 없는 세상. 대신
폭신폭신한 신발로 아침 햇살을 밟으면 뼈가 시릴 만큼 상큼
한 희열이 찾아올 것이다.

봄날, 가랑비 내리는 분위기가 너무도 똑같은 시 한 편을
더 보자. 옥봉玉峰 백광훈白光勳(1537~1582)의 '능소대하문적
陵霄臺下聞笛'이다. 제목의 뜻은 '능소대 아래서 피리 소리
를 듣다'. 이 시가 딱 하나 다른 점이라면 강가를 무대로 하
고 있는 것이다. 노을 진 강가, 능소대 주변과 그 아래로 꽃
이 가득하다. 가랑비가 내리고 있어서 강 건너는 안개에 싸
여 보이지 않는다. 그러니 피리 소리마저 강 건너 어디로 흘
러가는지 알 수 없다. 피리 소리 따라서 나룻배로 강을 건너
는 이가 있다. 저녁노을·가랑비·나룻배에 탄 나그네 그리고
피리 소리로 보아 어딘가 쓸쓸하고 허전하다. 그것들이 강가
의 화려한 꽃을 배경으로 하고 있어 차분한 가운데 정중동의
고적감을 안긴다. 아마도 그것은 막연한 그리움이나 기다림
같은 것이 아니었을까? 배를 타고 강을 건너는 이는 마음에
낙원을 그리고 있는지도 모를 일이다.

노을 진 강 위엔 피리 소리 들리고
가랑비 맞으며 강 건너는 이 있네
피리 소리 여운 아득히 간 곳 없어라
강가의 꽃잎들 나무마다 봄을 맞았네

夕陽江上笛
細雨渡江人
餘響杳無處
江花樹樹春

이것은 백광훈이 11세 때(1547년) 글방 선생 앞에서 한 선배가 春(춘) 자 운을 부르자 거침없이 쏟아낸 시라고 전한다(『옥봉집玉峰集』). 아이가 그린 것은 가랑비 내리는 강가의 봄이었다.

후에 백광훈은 형 백광홍을 따라 한양으로 올라가 송천松川 양응정梁應鼎(1519~1581)으로부터 글을 배웠다. 조선 명종~선조 시대를 살았던 호남의 문인으로서 백광훈은 비록 46세의 짧은 삶을 살았으나 그 사이에 비교적 많은 시를 남겼다. 그의 선조는 본래 충남 서산 해미에 살았는데 연산군 때 그의 고조부가 전남 장흥으로 귀양 가서 그곳에 정착하였다고

한다. 그의 큰형 백광홍白光弘(1521~1556)은 『관서별곡關西別
曲』을 쓴 사람이며 둘째 형이 백광안白光顔이다.

고단한 삶에 지쳐 있는 이들이나 행복하고 풍족한 삶을 살
아서 어려움을 겪어보지 않은 이들 모두에게 봄은 반가운 계
절이다. 그러면서 또, 봄은 누구에게나 늘 그립고 아쉬운 대
상이다. 충암冲菴 김정金淨(1486~1520)의 강남江南이란 시에
는 봄날의 아쉬움과 기다림, 그리움 같은 것이 피어난다. 그
의 작품 가운데 사람들이 입으로 암송해 오는 시가 많았다
는데, 지금껏 전해오는 것 중에서는 강남江南이란 시를 제일
우수한 작품 가운데 하나로 꼽는다.

강남 땅 꾸던 꿈 남아서 한낮은 지루하여라
꽃다운 나이 따라 날마다 시름만 더해 가네
꾀꼬리 제비 오지 않고 봄날은 또 저무는데
살구꽃 이슬비에 주렴을 도로 내려놓노라
　江南殘夢晝厭厭
　愁逐年芳日日添
　鶯燕不來春又暮
　杏花微雨下重簾

살구꽃에 이슬비 내리는 봄. 아직 제비도, 꾀꼬리도 오지 않았다. '강남 땅 꾸던 꿈'은 봄을 향한 기다림이다. 매화는 벌써 졌고, 지금 비가 내리고 있으니 살구꽃도 머지 않아 질 것이기에 그 모습 보고 싶지 않아 눈길을 돌린 것이다. 밖을 내다보느라 걸었던 주렴을 내려놓은 화자의 시름은 꽃에서 비롯된 것이었다.

지루하도록 봄을 기다렸으나 막상 봄이 오고 보니 어느새 다시 봄이 저물고 있다. 발그레 피어오른 살구꽃이 이슬비에 젖어 있다. 꽃다운 나이에 바라보는 살구꽃의 빗방울은 내 마음에 흘리는 눈물이런가? 시인은 덧없는 청춘에 봄을 맞아 속절없이 봄과 이별해야 하는 자신의 서러운 눈물을 이렇게 그려내고 있다.

그런데 위 내용에서 3행의 앵연鶯燕을 쌍연雙燕으로 적은 기록도 있다. 꾀꼬리 제비 대신 쌍제비로 표현한 것인데 각기 다른 맛이 있다.

훗날 남용익南龍翼(1628~1692년)은 『호곡만필壺谷漫筆』에서 김정의 '강남'이란 시는 다음에 보게 될 고려 시인 정지상(?~1135)의 '취제醉題'(취하여 적다)라는 시에 필적한다고 평가하였다.

복사꽃 붉은 비에 새들은 지저귀고

집을 두른 청산은 안개 속에 솟았네

오사모烏紗帽는 게을러서 바로 못 쓰고

취하여 꽃 언덕에 누워 강남을 꿈꾸노라

桃花紅雨鳥喃喃

繞屋靑山間翠嵐

一頂烏紗慵不整

醉眠花塢夢江南

비는 이미 멎고 날이 갰다. 복사꽃에 아롱진 빗방울, 그러니까 복사꽃에 내린 비를 붉은 비로 표현한 것이 절묘하다. 붉은 복사꽃에 빗방울이 얼비쳐서 붉게 보이니 그것을 홍우紅雨라고 하였다. 비가 갠 뒤이니 새들이 다시 우짖고, 집을 빙 둘러 감싼 푸른 산. 산은 흰 안개에 휩싸여 있다.

붉은 복사꽃, 흰 안개, 벼슬아치들이 관복에 받쳐 쓰던 오사모의 색상 대비가 의도적이다. 삐딱한 오사모를 쓴 채로 꽃이 흐드러진 언덕에 누워 따뜻한 남녘 강남 꿈에 젖어 있다. 꽃향기에 취하여 꿈을 꾸니 이 시의 의미상 제목은 취몽醉夢이나 춘몽春夢이라야 하지 않을까? 꿈속에서 강남을 그린다고 하였지만, 정작 시인은 강남의 언덕에 누워서 꿈을 꾸는 양 봄에 취해 있는 몽롱한 상태이다.

시인은 그냥 눈에 보이는 풍경을 그리듯 잔잔히 적었으나 화자의 감정을 하나도 들이밀지 않아서 겉으로 보기에는 건조하게 느낄 수 있다. 그러나 그 절제미가 오히려 몽환적 분위기를 고조시키고 있다. 이 시를 두고 조선의 여러 문사, 시인들이 칭송하였다. 신흠은 일찍이 "우리나라의 문인들이 자신의 개성을 살려 시를 지으려는 노력을 하지 않고, 중국의 당시唐詩나 송시宋詩를 모방하는 풍조가 있다."며 냉정하게 지적하고, 독창적인 시 세계를 펼친 조선의 시인들을 꼽았다.

"우리나라에 대단한 문장가들이 많이 배출되지 않은 것은 아니지만, 자기식 대로만 하려고 힘썼을 뿐, 당나라 때의 작품에서 모범을 취해 보려고 노력한 작품이 극히 드물다. 그런데 충암 김정과 망헌忘軒 이주李胄 이후로는 고죽孤竹 최경창崔慶昌(1539~1583), 옥봉玉峯 백광훈白光勳(1537년~1582), 손곡蓀谷 이달李達(1539~1612) 등 몇 사람이 가장 유명하다."

그러나 굳이 당나라 시인들의 시풍을 따라야만 하는 것일까? 이런 글을 남기게 된 배경에는 나름의 곡절이 있다. 당나라 시인들이 이미 선진적인 시의 형식이나 사조를 개척하였으므로 참고할 게 많았기 때문이다.

김정은 원래 충북 보은 사람이다. 스물한 살 때인 1507년(정묘년)에 문과에 장원으로 급제하여 벼슬이 형조판서에 이르렀다. 후에 제주도에 유배되었다가 그곳에서 서른다섯 나이로 죽었다. 평소 말과 웃음이 적었다고 한다. 집안 살림을 돌보지 않았고, 그 누구든 청탁을 들어주지 않았으며 자신을 추종하는 무리를 집안에 들이지 않았다. 월급은 받아서 친척에게 고루 나누어주었다고 한다. 그가 어떻게 살았는지는 그가 죽은 뒤에 조선 국왕으로부터 받은 시호에 잘 나타나 있다. "널리 듣고 많이 본 것을 문(文)이라 하고, 곧은 도(道)를 펼쳐 흔들리지 않는 것을 정(貞)이라고 하므로 중종이 그의 시호를 문정공(文貞公)으로 지어 주었다.

봄이면 옛 시인들에게 복사꽃은 늘상 즐기던 대상이었던 모양이다. 점필재佔畢齋 김종직金宗直(1431~1492)의 시 보천탄즉사(寶泉灘卽事)에도 복사꽃이 한창 지고 있다.

보천탄에서 읊다[寶泉灘卽事]

복사꽃 띄운 물결 몇 자나 높았나

흰돌 머리 잠겨서 어딘지 모르겠네

쌍쌍의 가마우지 옛 자리를 잃고

물고기를 물고서 부들로 들어가네

桃花浪高幾尺許

銀石沒頂不知處

兩兩鸕鶿失舊磯

衝魚却入菰蒲去

보천탄이란 개울가에서 본 봄 풍경이다. 물가에 붉게 핀 복사꽃이 자욱하게 떨어져 일렁이는 물결을 따라 춤추고 있다. 물가의 하얀 돌이 물에 잠겨 있고, 가마우지 떼가 쌍쌍이 짝을 지어 물고기를 찾고 있다. 그중 어느 한 놈이 물고기를 물고 부들밭으로 향하는 봄날, 어디에 있었던 여울인지는 모르지만 물가의 조용한 풍경을 바라보고 읊은 시이다.

김종직은 나이 열여섯 살 때 서울에서 열리는 과거에 응시하여 '백룡부'白龍賦라는 한시를 지었으나 낙방했다. 당시 대제학이었던 김수온金守溫(1410~1481)이 후에 그가 낙방한 시험지를 보고 감탄하며 장차 대제학을 맡을 인물이라고 칭찬하고는 임금에게 보고하여 경상도 창녕 영산의 훈도 벼슬을 주었다고 한다. 언젠가 한강 제천정에 이런 시가 나붙은 적이 있었다. 제천정은 현재의 서울 용산구 한남동 한남역 부근에 있었던 한강변의 정자. 맞은편(강건너) 압구정동 일대로 건너던 나루가 있어서 한양을 오가는 주요 길목의 하나였다.

눈속의 겨울 매화, 비 내린 뒤의 산
볼 때는 쉽지만 그리려니 어렵구만
시인의 눈에 못 들 줄 미리 알았다면
차라리 연지 잡고 모란이나 그릴 걸

마지막행에서 말한 연지硯池는 쉽게 말해서 벼루이다.

김수온이 그걸 보고 김종직이 쓴 시임을 귀신같이 알아보았다고 한다. 김수온은 세종~세조 때 주로 활동하였다. 신숙주, 성삼문 등과도 함께 일했는데, 그는 평소 집안 살림살이를 돌보지 않아서 빈한했다. 집에 평상도 하나 없고 바닥이 찬 데다 방석도 없었다. 그래서 바닥에 그냥 서적을 깔고 그

위에 다시 자리를 깔고서 잠을 잤다. 그러나 총기가 좋아서 한 번 읽은 것은 모두 기억하였다. 과거를 보기 위해 문을 닫아 걸고 책을 읽다가 소변을 보러 뜰로 내려와 떨어진 나뭇잎을 보고서야 비로소 가을이 된 줄 알았다고 할 만큼 책에 빠져 살았다.

그러나 그에게는 특별한 재주가 하나 더 있었다. 김수온은 거문고의 명인이었다. 그가 장구를 곁들여 몇 곡조를 뜯으면 봄 구름이 하늘에 깔린 듯하고, 훈풍이 들판을 쓸어버리듯 하였다. 또 거문고 곡조가 문득 변하면 천둥 치며 비가 쏟아져서 산악을 뒤흔드는 듯하고, 성난 물결이 천지를 박차고 솟구치는 듯, 사람으로 하여금 놀라서 머리카락이 쭈뼛쭈뼛 솟게 하였다. 맑고 또렷한 가락이 끊기는 듯 이어지며 한 고비에 이르면 다시 바람이 자고 물결이 가라앉고 하늘이 트여 해가 비치는 듯하였다. 그 예스럽고 순박하며 담담한 맛이 일품이다.(『금헌기琴軒記』)

다음 시는 『소화시평小華詩評』에 권벽權擘(1520~1593)의 시로 소개되어 있는 춘야풍우春夜風雨이다. 습재習齋 권벽은 권필의 아버지. 시인은 '봄밤에 부는 바람과 비'에서 비바람 속에 피고 지는 꽃을 노래하였는데, 앞의 시와 분위기가 사뭇 다르다. 살구꽃 지고 나서 복사꽃 핀 시기를 말하고 있으니 봄의 한가운데서 바라본 모습이다.

꽃은 비를 맞아 피고 바람에 지며
봄이 가고 오는 것이 이 안에 있네
어젯밤엔 바람 불고 비가 내리더니
복사꽃은 다 피고 살구꽃은 졌네
花開因雨落因風
春去春來在此中
昨夜有風兼有雨
桃花滿發杏花空

시인은 먼저 '꽃은 비에 피고 바람에 진다'고 제시해 놓고서 그 논리대로 간밤에 비를 맞아 복사꽃이 피었고, 바람을 맞아 살구꽃이 졌다는 것을 하나의 사실로 확정 짓는 수법을 보여준다. 다만 그는 살구꽃이 진 것을 행화공(杏花空)이라 하여 '살구꽃이 비었다'고 표현한 게 흥미롭다. 있어야 할 자리에 꽃이 없으니까.

봄을 맞을 때면 '꽃은 봄비에 피고 바람에 지며, 세월은 비바람 속에 왔다가 간다'는 그의 말이 그럴듯해 보일 때가 있다. 하룻밤 사이에 복사꽃 피고 살구꽃 지듯이 봄이 가고 가을 오며, 세월은 그렇게 덧없이 흐르는 것.

조선 중기의 시인 송천松川 양응정梁應鼎(1519~1581)은 다른 사람의 시를 보고 평가하는 일을 즐겨 했다. 그러면서 그가 권응인權應仁에게 "유홍俞泓의 시는 풍부하고도 기이하며 진실한데도 남보다 이름이 나지 않았으니 무슨 까닭일까?" 하고 말한 적이 있다. 그에 대해서 권응인 또한 "조선 시단에 우뚝 솟은 이를 꼽는다면 반드시 송당 유홍과 습재 권벽"이라고 하자 양응정도 그렇다고 인정했다는 이야기가 전해온다.(『송계만록松溪漫錄』).

복사꽃은 매화·이화·살구꽃(행화) 다 지고 나서 그 다음 순서로 핀다. 그러나 그것도 이제는 기후 위기로 순서없이 피게 되었지만……. 살구꽃이 지면서 복사꽃이 새로 피는 순서를 고산 윤선도(1587~1671)는 청학동에서 바라본 모습으로 그려 내었다.

복사꽃 처음 피니 살구꽃이 바람에 날리고

버들은 푸르고 푸른데 풀빛은 옅기만 하다

나는 그대와 함께 청학동으로 가고 싶네

달빛이 옷에 묻을 때까지 봄을 찾으러

桃花初發杏花飛

柳色靑靑草色微

我欲携君靑鶴洞

探春直到月生衣

고산 윤선도 역시 도화(복사꽃)와 행화(살구꽃)로써 봄꽃의 개화 순서를 제시하였다.

봄꽃으로 누구나 읊었던 복사꽃이 다산 정약용에게는 춘정을 자아내는 요염한 모습이었다. 그래서 "춘정을 자아내는 붉고 요염한 복사꽃, 불꽃처럼 대나무 발(주렴)에 환히 비추네."(小桃紅艷漾春情 照著筠簾火樣明)라고 노래하였다. 정약용의 일반아一半兒라는 시 구절인데, 복사꽃이 그에게는 요염한 미녀였던 것이다. 옛 시에서 말하는 복사꽃은 대개 '홍안의 여인'을 의미한다. 두 뺨이 발그레한 복사꽃 색깔을 띤 얼굴. '뺨이 붉은' 홍안은 곧 청춘을 의미하기도 하고, 젊은 여인을 가리키기도 하며 동시에 미녀를 뜻하는 말이기도 하다.

　권벽은 밤비 내린 뒤의 봄 풍경을 '야우夜雨'란 시에서 이렇게 노래한다.

　구름 빛깔 점점 같아지더니
　우수수 빗소리가 들려오네
　한밤의 빗소리는 어떠한가
　모두 이 한 봄의 정이라네
　꽃을 재촉하여 병이 생기고
　풀 소리에 수심이 생겨나네
　내일 아침에 햇볕이 나더라도
　비 갠 날의 풍경 감상할 뜻 없네

稍稍雲同色
蕭蕭雨作聲
如何中夜聽
摠是一春情
病欲花催發
愁應草喚生
明朝有餘景

無意賞新晴

어제 해거름 무렵부터였던가 보다. 띄엄띄엄 보이던 비구름이 어느새 하늘을 메우더니 빗소리가 우수수 들렸었다. 그러더니 한밤엔 보슬비가 되어 밤새 소곤거렸다. 비가 데려온 것은 춘정春情. 시인은 밤의 빗소리를 춘정이라 정의하였다. 밤새 귀에 대고 소곤거리는 봄의 정다운 속삭임이라는 뜻일 거다. 이 비가 봄꽃들의 개화를 재촉할 것이다. 그리고 아침이면 그 꽃들이 큰 시름을 부를 것이다. 빗방울이 풀잎에 떨어지는 소리에 수심愁心이 생기는 까닭도 내일 아침 새록새록 피어날 꽃들 때문이다. 들판에 풀이 되살아나면서 번민도 부쩍 늘어날 것이니 비가 몰고 온 시름과 병도 부쩍 자란 풀만큼 깊어졌다. 이미 시인은 아침에 나타날 변화를 충분히 알고 있다. 그런데 왜 시인은 비가 갠 다음날의 풍경을 나가서 구경할 생각이 없다고 했을까? 진정으로 보고 싶지 않다는 말이 아니다. 그것을 보면 춘정과 춘수가 더욱 깊어질 것이기에 보고 싶지 않다고 말했을 뿐. 그 속뜻은 정반대이다. 다만 그 뒤에 오는 춘수는 자신이 떠안아야 할 몫.

이런 예측은 '저녁비'[暮雨모우]라는 그의 시에도 잘 드러나 있다. 시인은 아침에 비가 갠 뒤, 바깥 풍경을 돌아볼 뜻이 없다고 하였으나 그 또한 핑계이다. 그 광경을 보면 수심이 불꽃처럼 일어 감당할 수 없을 것임을 너무도 잘 알기에 일부러 보지 않겠다고 한 것이다. 빗소리 들으며 밤새 찾아올 변화를 보지 않아도 잘 알고 있다는 뜻이다. '오얏꽃·복사꽃에 봄 시름이 괴롭다'고 하였으니 시인의 병은 봄 시름, 즉 봄앓이요 그것은 다른 말로 춘수春愁이다. 이런 감정은 권벽의 시 춘야풍우春夜風雨와도 맥이 닿아 있다.

'빗속에서'[雨中우중]라는 권필의 다음 시에서도 봄 시름 즉, 춘수가 똑같이 보인다.

곡우에 부슬비 내려 산촌 어둑한데
봄 시름에 고요히 나그네 괴로워라
오얏꽃 어린 복사꽃 모두 다 졌으니
이젠 정원의 풀과 황혼을 함께 하리
濛濛穀雨暗山村
悄悄春愁惱客魂
穠李夭桃零落盡
却將庭草共黃昏

청명에서 보름을 지나면 봄의 가운데 토막인 곡우(대개 양력 4월 20일경)이다. 곡우 날 산촌山村(산마을)에 내리는 비. 비구름으로 날은 어둑어둑하다. 봄풀이 우쩍 자라서 해지도록 사방 가득한 녹음을 바라본다. 초목에 잎새 가득 돋아 마음이 부자가 된 듯. 농염한 이화梨花(배꽃), 그리고 이화李花(오얏꽃)도 도화桃花(복사꽃)도 모두 진 마당이니 봄 시름에 나그네의 혼이 괴롭다. 황혼빛에 바라보는 뜨락의 풀들. 보슬비는 곡우일 저녁 무렵부터 내리고 있다. 황혼녘의 산촌에 꽃이 지고 차분하게 가라앉은 모습을 잘 표현하였다.

비 맞으며 어느새 훌쩍 자란 뜨락의 풀잎과 함께 '봄날의 황혼'을 지긋이 바라보는 모습을 권필의 또 다른 시 '모우暮雨'에서도 고스란히 느낄 수 있다.

저녁비[暮雨]

자욱한 봄비가 황혼녘에 흩날리니

홀로 성근 울타리 사립문을 닫는다

밤 되어 소리 없이 만물을 적시니

아침엔 정원 가득 울긋불긋하겠지

冥冥春雨灑黃昏

獨向踈籬自掩門
入夜無聲能潤物
朝看紅綠滿林園

　권필의 '빗속에서'[雨中우중]라는 시와 분위기는 같지만, 그
역시 황혼 무렵에 시작된 봄비에 내일 아침이면 꽃이 가득
필 것이라는 기대를 하고 있다. 그러나 이 시에는 작자의 시
름 같은 것은 찾아볼 수 없다. 황혼에 내리던 봄비가 밤이 되
니 보슬비로 바뀌어 소리도 없다. 시인은 이 풍경을 뒷전으
로 밀어내고 슬며시 문을 닫으며 내일 아침이면 정원 가득
활짝 핀 꽃을 보게 되리라는 기대와 흥분을 감춘다. 고뇌와
우수에 젖은 그의 많은 시 가운데 긍정적인 자세가 엿보이는
것으로 보아 아마도 권필이 청운의 꿈을 가슴 가득 품었던
젊은 날에 쓴 시가 아닐까.

　목동은 소를 거꾸로 타고서
　가랑비 속 들판을 지나가네
　길 가던 사람이 술집을 묻자
　짧은 피리로 산마을을 가리키네

牧童倒騎牛
平郊細雨裏
行人問酒家
短笛山村指

　　이것은 '평교 목동의 피리'[平郊牧笛평교목적]라는 임억령林
億齡(1496~1568)의 시이다. 역시 비 내리는 봄 마을 풍경을 그
린 시이다. 그의 시집 『석천집石川集』에 실린 이 작품은 백
광훈의 '능소대하문적'이나 권벽의 '춘야문적春夜聞笛'과
는 분위기가 다르다. 목동의 피리에선 소리가 나지 않는다.
피리는 그저 '산마을'의 산가山家를 가리키는 도구로만 쓰
였다. 소를 타고 비 내리는 교외의 들판을 지나가는 목동이
마치 신선처럼 느껴진다. 그것이 시의 전체 분위기 때문일
까? 임억령이 그려낸 풍경은 사람 드문 어느 마을인데, 시로
써 느끼는 여운은 신선이 사는 동네이다. 사람이 분명 살고
있는 마을일 텐데, 현실로부터 벗어난 곳처럼 느껴진다. 소
를 거꾸로 탄 목동, 가랑비 내리는 들판을 한 폭의 수채화처
럼 그려내었다. 하기사 그 옛날 연암 박지원이 사행 행렬에
끼어 가는 연행(燕行)에서 술집 깃발에 이런 흥미로운 글귀가

있는 걸 소개한 적이 있다.

"이름을 물으려면 말을 멈추고, 향기를 맡으려면 수레를 세
우라.(問名應駐馬 尋香且停車)"

이런 기막힌 글귀가 깃발에 펄럭이는 술집을 그냥 지나쳤
을 리야! 연행 길이 아무리 바쁘다 해도 술집과 술이름, 술
향기를 차마 그냥 지나가지는 않았을 터.
술에 취한 몽롱한 상태에서 잠든 꿈 세계를 권필의 아버지
권벽은 취수(醉睡, 취해서 잠을 자다)라는 시에서 잘도 그려낸다.

술 마을은 원래 잠자는 마을과 이웃
술병 속이 천지고, 꿈속이 봄이라네
베개 베고 누우면 곧 신선의 경계이니
이 몸이 진정 속세에 사는지 모르겠네
醉鄕元與睡鄕隣
壺裡乾坤夢裡春
一枕忽爲仙境客
不知身是世間人

술에 취해 꿈에서 봄을 보았는지, 낮에 본 봄 풍경을 자면서 꿈으로 꾸었다는 것인지, 이 시를 읽는 이는 자못 헷갈릴 수도 있을 것이다.

그런데 '술집이 어디 있는가를 묻자 산마을을 가리킨다'는 식의 표현은 중국 시인 두목杜牧의 '청명淸明'이라는 시에서도 볼 수 있다.

청명절에 비는 부슬부슬 내리고
길 가는 나그네 정신이 아득해라
술집이 어느 곳에 있느냐고 물으니
목동은 살구꽃 핀 마을을 가리키네.
淸明時節雨紛紛
路上行人欲斷魂
借問酒家何處有
牧童遙指杏花村

부슬비 내리는 봄날, 길을 나선 행인은 빗속에 정신이 몽롱하다. 뒤를 돌아보아도, 앞을 내다보아도, 길은 자욱한 물안개에 끊겨있다. 세파에 시달리며 어디로 가는지 모르는 채

가는 우리 인생길을 닮았다고 생각했음인지 시인의 마음은 스산하다.

　바로 그 즈음에서 시인은 목동의 말을 빌어 '살구꽃 피는 곳에 술이 있다'고 넌지시 표현함으로써 화자의 시름을 한 곳에 모으고 있다. 물론 여기엔 피리는 등장하지 않는다. 목동은 다만 행화촌을 손으로 가리키며 알려주었던 것 같다. 하지만, 살구꽃 짙게 핀 마을을 가리키며 술이 익는 곳을 알려주는 것으로 그친다. 술은 시름을 대신하는 도구일 뿐이다. 시인에게는 굳이 술을 마셔야겠다는 의지는 없었는지도 모를 일. 그저 사람 사는 곳이 어디에 있느냐는 뜻으로 술집을 물어보았을 수도 있다. 바로 그곳이 속계俗界에서 선계仙界로 넘어가는 경계인가 의심했던 걸까? 이 시 또한 권벽의 '취수'와 맥이 닿아 있다.

　햇볕이 휘황하게 부서지는 봄날엔 꽃들의 아우성으로 가는 곳마다 현란하고 어수선하다. 어디나 들뜬 기분에 휩싸여 차분한 맛이 없다. 봄을 찾아 나서는 나그네들의 꽃구경 나들이가 분주하고 여인들의 치마가 더욱 짧고 가벼워진다. 이런 가벼운 분위기를 가라앉혀 짙은 봄의 여운을 안기는 게 봄비다. 꽃과 신록, 산새가 봄의 주연이라면 봄비야말로 봄

의 흥취와 멋스러움을 한껏 고조시키면서도 우리네 감성을
지긋이 눌러주는 여유가 있다.

　박제가朴齊家(1750~1805)의 우수雨收(비가 걷히고)라는 제목의
다음 시(7언절구)에도 비가 갠 뒤의 상큼한 냄새가 물씬 난다.
바야흐로 완두콩 꽃이 한창 피고 뽕나무 잎이 돋아나는 무
렵, 이제 막 비가 그치고 날이 개어 청량감이 밀려온다.

　고개 위로 무지개 닮은 노란 구름

　완두콩 꽃 속에 빗소리 아직 남았네

　도롱이 쓴 노인 둑 너머에 서 있고

　시냇물 뽕나무 동편에서 흘러나오네

　嶺上雲黃似有虹

　雨聲猶在荳花中

　戴蓑老叟立堤外

　溝水出來桑樹東

　비가 막 그치고 완두콩 꽃 속에서 빗물이 뚝뚝 떨어지는
모습을 시인은 그저 '완두콩 꽃 속에 빗소리 아직 남아 있다'
고 표현하였다. 산 위로는 무지개를 닮은 구름이 떠 있다. 그

렇다고 아직 비가 다 그친 것은 아니다. 도롱이를 쓴 노인이 둑 너머 저편에 서 있다. 불어난 냇물은 뽕나무가 서 있는 곳 동쪽으로부터 흐르고 있다. 박제가는 자신이 바라본 경치를 그냥 그려냈을 뿐인데, 시를 읽다 보면 한 편의 동양화를 감상하고 있는 듯한 느낌을 갖게 된다. 아마도 양력으로 4~5월 무렵이었던가 보다.

고려 말 목은 이색(1328~1396)의 춘하추동 및 강월江月, 폭포 瀑布, 송정松亭, 회암檜巖, 범찰梵刹에 이르기까지 총 9수로 되어 있는 연작시 가운데 맨 앞의 봄[春] 편.

구름은 쌓이고 쌓여 물은 돌고 또 돌고
붉고 하얀 산꽃들 흐드러지게 피어 있네
술병 들고 떠나고 싶은 봄나들이 흥이여
새들 노래 속에 두세 잔 술을 기울였으면
雲重重又水洄洄
紅白山花爛漫開
便欲尋春携酒去
鳥啼聲裏兩三杯

청산을 휘감은 흰 구름, 계곡물은 산허리를 돌고 돌며 울긋불긋 산꽃들이 흐드러진 봄날의 경치와 그것을 바라보며 나들이하고픈 흥겨움에 시인은 몹시 들떠 있다. 새 소리 가득한 청산 계곡에서 여유롭게 술잔을 기울이며 취흥에 젖어 보고 싶은 것이다. 술은 있어야 할 때 없고, 필요한 곳에 적어서인가. 평생 술을 가까이했던 그가 질펀하게 술을 마시겠다는 것도 아니고, 술이 가까이에 없었던 것도 아닐 터. 그저 술병 들고 훌쩍 봄나들이를 나가고 싶을 만큼 흥에 겹다며 봄의 환상을 풀어내는 기교가 대가답다.

　김시습金時習(1435~1493)의 시 '비가 아가위 꽃을 때리다'[雨打棠花우타당화]에서는 시인이 빚어낸 특별한 선경仙境의 세계를 떠올릴 수 있다. 이 시에는 아가위 꽃이 등장한다. 당화棠花는 팥배나무 꽃을 말한다. 그것을 아가위 꽃이라고도 부른다. 어찌 보면 도연명의 '흐르는 물에 복사꽃 떠서 아득히 흘러가니 인간 세상 아닌 별세계일세'(桃花流水杳然去 別有天地非人間)라는 구절에서 빌려온 것 같기도 하다.

　산 가득 비바람이 아가위 꽃을 두드려

　흐르는 물, 앞 시냇가에 나가 앉았네

마을 밖으로 떠가는 꽃잎 싫지 않다만
신선의 집 있다는 게 알려질까 걱정이야

滿山風雨打棠花
流水前溪着水涯
泛出洞門殊不惡
恐將漏泄有仙家

　시인 김시습이 그려낸 마을은 신선이 사는 곳이다. 그렇다
고 '내 집이 신선이 사는 곳'이라고 하지 않았다. 능청스럽게
시냇물에 떨어진 아가위 꽃이 마을 밖으로 떠내려가서 이곳
에 신선의 집[仙家선가]이 있다는 것이 마을에 알려질까 염려
하는 뜻으로 둘러대어 그 표현의 수준을 한껏 끌어올렸다.
마을 밖에 사는 속인을 꺼리는 산가山家(산 속의 집)에 분명 신
선이 살고 있으리라. 다만 시인은 선계와 속계俗界로 나누어
자신이 사는 곳을 선계로 표현하였을 뿐인데, 결코 자기가
살고 있다는 말은 하지 않는다. 거기에 사는 자가 누구인지,
주어를 살짝 빼버려서 화자 자신이 사는 곳이라고 추측하게
만드는 기법이다. 어쩐지 시를 읽다 보니 그가 실수로(?) 누
설한 선가에 살그머니 발을 들여놓고 싶어진다.

조선 전기의 문인이었던 김시습 이상으로 조선 후기 이수광李睟光(1563~1628)도 많은 시를 남긴 문인이었다. 다음은 그의 시 고의古意이다. 고의古意는 글자 그대로 '옛 뜻'이다. 그러니까 여기서 古'는 옛사람'이다.

고의(古意)
곱게 빛나는 구름 사이의 달이오
활짝 피어난 빗속의 꽃이어라
비가 지나가자 꽃잎이 스러지고
구름이 오자 달빛이 사라지네
娟娟雲際月
灼灼雨中花
雨去殘花色
雲來掩月華

평범한 자연현상을 노래한 시이지만 늘상 대하는 현상들에 대한 깨달음을 말한 것이라고 하겠다. 다시 말해서 이 시는 오도悟道 즉, 깨달음의 세계를 그린 것으로 볼 수 있다는 것이다. 아무리 밝은 달이라 해도 구름 사이에 있으면 천변

만화하는 것이다. 빗속에 불타는 듯이 피어난 꽃 우중화雨中花는 날이 개면 이울기 마련. 변하지 않는 것은 없고, 영원한 것은 없다는 뜻이리라.

이 시는 마치 눈에 보이는 일반적인 경치를 그린 것처럼 보인다. 비 뒤에 지는 꽃이나 달빛이 구름에 가리는 것도 자연 현상의 일부이다. 먼저 구름 사이의 밝은 달과 빗속에 활짝 핀 꽃을 제시해놓고, "내리던 비가 지나가고서 남은 꽃잎이 지고 구름이 와서 밝은 달빛을 가렸다"고 한 얘기를 쉽게 '좋은 일 뒤에 궂은 일도 생기더라'는 말로 풀 수는 없었던 것일까?

참고로, 이 시는 중국 도잠陶潛(365~427)의 의고擬古라는 시를 재해석한 것으로 볼 수 있다.

한편, 양촌 권근權近(1352~1409)의 춘일성남즉사春日城南卽事란 시에도 비가 내린다. 다만 이 시에서는 봄에 대한 기대와 흥분, 그리고 자연과의 은밀한 교감을 엿볼 수 있다. '봄날 성 남쪽으로 나가 즉석에서 읊다'는 제목 그대로, 어느 해 봄날에 성 남쪽으로 나가서 바라본 정경을 담은 한 폭의 그림이다.

봄은 늘 바람을 타고 빗속에 왔다. 청명·한식이 몇 발짝 앞으로 바짝 다가선 오늘 온종일 보슬비 내린다. 사락사락 빗소리 외에는 사위가 조용하다. 살구꽃 망울이 빗속에 한껏 부풀어 올랐고, 꽃가지가 바람에 살랑살랑 흔들린다. 나에게로 부는 바람, 살구꽃이 보내는 인사다. 비가 개고 몇 밤을 새워 행화杏花 흐드러지면 무아지경 속에 다시 보자는.

봄바람 문득 부니 이미 청명이 가까워라
보슬비 보슬보슬 늦도록 날은 개지 않네
집 모퉁이 살구꽃도 활짝 피어나려 하고
나뭇가지 이슬 머금고 날 향해 인사하네
春風忽已近淸明
細雨霏霏晚未晴
屋角杏花開欲遍
數枝含露向人傾

봄비가 대지를 적셔 만물을 깨우는 상황을 '활짝 핀 살구꽃'으로 대신하면서 살아 있는 생명으로서의 살구꽃을 그려내고 있다. 그 살구꽃이 어찌나 반가운 손님처럼 느껴졌는지 '날 향해 인사한다'는 표현을 빌렸다. 살구꽃으로 대신했을 뿐이지 그것은 봄의 인사이다. 이런 방식으로 시인은 살구꽃과의 교감, 봄과의 대화를 제시하고 있다. 꽃과 초목을 대상으로 갖게 되는 작은 감흥이지만 성 남쪽 청명절, 비 내리는 날의 변화를 소박하게 묘사하고 있다.

　권근은 일찍이 고려 공민왕 때 과거에 합격하여 관리로 나갔다. 그런데 공민왕은 나이가 너무 어린 사람이 과거에 합격하는 것을 마뜩치 않게 생각하였다. 권근이 18세에 과거에 합격하여 관리로 나갔는데, 공민왕은 권근을 보고는 "저렇게 어린 자도 과거에 붙었느냐?"고 버럭 화를 냈다고 한다. 그때 목은 이색이 나서서 "장차 크게 쓸 사람이니 나이 적은 것으로 타박할 일이 아닙니다."라고 대답하니 그제서야 공민왕의 화가 풀어졌다고 한다. 고려 창왕 원년에 국서를 가지고 명나라에 갔다가 가을에 돌아왔을 정도로 권근은 당시 중국에 대해서도 잘 알았다. 얼굴빛이 검어서 사람들이 '까마귀'란 별명으로 부르자 권근은 자기 스스로 '작은 까마귀'라는 뜻의 소오자(小烏子)라고 불렀다고 한다.(『연려실기술』).

　양촌 권근의 이런 시재詩才는 후일 그 외손자인 서거정에게 전해졌다. 서거정은 살아생전에 전국 곳곳을 유람하면서 많은 시를 지었고, 그것들을 『동문선』이나 『동인시화』와 같은 기록에 두루 남겼다.

양촌의 친동생 권우權遇에게도 청명과 한식寒食에 관한 시가 각기 있다.[1] 권우의 시적 재능 또한 양촌 못지 않았다. 그의 문집인 『매헌집梅軒集』에는 권우의 훌륭한 시들이 많이 남아 있다. 그의 '한식(寒食)'이라는 시이다.

동지로부터 105일째 만나는 한식
하나의 기운이 순환하여 가는구나
동풍이 불어 점차 따사로워지는데
마침 좋은 비가 소리 없이 내리네
땅 젖어 꽃이 처음 피어나려 하고
연못의 풀도 저절로 생겨나는구나
집집마다 연기와 불을 금지하노니
개자추의 이름을 중히 여기는지라

百五逢寒食
循環一氣行
東風吹漸暖

1) 『매헌집(梅軒集)』

好雨細無聲
原隰花初發
池塘草自生
家家禁煙火
偏重介推名

개자추를 기리며 맞는 한식. 찬밥을 먹는 날이란다. 산야가
바짝 마른 초봄 산불이나 들불에 대한 경각심을 높이고자 이
날 만큼은 불을 피우지 않는 습속에서 시작된 풍속인데, 한
식은 동짓날로부터 105일째에 맞는 날이다. 봄이 다가와 귀
에 대고 속삭이듯 봄비가 내리는 청명절, 한식날의 모습을
그렸다.

　고려 말의 정치가이자 대학자이고 시인이었던 정몽주鄭夢
周(1337~1392)의 '춘흥春興'이라는 시는 눈 녹이는 봄비가 내
리며 봄기운이 일어나고 있는 시기의 작은 희망과 기다림을
표현하고 있다. '봄이 일어나고 있다'는 뜻의 춘흥春興이라
는 제목만 보아도 마음이 흥겹다. 봄과 관련된 시 가운데서
정몽주의 대표작이라고 할 수 있는데, 이 시의 핵심은 '봄비

에 풀이 돋아나고 있는 것'이다. 그러니 춘흥春興의 실제 의미는 '풀이 일어나고 있는'[草興] 것이다. 죽은 듯이 고요하던 대지에 새봄이 오면서 생명이 꿈틀대는 조용한 움직임을 포착하였다.

> 가는 봄비가 소리 없이 내리다가
> 밤이 되어 보슬비 소리 들리더니
> 눈 녹아 남쪽 개울물 불어났으니
> 풀싹은 얼마나 많이 돋아났을까?
> 春雨細不適
> 夜中微有聲
> 雪盡南溪漲
> 草芽多少生

밤새 가랑비가 내렸으니 쌓여 있던 눈마저 녹아내리고 집 앞의 남쪽 개울물이 불어나 이제 봄풀도 돋아날 것이라는 짐작이다. 물론 시인은 이제 막 잠에서 깬 듯하다. 밤새 밖에는 나간 일이 없고, 그저 꿈결에 가는 빗소리를 들었던 것이다. 그 비로 말미암아 일어날 앞으로의 변화를 간단히 전개한 것인데, 작자는 일상에서 경험한 자연현상을 관조하는 입장에서 서술할 뿐, 자신의 감정을 끝까지 드러내지 않고 있다. 봄비가 내려 잔설이 녹으면 개울물이 불어날 것이고, 그리하여 촉촉하게 땅이 젖으면 숨죽이고 있던 풀싹이 돋아날 것이라는 자연스런 논리전개 과정을 통해 땅밑 뭇 생명들의 움직임과 함께 봄이 오고 있음을 설명하고 있다. 마치 '이제 서리가 내리니 곧 눈이 오겠지'라고 말하는 것과 같은 이치다. '눈이 녹고 봄비가 내렸으니 풀싹이 얼마간 돋아날 것'이라는 논리적 전개에 시상詩想을 살짝 얹어놓음으로써 독자 스스로 감흥을 일으키게끔 유도하는 것이다. 비는 만물을 살리는 생명의 원천이므로 봄을 맞아 만물이 생동하게 될 것을 기대하고 저윽이 흥분하고 있는 것이다. 그래서 시의 제목도 춘흥春興이다. 긴 겨울이 물러나고, 다시 '봄이 일어난다'는 뜻에서 춘흥이라 하였지만, 실제 그 제목이 가진 속뜻은 봄이 되어 만물이 다시 소생한다는 것으로, 봄을 기다리는 심정 또한 '풀싹은 얼마나 돋아났을까?'라는 말로 대신하였다. 계절의 변화와 함께 찾아온 봄을 긍정적으로 바라보는 그의 시선으로 보건대 전도양양하던 시절에 쓴 시임을 알 수 있다.

『고려사』 열전 정몽주 편에는 이렇게 적고 있다.

"정몽주는 정습명의 후손이다.[2] 그 어머니가 임신했을 때 꿈에 난초 화분을 안고 있다가 떨어트리고 놀라 깨어난 뒤에 낳았으므로 이름을 정몽란鄭夢蘭이라고 하였다. 그런데 정 몽주가 아홉 살 때 어머니가 낮잠을 자다가 꿈을 꾸었는데 검은 용이 뜰에 있는 배나무를 올라가기에 놀라서 깨어 나가 보니 정몽란이 있었다. 그래서 다시 정몽룡鄭夢龍으로 이름 을 고쳤다가 20세에 관례를 치르고 나서 또 정몽주로 이름 을 고쳤다."

그런데 '밤에 내린 봄비에 풀싹들은 얼마나 돋아났을까?'라 는 표현은 당나라 시인 두보杜甫의 '춘야희우春夜喜雨'에서 밤새 내린 봄비로 '새벽에 붉게 젖은 곳이 보였으니 금관성에 꽃이 한창 피었으리라'고 미루어 짐작하는 기법과 닮았다.

좋은 비가 때를 알고

봄을 맞아 바로 내리는구나

바람 따라 가만히 밤에 들어와서는

소리 없이 가는 비 만물을 적신다

2) 정몽주의 6대조가 정습명이다.

들길은 온통 구름에 덮여 어둡고
강 위의 배에는 불빛만 홀로 밝아
새벽에 붉게 젖은 곳을 바라보니
꽃들이 금관성을 겹겹이 에워쌌구나.

好雨知時節
當春乃發生
隨風潛入夜
潤物細無聲
野徑雲俱黑
江船火燭明
曉看紅濕處
花重錦官城

"좋은 시절이 왔음을 어찌 알고 비를 내리는가? 밤에 바람
이 불기 시작하면서 소리 없이 내리고, 새벽녘에 바라본 금
관성 주위로 붉게 핀 꽃들. 한 마디로 그것은 희열이다."

봄밤에 내리는 반가운 비[春夜喜雨]라는 이 시에서 말하는
금관성錦官城은 중국 성도成都의 중심에 있던 성이다. 지금

의 성도엔 두보杜甫의 초당(草堂)이 있다. 비가 갠 뒤, 말끔하고 신선한 모습의 봄날은 청량제 같다.

정몽주보다 10년 연상으로, 한 세대를 함께 살았던 인물인 이집李集(1327~1387)의 시에 '만청(晚晴)'이라는 작품이 있다. 시제의 뜻은 '오후 늦게 비가 개다'인데, 비가 개고 나서 나뭇가지에 걸린 달과 꽃향기가 은근한 봄날의 해거름 모습이다.

저물녘 비가 개어 시냇물 바람 서늘한데
지붕 위의 산 그림자 반쯤 담에 들어왔네
눈에 가득 찬 이 풍경 시에 담기도 전에
꽃가지 하나에 걸린 달이 맑은 향기 보내네
晚晴溪水振風凉
屋上峰陰半入墻
滿眼新詩收未得
一枝花月送淸香

또 조선 후기의 문인 유몽인柳夢寅(1559~1623)은 '우과(雨過, 비가 지나가고서)'라는 시에서 어린아이 같은 천진한 눈으로 비가 갠 뒤의 풍경을 이렇게 읊었다.

우과(雨過)

남은 꽃잎은 바람을 바라지 않아

이슬 받아 연잎 한껏 기울어 있고

거미줄엔 옥구슬 얼마나 달려 있나

해질녘 상쾌함 보내는 남쪽 봉우리

殘蘂不須風

欹荷難受露

蛛絲餘幾珠

送爽南峰暮

　한차례 비가 지나가고 날이 갠 다음, 연잎 위에 물방울이
은구슬처럼 구르고 있고 거미줄에는 송글송글 물방울이 맺
혀있는 풍경을 그렸다. 꽃잎이 남아 있는 것으로 보아 대략
양력 5~6월쯤이었을 것이다.

　바람도 좋고 보슬비 내리는 봄날에는 어디론가 길을 떠나
고 싶다. 사람이 그리운 것일까? 무엇인가 잡힐 듯 잡히지
않는 아릿한 그리움이 느껴지는 봄날의 빗속을 걷다 보면 뒤
엉켜있던 복잡한 생각들이 사르르 풀릴 수도 있으리라.

청명~곡우 꽃향기 따라 푸른 풀을 밟아라

봄이 한창 시작되고 있는 청명·한식 철에 남녀노소 야외로 나가 풀을 밟는 풍속이 있었다. 이른바 답청이다. 음력 3월 3일. 삼짇날을 답청일踏靑日이라고 하니 바야흐로 봄이 무르익어 풀싹이 폭신폭신하게 밟힐 만큼 자라는 시기이다. 시인 정희성(1945~)의 시 답청踏靑은 우리에게 또 다른 희망을 불러 일으킨다.

풀을 밟아라
들녘에 매 맞은 풀
맞을수록 시퍼런
봄이 온다
봄이 와도 우리가 이룰 수 없어
봄은 스스로 풀밭을 이루었다
이 나라의 어두운 아희들아
풀을 밟아라
밟으면 밟을수록 푸른
풀을 밟아라

(1974)

  답청놀이 하는 이날만큼은 남녀노소 누구나 집을 나가 들과 산으로 쏘다녔다. 봄맞이하는 인파로 도회지의 골목은 분주했을 것이다. 꽃놀이에 정신 나간 이들로 길이 붐볐을 것이고, 그래서 혜원 신윤복(1758~1814)의 그림 연소답청年少踏靑엔 기생과 젊은 양반 자제들이 질펀하게 노니는 모습이 그려져 있다. 이날엔 길에서 눈이 맞는 남녀가 흔히 있었다. 남녀가 그 엄격한 통제를 받던 조선 사회에서도 이날만은 공개적으로 야외 미팅이 허용되었던 것이다. 푸른 풀을 밟으며 봄맞이하는 답청놀이의 '풀 밟기'는 핑계였던가 보다.

  성간成侃(1427~1456)의 시 '염양사艶陽詞'는 어여쁘게 생긴 사내와 그를 연모하는 한 여인에 관한 짤막한 이야기이다. 말 타고 답청 놀이 나온 서생을 보고 두근거리는 가슴을 누르며 담장 밖으로 고개 내밀어 살포시 웃음 짓는 미녀.

  흰 얼굴에 글 읽는 서생이 준마 타고
  낙교 서쪽 물가로 답청놀이를 나왔네
  미인은 두근거리는 가슴을 못 이겨

담장 너머로 머리 들고 웃음 짓노라!

白面書生騎駿馬

洛橋西畔踏靑來

美人不耐懷春思

攀上墻頭一笑開

목석이 아닌 한, 그 웃음에 서생의 마음이 요동치지 않았을 리야! 이것은 성간成侃의 『진일유고眞逸遺藁』에 실린 시이다. '미인은 가슴에 품은 춘사를 이기지 못한다'고 하였다. 춘사春思는 남녀 간의 애정을 이른다. 이토록 시에 뛰어난 문인이었으나 아깝게도 그는 나이 서른에 이승을 버렸다.

남녀가 서로 그리는 정을 엿볼 수 있는 시는 꽤 있다. 지봉 이수광의 시 상봉사相逢詞에도 남녀의 춘정春情이 엿보인다. '상봉사'라 하였으니 누군가를 만난 이야기이다. 이것은 연작시인데, 그 1연에서는 봄날의 복사꽃 핀 남쪽을 말하였다.

어디에서 술을 마시고 오는가요
얼굴이 고운 복사꽃이 되었구려

백마 타고 별똥별처럼 달려가니

그대의 집은 어디쯤에 있는지요

飲從何處來

顔作桃花嫩

白馬去如星

君家知近遠

　제2행은 얼굴이 발그레한 모습을 빗대어 시인은 어디서 술을 마시고 왔느냐고 묻는 것으로 이야기를 전개하고 있다. 별똥별 날리는 속도로 백마를 타고 달려가 '그대의 집은 어디에 있는가?' 하고 묻는다. 얼마나 기쁜 만남이었으면 사내가 별똥별의 속도로 내달렸을 것인가. 오랜 기다림 뒤의 상봉이었을 테니 그것이 꽃이든 여인이든 가슴에 안기는 감흥이야 결국 한 가지일 터.

　상촌象村 신흠의 다음 시는 봄이 한창 무르익을 무렵의 흥취를 '따뜻함'에서 찾았다. 따뜻한 봄날, 꽃이 피어 향기로운 남쪽 언덕을 더듬으며 상춘객이 되려는 것이다. 그래서 시 제목이 '봄날이 따스해지니 느낌이 있어'[春日將暄有感춘일장훤유감]이다.

이제 곧 꽃소식 있고 새도 노래하겠지

아침에 온 봄빛 두 배나 더 짙어졌구나!

한가로이 흥에 겨운 주인을 누가 알까?

대지팡이 짚고 남쪽 언덕 오르게 될지

花將有信鳥如歌

春色朝來一倍多

誰識主人閒興足

枯筇隨意上南坡

그는 마음속에 봄나들이를 그리면서 저윽이 흥분하였다.
"이곳저곳 산을 오르려면 지팡이의 힘을 빌려야 할 것이다.
새소리도 바뀌고 춘색(봄빛)이 한창 익고 있으니"라며 봄날
꽃구경 나들이를 염두에 두고 있다. 꽃 피고 새 지저귀는 봄
날, 흥이 무르익으면 지팡이 짚고 발길 가는 대로 산을 오를
지 모르겠다는 뜻이다. 다만 상촌 신흠申欽(1566~1628)은 봄
날 '반드시 꽃놀이 가겠다'고는 하지 않았다. 그저 '마음 가
는 대로 바짝 마른 대나무 지팡이를 짚고 울긋불긋 꽃이 핀
남쪽 언덕을 올라가 볼 수도 있겠다'며 마음에 이는 흥겨움
을 살짝 열어두는 것으로 그쳤다. 그처럼 말미와 여유를 두

는 수법이 교묘하다. 그렇지만 이 시를 읽으면서 우리는 그가 꼭 그 언덕을 올랐을 것이라고 믿는다.

상촌은 얼마 전 답청일에 앓아누웠었다. 이제 몸을 추스르고 자리에서 일어난 지 얼마 되지 않았다. 그의 '답청일에 앓아누워서'[踏靑日病臥답청일병와]라는 시는 자리에 누운 채 밖을 내다보지도 못하던 자신을 안타까워하며 이렇게 읊조리고 있다.

인생이 청명절을 몇 번이나 볼 것인가
금년에는 병이 들어 답청일을 저버렸네
들창문을 밀치고서 가는 계절 보았더니
버들허리 꽃눈들이 살포시 가득 차 있어
人生看得幾淸明
愁疾今年負踏靑
試拓小窓探歲事
柳腰花眼尚輕盈

상촌 신흠 역시 자신의 나이를 헤아리면서 해마다 청명절 전후에 하는 답청踏靑과 함께 이런 날을 앞으로 몇 번이나 더 보게 될지를 가늠하고 있다. 온갖 꽃들이 화려하게 봄을 수놓거나 눈이 아릴 만큼 단풍이 고운 계절이면, 나이 지긋한 이들은 으레 '앞으로 이런 정경을 몇 번이나 더 볼 수 있을까' 하는 생각을 갖게 될 것이다. 더구나 몸이 아프고, 병이 많아 늘 죽음을 생각해야 했던 옛사람들에게 계절이 바뀔 때마다 삶은 더욱 새롭고 아쉽게만 느껴졌을 것이다.

봄이 한창 무르익으면서 시인은 '이제 봄이 떠나가는 중인가 보다' 지레 걱정한다. 상촌 신흠은 '버드나무 허리춤에 하얀 솜털 같은 꽃눈들이 눈송이처럼 가벼이 흩날리며 가득 차 있는 모습'으로 봄을 그렸다.

그러나 신흠의 '시내 위에서'[溪上계상]라는 다음 시에서는 인간사 시름이나 고민을 찾아볼 수 없다. 아마도 안개에 젖은 봄날이었으리라. 산꽃을 꺾어 들고 개울가로 내려가 낚시터를 손질하는 신흠의 모습을 떠올리면서 국왕과 왕비를 제외하고서는 조선에서 가장 높은 지위에 올라서 하고픈 짓을 다 하고 살았을 그의 호사스런 삶을 들여다볼 수 있다. "짧은 인생 별 것 없다. 하고 싶은 일 맘껏 즐기면서 사는 게 행복한 삶"이라는 가진 자들의 이야기대로 우리도 하고 싶은 짓만 하고 살 수는 없나?

溪上(시내 위에서)

산꽃 꺾어 들고 개울가로 돌아오니

부슬부슬 향기로운 안개가 옷을 적신다

우연히 나무꾼을 만나 비탈로 찾아가서

낚시꾼과 다시 약속하고 낚시터 손질하네

折得山花溪上歸

霏霏香霧濕人衣

偶逢樵父尋厓去

更約漁翁理釣磯

신흠은 조선 중기의 4대 문장가의 한 사람이자 정치가이다. 아버지는 개성부도사開城府都事를 지낸 신승서申承緒이다. 명종·선조·광해군·인조 시대를 살았던 인물로, 한성부 장의동에서 태어났다. 일곱 살에 부모를 잃고 줄곧 외가에서 자랐다. 외조부 송기수宋麒壽로부터 글을 배웠고, 결혼 후에는 장인 이제민李濟民으로부터 글을 배웠다. 1585년(선조 18) 20세에 진사시와 생원시에 차례로 합격하였으며 1586년에는 별시문과에 장원급제하였다. 1583년 외숙 송응개宋應漑와 허봉許篈 등이 율곡 이이를 비판하는 탄핵문을 올리는 바람에 율곡은 해주로 돌아갔다. 그때 우계 성혼이 상소하여 구원하려 하자 성혼까지 공격받았다. 이귀李貴가 상소하여 비로소 풀렸다. 신흠 또한 "이이는 사림의 두터운 신망을 받는 인물이니 심하게 비난하는 것은 안 된다"고 하였다. 이 일로 말미암아 신흠 역시 당시 정권을 장악하고 있던 동인들로부터 이이李珥의 당파라 하여 배척을 받았다. 다시 말해서 율곡 이이와 우계 성혼은 심의겸沈義謙과 같은 패거리라 하여 배척당한 것인데, 당시 임금인 선조가 최종적으로 율곡과 성혼을 옳다고 두둔하면서 이 문제는 일단락되었다.

그러나 끝내 1592년 임진왜란이 일어나면서 신흠은 동인으로부터 배척당하여 좌천되었다. 신립申砬을 따라 문경 조령전투에도 참가한 바 있는 그는 1593년 봄, 이조좌랑을 거쳐 이항복의 종사관으로 있었다. 1594년 이조정랑으로 승진하였으며 광해군 때는 주청사奏請使인 월정月汀 윤근수尹根壽(1537~1616)의 서장관으로 명나라 연경燕京을 다녀온 일도 있다. 31세 때인 1596년(선조 29)에는 의정부 사인, 홍문관 교리 등을 지냈다.

1599년에는 장남 신익성申翼聖이 선조의 셋째 딸인 정숙옹주貞淑翁主와 결혼하면서 동부승지로 발탁되었다. 그 후

형조참의를 거쳐 1600년에는 예조참의·이조참의·홍문관 부제학 등을 지냈다. 1608년 선조로부터 영창대군을 잘 보필하라는 부탁을 받은 유교칠신遺敎七臣의 한 사람이 되었다. 광해군이 들어선 1609년(44세 때)에도 예조판서에 제수되었으나 1613년(광해군 5) 광해군에게 밉보여 파직되었고, 유배당하였다. 그 후 김포로 돌아가 막내아버지의 농가에 거처하였다. 1623년 58세의 나이에 인조반정으로 인조가 즉위하면서 이조판서·우의정에 다시 발탁되었다. 1624년에는 이괄의 난에 대비하였는가 하면, 왕을 호위한 바 있으며 1627년에는 좌의정이 되었다. 이 해 정묘호란이 일어나 평양까지 함락되었을 때 좌의정으로서 동궁을 호위하고 전주로 피난하였다. 그해 9월에 영의정이 되었다가 1628년 6월에 병으로 죽어 광주 땅 팔당호 주변에 묻혔다.

'시내 위에서'[溪上계상]라는 신흠의 또 다른 시 한 편이 더 있다. 여기서도 신흠은 단순히 눈에 보이는 경물景物을 읊은 것이 아니라 우리 인생을 말하고 있다. 다만, 이 시에는 꽃은 없다. 대신 시내와 구름 그리고 청산에 깃들어 사무사思無邪의 세계에 몰입된 화자를 볼 수 있다.

시냇물은 멈췄다가 다시 흐르고
시내의 구름은 왔다가는 또 가네
그 속에 홀로 꿈을 깬 사람 있어
생각에 잠기니 근심도 절로 멎네

溪水淳復流
溪雲來又去
中有獨醒人
冥心自息慮

시내 위에 앉아 있는 사람은 무슨 생각에 잠긴 것일까? 아무런 생각이 없는 것일까? 무엇인가 깊은 생각을 하다 보니 근심도 멎은 청빈한 삶이기에 온갖 잡념은 사라지고 없다고 하였다. "시냇물이 멈췄다가 다시 흐르고, 시내에 비친 구름도 왔다가 간다"는 것은 그가 바라보고 있는 경치이다. 물이 흐르는 곳에서는 구름도 흐르고, 물이 멈추는 곳엔 구름이 멎는다. 시내에 비친 구름을 그렇게 그려낸 것이다. 그러나 멈췄다가 흐르는 시냇물이라든가 구름과 같은 것들은 무한한 시간이며, 동시에 그것은 우리네 인생의 시간이다. 그 세월 속에 유한한 우리 인생, 홀로 꿈을 깬 사람이란 삶의 진의를 터득한 현자로 보아도 되겠다. 그가 깊은 생각에 잠겨 무엇인가에 집중하고 있다. '그 속에 홀로 꿈을 깬 사람'은 사실은 초월자이다. 꿈을 깬다는 것은 미몽에서 벗어남을 뜻하며, 그것은 현실에 대한 철저한 각성일 것이다. 잡다한 번민, 온갖 근심이 사라지는 경지를 말하고 있다. 시인은 미몽의 꿈에서 늘 깨어 있는 이를 일러 각성인獨醒人이라고 하였다. 이 또한 항상 깨어 있는 자세로 살라는 주문을 우리에게 하고 있는 것이다.

청명과 한식은 대개 하루 이틀 상간이다. 드디어 야금야금 봄이 익어가는 시기. 권필의 한식寒食이란 시에는 무덤을 찾아가 한식 차례를 드리는 모습이 생생하게 그려져 있다.

제사를 마친 들녘에는 해가 저물고
지전을 태우며 뒤적이자 우는 까마귀
적막한 산골짜기, 사람들은 돌아가고
팥배나무 꽃잎 위로 빗줄기 내리친다
祭罷原頭日己斜
紙錢翻處有啼鴉

山谿寂寞人歸去
雨打棠梨一樹花

　한식 차례(제사)를 마치고 해가 저무는 들녘. 종이돈[紙錢지전]을 태워 혼령에게 노잣돈을 부친다. 주변을 맴돌던 까마귀 떼. 사람들이 떠난 적막한 산골짜기엔 덩그러니 남은 무덤 떼들. 팥배나무(아가위나무) 꽃이 자욱하게 피어 있는데, 어느덧 빗발이 내리친다.

　시인은 그저 눈에 보이는 정경만을 묘사하였다. 시인의 시야는 먼저 해 기우는 들판의 모습을 원경으로 제시하고, 다시 시선을 가까운 곳으로 옮겨 까마귀에 가져갔다. 그리고 계곡의 쓸쓸한 정경과 사람들이 떠난 무덤 주변으로 시선을 옮긴 뒤, 다시 무덤가에 선 팥배나무에 내리치는 빗줄기에 초점을 맞췄다. 비에 젖어서 지는 꽃잎처럼 우리네도 저버리면 무덤으로 가는 덧없는 인생.

　청명과 한식은 이름이 있는 절기이니 중국과 한국의 시인들이 청명과 한식을 주제로 읊은 한시는 상당히 많은 편이다. 이 시는 청명 한식에 조상의 묘에 차례를 드리는 모습을 노래한 것이고, 우리 인생과 죽음을 그린 이야기이다.

우리에겐 그다지 잘 알려지지 않았지만, 중국의 대원선사
大圓禪師라는 이는 우리네 인생을 참으로 잘 설명한 바 있
다. 중국 남부 복주(福州)에서 태어나 15세 때 출가하여 호남
성湖南省 영향현寧鄉縣의 위산(潙山)이란 곳에서 7년간 불법
을 배우고 위산이란 법호를 받은 그[1]는 이런 말을 남겼다.

"무상한 인생 늙고 병드니 사람을 기약하지 않네. 아침에 살
아 있다가 저녁에 죽으니 찰나에 다른 세상일세."(無常老病
不興人朝 朝存夕亡 刹那異世)[2]

앞의 한식寒食이란 시에서 시인 권필은 끝까지 자신의 시
에 감정을 드러내지 않았다. 그냥 단순한 영물시詠物詩인 것
처럼 보이지만, 시가 끝나면 떠안아야 할 감정은 시를 읽는
이의 몫으로 고스란히 돌아간다. 치밀한 계획과 구성에 따라
감정을 절제한 권필의 기교가 돋보인다.

이 밖에도 권필에게는 '청명일에 짓다'[淸明日有作청명일유
작]는 시가 더 있다. 그의 『석주집』(제3권)에 실린 5언율시이다.

---

1) 본래 그의 속명은 영우(靈祐, 771~853)였다.
2) 출전 :『위산경책(潙山警策)』

따스한 기운이 꽃소식을 재촉하니
버드나무 가지에 연노랑 빛 올라
한식 뒤에 밥 짓는 연기 오르고
맑은 날 저녁에 새들은 지저귀네
늙어가면서도 오히려 일이 많아서
봄이 와도 시를 읊지 못했어라
경성에서의 화려한 십 년 꿈이여
서글프게도 그저 마음으로 알 뿐

淑氣催花信
輕黃着柳絲
人烟寒食後
鳥語晚晴時
老去還多事
春來不賦詩
京華十年夢
惆悵只心知

　하루가 다르게 날이 따뜻해지면서 버드나무 실가지에 금
빛 물이 들기 시작하는 청명 무렵의 변화를 섬세하게 스케치

하였다. 찬밥을 먹는 한식날이 지나니 집집마다 밥 짓는 연기가 일제히 오르고 있다. 날씨는 맑고 새가 시끄럽게 울어대는 저녁나절의 한가로운 정경이다. '경성에서의 화려한 10년 꿈'은 그 자신이 관리로 나가려고 애를 쓰면서 경성에 머물던 지난 세월을 이른 것이었으리라. 취업과 결혼, 인생 진로에 대해 깊이 고민하고 방황하는 지금의 젊은 세대처럼, 그 고단하고 외롭던 시절을 서글픈 모습으로 시인은 반추하고 있다.

청명, 한식은 이름이 있는 절기이니 한식과 청명일을 대상으로 쓴 시는 의외로 많다. 서거정의 '청명'이란 시도 있다.

청명일에 보는 화려한 꽃들이 슬퍼
세 달 봄 가운데 두 달이 지났구나
동군이 꽃을 부리는 걸 잘못 배웠나
2월 하순인데 꽃이 피지 않았으니
怊悵淸明管物華
三分春事二分過
東君誤學花權柄
二月終旬未放花

첫 행에서는 청명일 꽃이 화려하게 핀 것을 보고 시인은 슬퍼하고 있다. 꽃들이 제대로 피지도 못했는데 봄이 얼마 남지 않았기 때문일까? 꽃이 화려할수록 슬픔의 깊이는 깊다. 음력으로 정월부터 2월과 3월까지, 석 달의 봄 중에서 벌써 두 달이 지났다는 건 중춘仲春이 가버렸다는 것이다. 다음 달은 봄꽃들의 무덤. 화려한 꽃들이 슬픈 까닭이 거기에 있다. 봄을 주재하는 신이라고 하는 동군東君이 꽃을 피우고 지게 하는 권력을 제대로 익히지 못했는지, 아니면 정신줄을 놓고서 시간을 잊었는지 2월 말이 되었는데도 꽃이 피지 않았음을 탓하고 있는 것이다. 유난스레 겨울이 추웠고, 늦게까지 추위가 물러가지 않은 탓이다. 동군이란 동쪽을 관리하는 신이다. 동쪽은 봄을 의미하는 방위이니 봄을 관장하는 신을 뜻한다.

짧고도 아릿한 봄밤의 여운, 꽃이 지네

봄이 왔다 가면 우리네 마음은 허허롭기만 하다. 꽃 잔치에 마냥 꿈만 같던 봄날이 아릿한 환상을 남기고 사라지면 그만큼 마음이 허탈해지는 것이다. 천지가 꽃으로 뒤덮인 봄밤의 아름다운 기억이 꿈에서 보았던 듯 몽롱하다. 해마다 겪는 휘황한 봄의 충격은 그야말로 오랫동안 '환각의 마비상태'로 유지된다. 그리고 그 아름다운 기억을 허투루 날려버리고 싶지 않다. 너무나 황홀했기에 간직하고 싶고, 영원히 머물러 둘 수 없는 계절이기에 봄은 늘 아쉽고 안타까운 손님이다.

일 년 사시사철 봄이라면 얼마나 좋을까? 그러길 바라며 저울질해보는 이들도 있겠지만 네 계절 모두 봄이라면 그것이 과연 봄이겠는가. 누구나 "화려하고 아릿한 봄날의 여운이 마음에 가득 남아 있다."고 할만한 어느 해 봄의 아름다운 기억이 있을 것이다.

석 달의 봄이 어쩌면 길다고는 하나 꽃 피고 지는 일로 따지면 길지 않은 시간이다. 더구나 짧을지라도 봄날엔 아름다운 밤이 더 있으니 다행이다. 짧았어도 봄밤의 감흥은 짜

릿했고, 그만큼 강렬한 기억으로 남았다. 그 짧은 날의 환희와 호사로운 봄날의 시간들. 그날들을 떠올리면 아쉬움과 안타까움, 미련 같은 감정들이 한꺼번에 모두 솟아나 아우성친다. 김시습의 '배추꽃'[菜花채화]이란 시에서도 짧은 봄날의 아쉬움 같은 것을 느낄 수 있다.

배추꽃이 애교 있게 낮에 피어서
무수한 꽃 성긴 울타리에 환하네
하룻밤 바람 불고 비 내리니
그 또한 잠깐의 영화였다네
菜花嬌映晝
繁朵透踈籬
一夜風和雨
榮華亦暫時

집앞의 울타리를 따라 자욱하게 피어난 배추꽃이 하룻밤 비바람에 모두 졌다. 봄날의 그 영화榮華란 것이 이처럼 잠시 왔다 가는 일이었다. 이 시도 분명히 봄날 언젠가 흔히 볼 수 있는 경치를 읊고 있지만, 그러나 그것은 겉으로 드러난 것일 뿐, 실제로는 김시습의 일생을 반영하고 있는지도 모를 일이다. 김시습에게도 잠깐이었으나 꽃처럼 활짝 핀 봄날이 있었다. 청춘 시절, 그에게 찾아왔던 영광의 날은 모진 비바람에 씻기어 가버렸다. 세조의 왕위 찬탈, 그리고 그것을 거부함으로써 자신의 운명이 바뀐 사정을 하룻밤의 비바람으로 표현한 것은 아닐까? 이처럼 봄을 표현하는 방식은 작자마다 각기 다르다. 그래서 그것들이 주는 느낌의 깊이와 폭도 서로 다르다.

앞에서 본 백광훈의 시 '능소대하문적'과 마찬가지로 봄날 강가에서 피리소리를 듣는 나그네의 모습을 그린 시가 더 있다. 권벽(1520~1593)의 '춘야문적春夜聞笛'이다, '봄밤에 피리소리를 듣다'는 뜻이다. 권벽과 그 아들 권필 부자는 조선 시단에 이름을 날린 시의 대가들이었다.

봄바람에 옥피리 소리 낙양성에 울리니
애끓는 한 가닥 차마 듣기 어려워라
나무 가득 피었던 매화도 모두 지고
강물처럼 파란 하늘에 달은 밝아라

春風玉笛洛陽城
腸斷難堪聽一聲
滿樹梅花零落盡
碧天如水月輪明

나무 가득 매화가 피었다가 진 봄날, 따뜻한 바람을 타고 피리 소리가 낙양성에 들려온다. 애처로운 피리 소리 들을수록 감당하기 어렵다. 밤하늘은 어찌나 맑은지, 푸르디푸른 강물 같다. 보름달은 밝기도 한데, 그리운 사람들도 저 달을 보며 날 생각하는지, 아마도 시인은 그렇게 생각했을 수도 있다. '달이 하늘 한가운데에 이른' 월도천심月到天心의 교교한 분위기 속에 자신을 돌아보는 시간이었을 것이다.

그러나 여기서 낙양성洛陽城을 곧이곧대로 중국 낙양에 있는 예전 도성으로 받아들일 필요는 없겠다. 그저 운을 맞추기 위해 쓴 이름이거나 그 자신이 살았던 조선의 도성을 지칭한 것일 뿐이니 권벽과 권필 부자가 살았던 한양도성, 즉 경성京城으로 바꿔서 이해하면 될 것이다.

다음은 『아계유고鵝溪遺稿』에 실린 이산해李山海(1539~1609)의 '감회가 있어'[有感유감]라는 작품이다.

꽃이 활짝 필 때는 달은 눈썹과 같고

달이 둥글게 찰 땐 꽃은 그만 지나니

알겠구나 조물주가 시샘이 몹시 많아서

인생 가절 매번 공교롭게 일이 어긋남을

花滿開時月似眉

月盈規後已花飛

從知造物偏多妬

人世佳期每巧違

선조 시대를 살았던 아계鵝溪 이산해李山海는 토정 이지함의 조카이다. 그의 눈에는 꽃도 인생도 일장춘몽이다. 서거정은 일찍이 『동인시화』에서 "시는 뜻을 말하는 것이다. 그러므로 시를 보면 그 사람을 알 수 있다"고 하였다. 시에 없은 뜻으로 그 사람을 알 수 있다는 것이니 시를 쓴 사람의 입장에서 보면 시로써 자신의 뜻을 드러낸다는 말이 아니겠는가. 이산해는 고려 말 목은 이색의 7세손으로서 현재 충남 예산군 대술면 방산리에 잠들어 있다.

아계 이산해는 초승달 무렵 활짝 핀 꽃이 보름달 무렵에 지는 것으로 꽃의 황금시간을 짧게 설정하였다. 그리고 그 시간을 인생의 '아름다운 시절'에 갖다 대었다. 불과 보름 사이에 꽃이 피고 지며, 인생 또한 잠깐의 청춘을 빼면 덧없는 노년. 그러나 그 짧은 시간에 어찌해서 이루고자 하는 일마다 공교롭게도 어긋나고 틀어지는가를 한탄하고 있다. 그것이 인생이리라. 그래서 이런 푸념도 있게 되었다.

달이 차면 구름이 자주 끼고
꽃 피면 바람 불어 망쳐놓고
세상 모든 일이 이와 같으니
혼자 웃는 걸 아는 이 없네
月滿頻値雲
花開風誤之
物物盡如此
獨笑無人知

이것은 정약용의 독소獨笑, 즉 '혼자 웃다'라는 시이다.

부모 형제나 배우자, 절친 등 가까운 사람과의 이별은, 그것이 설령 예고된 것이라 해도 슬프고 안타깝다. 그런 사별만이 아니라 다른 것과의 이별도 마찬가지로 안타깝다. 봄이나 가을처럼, 더욱 짧게 느껴지는 현란한 계절과의 이별도 우리를 숨 막히게 한다. 서서히 초여름이 찾아오기 시작하면 꿈같던 봄은 환희와 열락을 남기고 미련 없이 떠난다. 석 달의 봄 동안에 얼마나 많은 이들이 봄의 유혹에 흠뻑 홀렸던가.

　황준량의 '낙화落花'도 봄과의 이별을 앞두고 느끼는 아쉬움을 토로하고 있다. 늦봄 해질녘의 강마을에 제비가 날고, 꽃은 다 졌다. 그래서 시의 제목이 '낙화'이다. 시인 황준량은 '잇닿은 숲, 빈 산에 낙화가 가득하다'며 눈에 보이는 대로 말하였으나 실제로는 봄과의 석별을 나타낸 것이다. 낙화, 그리고 봄과의 안타까운 이별을 '하나의 한'[一恨]이라고 하였다. 주변으로는 산줄기가 연이어 있고, 이제 바야흐로 초여름을 맞을 때이니 산은 짙푸르게 바뀌었다. 그런데 화자는 산을 비었다고 하여 공산空山으로 표현하였다. 숲을 가득 채웠던 꽃이 져서 바닥을 덮고, 아직 잎은 다 피어나지 않았으니 산이 비었다고 말한 것인데, 어찌 보면 빈 것이 산과 그곳의 초목뿐이겠는가! 우리네 마음도 텅 빈 것은 마찬가지다.

봄바람에 가랑비 내리니 날이 선들하다

제비가 강에 날자 해가 막 지려 하네

먼 길손은 오늘 한 가지 한을 보탰노라

잇닿은 숲 빈 산에 낙화가 가득하네

東風小雨作輕寒

江燕斜飛日欲殘

遠客如今添一恨

連林花落滿空山

원객遠客이라 함은 '먼 길 가는 나그네'이다. 이것은 그냥
나그네이면서 인생길을 가는 나그네이기도 하다. 그 길손이
바라본 낙화의 한. 그 또한 앞에서 여러 시인이 말한 춘수이
다. 봄의 귀향과 더불어 인생의 봄 또한 그렇게 지나간다는
'덧없는 삶'에 대한 연민 같은 것이 아닐까?

낙화를 바라보던 선인들의 애절한 눈빛, 따사로운 마음은
시조에도 고스란히 남아 있다.

꽃이 진다 하고 새들아 슬퍼 마라

바람에 흩날리니 꽃의 탓 아니로다

가노라 휘젓는 봄을 새워 무엇하리

'새우다'는 시샘하다, 시기하다는 의미이다. 꽃이 지는 것은 그저 시간 탓일 뿐. 춘치자명(春雉自鳴)이란 말이 있듯이 춘화자락(春花自落)이라고 해도 되겠다. 말하자면 '봄꽃은 스스로 진다'는 뜻이다.

> 간밤에 불던 바람 만정도화 다 지거다
> 아이는 비를 들고 쓸려 하는구나
> 낙환들 꽃이 아니랴 쓸어 무엇하리오

만정도화滿庭桃花는 '뜰 가득한 복사꽃'이다. 봄 그리고 꽃과의 이별을 황준량은 일한(一恨)이라고 하였는데, 그것을 달리 말하면 별한別恨이 되겠다. 땅에 진 복사꽃일지언정 얼마간이라도 그대로 두고픈 심정. 그 또한 별한에서 비롯된 미련과 아쉬움 때문이다. 땅을 뒤덮은 낙화를 보고, 인생을 보았음인가. 뭇꽃 속에서의 외로움일까?

외로움이나 고독 같은 것을 말하자니 떠오르는 시 한 편이 있다. 황준량의 '외로운 배'[孤舟고주]이다. 여기서 말하는

배는 아마도 황준량 자신이거나 그가 지향하는 이상향을 그
린 것으로 볼 수 있다. 그러므로 외로움이라 해도 여느 외로
움과는 격이 다르다. 속진을 벗어나 외로운 가운데 은거하는
삶일 수 있다.

외로운 배[孤舟고주]
사람도 없이 온종일 옆으로 누워 있어
강에 몰아치는 비바람에 외롭기도 해라
하늘 한가운데 비추는 달빛 가득 싣고
서로 이끌며 오호五湖에 배 띄우고 싶어
無人橫盡日
風雨一江孤
滿載中天月
相携泛五湖

황준량의 후배이자 퇴계의 후학이며 동향인이었던 송암
권호문權好文(1532~1587)의 시 '봄을 보내면서 읊다'[送春吟송
춘음]는 작품도 봄과의 이별을 앞두고 가슴 뛰는 장면을 노
래하고 있다. 새벽녘에 봄비가 내리면서 붉은 꽃잎이 바닥에

가득 진 뒤라 급한 마음에 이웃집 노인을 불러 마지막 꽃구경이라도 나가볼까 망설이는 마음을 표현하였다. 권호문이 포장한 봄날의 정경은, 늦봄이면 흔히 볼 수 있는 것이다.

그러나 권호문은 꽃잎이 지고 있으니 꽃구경 가고 싶다고 말했을 뿐, 극도로 감정을 절제하였다. 무언가 더 말할 수 있고, 더 말을 해도 될 것 같은데 그만두었다. 이웃집 노인더러 오라고, 와서 함께 꽃구경 가자는 전갈을 보내고 싶은 마음까지도 고이 접어 가슴에 묻고 있다.

새벽에 봄비가 산 가득히 부슬부슬 내려
무수한 붉은 꽃잎이 바위에 떨어졌네
이웃 노인 불러 함께 구경 가고 싶어서
황급히 편지를 썼건만 부칠 수가 없네
滿山春雨雯雯雯
無數殘紅落翠巖
欲喚鄰翁同醉賞
裁書火急不能緘

이것을 이규보의 송춘음送春吟('봄을 보내면서 읊다')과 비교해

볼 필요가 있겠다.

봄이 저물어가니 보내야 하겠지만
아득하고도 먼 곳 어디로 가나
오직 붉은 꽃을 거두어 가면서
사람 얼굴 붉은빛까지 가져가네
내년 봄 올 때 꽃은 다시 붉겠지만
붉은 얼굴 검어지면 누가 다시 빌려줄까
봄을 보내니 봄은 바삐 돌아가건만
공연히 남은 꽃 바라보며 눈물 자주 뿌리네
봄이 어디로 가는지 물어도 대답 없고
누런 꾀꼬리 봄 대신 말을 전하지만
꾀꼬리 소리 들어도 알아들을 수 없으니
좋은 술에 취하여 정을 잊는 것만 못해
잘 가라 봄바람아 미련 갖지 않으련다
사람에게 박정하기가 누가 너만 하겠나

春向晚送將歸
杳杳悠悠適何處
不唯收拾花紅歸

兼取人顏渥丹去
明年春廻花復紅
丹面一緇誰借與
送春去春去忙
空對殘花頻洒涕
問春何去春不言
黃鸝似代春傳語
鶯聲可聞不可會
不若忘情倒芳醑
好去春風莫回首
與人薄情誰似汝

    봄이 가는 사이 사람도 늙어 홍안이 사라지는 것을 제시하고 있다. 즉, 시인은 꽃과 인생을 하나로 등치시키면서 무정한 세월을 말하면서도 늙음에 대한 안타까움을 보이지 않는다. 다만 꽃과 인생을 애잔한 눈으로 바라볼 뿐이다. 봄꽃이 피고 지는 짧은 시간으로 우리의 청춘을 제시하려 한 것인데, 앞의 시를 이규보의 '꽃을 애석하게 여기다'라는 시와 비교해보면 둘 사이의 차이를 금세 알 수 있다.

봄은 시간을 잘라 꽃을 만들어 피우는데
어찌하여 광풍은 꽃을 저리 지게 하는가
바람은 봄바람인데 봄이 그를 막지 못해
어이 붉은 비단을 진흙 모래밭에 맡기는가
春君用意剪成花
其奈狂風擺落何
風是春風春不制
忍教紅錦委泥沙

봄은 꽃을 피웠으면서 바람은 또 꽃을 지게 하니 진흙 모래밭에 진 꽃잎은 붉은 비단을 펼친 듯하다. 봄이 쉬이 감을 한탄하였는데, 이것은 '꽃이 진다고 바람을 탓하랴!'는 시각과는 정반대이다.

그러나 '꽃을 심다'라는 이규보의 또 다른 시 한 편은 우리에게 작은 의문을 던진다. 꽃이 피는 것도, 꽃이 지는 것도 우리를 시름겹게 하니 꽃을 심어야 하나 말아야 하는가 하는 것조차 고민하게 한다. '꽃이 피며 근심이 피어나고, 꽃이 지니 근심도 지더라'는 경험이라면 당연히 꽃을 심지 않아야 할 것이다. 그러나 심을 때는 피지 않았던 근심이 '꽃이 피니

졌다'고 하였고, '피고 지는 꽃이 시름겹게 만든다'고 했으니 어차피 겪게 될 시름이라면 심고 보겠다는 뜻으로 시인 이규보는 이런 시를 우리에게 던져놓았다. 꽃을 보지 않으면 꽃을 대하며 갖게 되는 환희와 흥분, 그리움과 안타까움, 아쉬움, 미련, 기다림과 같은 순수한 감정들을 어떻게 맛보겠는가. 아마도 이런 감정들의 응어리를 시인은 '시름'이라 정의하였을 것이다.

꽃을 심을 땐 근심 아직 피지 않더니
꽃이 피니 또 근심이 마저 저버렸네
피고 지는 것 모두 시름겹게 하나니
꽃을 심는 즐거움 아직은 모르겠네
種花愁未發
花發又愁落
開落摠愁人
未識種花樂

우리네 인생과 마찬가지로 시간 속의 유한한 존재로 꽃을 다룬 또 다른 시 한 편이 있다. 송한필宋翰弼(1539~?)의 '우연히 읊다'[偶吟우음]는 시이다. 이것은 말이 좋아서 '우연히 읊었다'고 한 것이지 실제로는 작정하고 읊은 시라고 해도 되겠다. 일부러 꽃이 지는 때를 택하여 '낙화'를 노래한 것이다. 정확히 말하면 봄을 보내면서 지은 시이니 굳이 한문 식으로 표현하자면 앞서 권호문의 시와 마찬가지로 송춘음送春吟이다.

어젯밤 비 맞으며 꽃이 피더니
오늘 아침 바람에 꽃이 지는구나
가련하다 한 해 봄날의 경치가
비바람 가운데 왔다 가다니
花開昨夜雨
花落今朝風
可憐一春事
往來風雨中

봄이 오고 가는 과정을 비바람 속에 피는 꽃으로 매우 간명하게 표현하였다. 시인은 꽃이 피고 지는 것을 단지 하룻밤의 일로 그리고 있다. 그것도 짧은 봄밤 하루로 설정하고는 그 짧은 시간으로써 '가련하다'는 감정을 충분히 끌어내었다. 시인은 피고 지는 봄꽃을 어쩌면 이토록 아름답게 표현할 수 있었을까?

1행과 2행에서는 어제와 오늘, 밤과 아침, 꽃을 피고 지게 한 비와 바람을 대조시키며 간결하게 제시하였다. 그가 바라본 봄날의 꽃을 매개로, 3행과 4행에서는 꽃의 운명을 말함으로써 이 시를 읽는 이로 하여금 슬그머니 우리네 인생을 끌어다 댈 수 있는 여지를 열어두었다. 그림이라면 그 안에 화의畵意가 있고, 시에는 그것을 쓴 이의 시의詩意가 있기 마련. 송한필의 '우연히 읊다'는 시는 우연히 읊었다기보다는 봄에 대해 갖고 있던 평소의 시각을 다분히 의도적으로 내보인 것이라 해야겠다. 비바람 속에 피고 지는 가녀린 생명의 탄생과 죽음으로 꽃과 봄을 이해하면서 측은한 시선으로 바라보고 있는 것이다. 그 바탕에는 역시 앞의 시들과 마찬가지로 꽃과 사람에 대한 동일시가 있다. 인생 또한 세파 속에 오고 감을 염두에 두고 가련한 꽃이라고 표현한 것이다. 그러므로 '가련일춘사可憐一春事'는 '한 해 봄의 가련한 일'이니 그것은 곧 꽃이 지는 것을 말함이다. 그러나 그것은 겉으로 드러난 뜻. 꽃을 말하면서 실제로는 우리 인생을 빗대 표현으로 볼 수도 있다. 꽃을 사람으로 치환하면 송한필의 시는 우리네 인생을 말하는 게 된다. 그리하여 3행의 구절을 그대로 인용하자면 가련인생사(可憐人生事), 즉 '한평생의 일이 가련하도다'가 되겠다. 이런 비유는 옛사람들이 한결같이 꽃을 사람으로 보았기에 나온 표현. 시인은 풍파 속에 오고 가는 가련한 꽃과 인생이 서로 닮았다고 말하고 싶었던 것이다. 옛 사람들에게 꽃은 곧 인생이었고, 옛 시인들의 꽃에 대한 관념은 화인일체花人一體(꽃과 사람은 하나)였던 것이다.

송한필은 송익필(1534~1599)의 동생이다. 호는 운곡雲谷. 형 송익필의 호는 구봉龜峯 또는 운장雲長이다. "송익필은 서얼 출신이라는 신분의 구애를 받았다. 하지만 인품이 무척 고매하였고 문장 역시 고상하였다."고 신흠은 『상촌집』(청창연담)에서 밝혔다. 말이 나온 김에 송익필이 남계南溪에서 쓴 꽃시를 보고 가야겠다.

꽃에 홀려서 늦게서야 배를 돌리네
달 기다리다 여울을 늦게 내려간다
술에 취해 자면서 낚시를 드리우니
배는 옮겨가도 꿈은 옮겨가지 않네

迷花歸棹晚
待月下灘遲
醉睡猶垂釣
舟移夢不移

  '남계'라는 제목을 보니 그곳이 연천군 군남면 남계리 일대의 임진강을 이르는 게 아닌가 싶다. 그러나 '남계(南溪)'의 일차적 의미는 남쪽 개울이란 뜻이니 시인이 살던 곳 남쪽에 있는 개울을 보고 그린 시일 수도 있겠다. 시인은 하루종일 꽃에 홀려서 이리저리 꽃구경에 취해 있었다. 그러다가 오후 늦게서야 여울을 따라 배를 타고 내려갔다. 아마도 저녁에 가까운 무렵이었나 보다. 달을 보며 마시는 한 잔 술. 배에서 닻을 내리고 낚시를 드리운다. 달을 낚을 것인지, 물고기를 낚을 것인지 그것은 시인의 마음.

  어찌 되었든 이 시의 의미는 마지막 행에 있다. '배는 옮겨가도 꿈은 다른 데로 가지 않는다'(舟移夢不移)는 구절이 던지는 메시지가 묘하다. 여기서 배는 시간이나 시류時流 또는 환경을 의미할 수 있다. 그러나 자신이 마음 속에 가진 꿈은 다른 데로 옮겨가지 않는다 하였으니 자신의 굳은 의지를 드러낸 것으로 볼 수 있다. 쉽게 말해서 세상 어떤 일이 있어도 지조와 절개를 지켜 마음 변치 않을 것이라는 의지를 밝힌 것이다. 주이몽불이(舟移夢不移)라는 구절에서 불이(不移)는 옮겨가지 않다는 뜻으로, 이러한 사용례를 대만의 유명가수 등려군鄧麗君(1953~1995)의 '월량대표아적심(月亮代表我的心, 밝은 달이 내 마음을 대신하네'이라는 노래 가사에서도 찾아볼 수 있다.

我的情不移
我的愛不變
月亮代表我的心
나의 정은 옮겨가지 않아
나의 사랑은 변하지 않아
밝은 달이 내 맘 대신하네

당신에 대한 나의 정은 다른 이에게로 옮겨가지 않을 것이고 나의 사랑은 변하지 않을 것이라는, 일종의 단심가(丹心歌)와 같은 내용이다.

구봉 송익필의 풍채는 마치 제갈량을 닮았던 것 같다. 일찍이 서기徐起라는 사람이 자신의 문하생들에게 이렇게 말했다고 한다.

"너희들이 제갈공명이 어떤 사람인가 알고 싶으냐? 송익필을 보면 될 터이다. 내 생각에는 제갈공명이 구봉과 흡사할 거다."

여기서 송익필의 시와 함께 다시 음미해봐야 할 작품이 습재 권벽의 시 '춘야풍우'이다. 홍만종洪萬鍾(1643~1725)은 『소화시평』에서 "송한필의 우음[偶吟]과 권벽의 '춘야풍우'가 펴 보인 뜻은 일맥상통한다. 그렇지만 제각기 풍미와 운치가 다르다."고 평가하였다. 참으로 맞는 말이다.

조선조 말, 산운山雲 이양연李亮淵(1771~1853)이라는 시인이 있었다. 그가 남긴 시에는 우리네 인생에 참고가 될만한 이야기가 많다. 그의 많고많은 시 가운데 먼저 한 편을 뽑아보았다. 낙화(落花)란 시이다. 이 시에서는 단지 꽃과의 아쉬운 이별만이 아니라, 그와는 또 다른 슬픔을 보게 된다. 그래서 산운에게 '떨어진 꽃'[落花낙화]은 그냥 꽃이 아니다. 자신을 버리고 저승을 택한 아내이다.

고운 여인이 떨어진 꽃 주워다

옛 가지에 갖다 붙여 보았다네

꽃이 늘 아름답고 한다면야

그 여인 얼굴도 늙지 않을 텐데

佳人拾落花

持以着舊柯

若使花長好

妾顏當不老

아름다운 사람 즉, 가인佳人은 자신의 아내이다. '떨어진
꽃 주워서 옛 가지에 붙여 보았다'는 것은 이른바 낙화난상
지落花難上枝라는 말의 다른 표현이다. 그것은 '떨어진 꽃은
다시 가지로 오르기 어렵다'는 의미. 죽은 생명이 다시 살아
나기 어렵다는 뜻이다. 이미 저버린 꽃이니 되살릴 수는 없
다. 한때 화려한 꽃도 피었다 지고, 사람도 나이를 먹는다. 꽃
이 항상 아름다운 그대로라면 아내도 늙지 않았을 것이고,
먼저 세상을 버리지도 않았을 것이다. 시인은 지금 한 해 봄
도 넘기지 못하는 짧은 주기를 가진 꽃으로써 아내의 박명을
한탄하고 있는 것이다. 이양연은 젊은 나이에 자식과 아내를

잃고, 매우 외롭고 고단한 삶을 살았다. 다음 시에서는 서럽고 시린 자신의 삶에 대한 고민을 엿볼 수 있다.

취해서 읊다[醉吟취음]
한 번 세상에 태어나 한 번 인생 사는데
삶과 죽음 가운데 어느 쪽이 나은 거냐?
아는 것이 모르는 것보다는 좋지 않으리
이대로 살면 되지 취하여 깨지 말았으면
一番天地一番生
生後生前較孰寧
有知不及無知好
見在唯應醉莫醒

　유행가 가사에 '너도 한 번 나도 한 번, 한 번 왔다가는 인생'이라 하였듯이 한 번 사는 인생인데 나는 왜 이토록 사는 것이 힘든가, 취하지 않고는 괴로워 못 살겠다는 말이다. 취하여 깨지 않은 상태나 죽은 것이 크게 다르지 않겠지만 꼭 술에 취해 살겠다는 뜻은 아니다. 차라리 취해서 모르는 게 낫겠다는 표현이다. 꽃과는 무관한 시이지만, 어지럽고 팍팍한 지금의 우리네 삶에 절절이 와닿는 얘기일 법하다. 삶이 너무도 힘들어 지쳐 있거나 몹시 외롭고, 주변에 도움을 청할 곳이 없을 때, 우리는 좌절한다. 영혼이 빠져나간 듯 머릿속은 휑하고, 잠을 자도 뒤척이며, 꿈도 스산해진다. 찬 바람이 거세게 부는 들판, 온통 흰 눈 내리고, 드문드문 갈대밭이 있는 황량한 벌판에 혼자 서있는 느낌이랄까? 아무튼 그런 시린 마음을 갖게 될 때 마음을 어떻게 다잡을 수 있을까. 이럴 때 주문처럼 외우는 말을 하나 만들었다.

"Der Albtraum ist bald vorbei."(데어 알프트라움 이스트 발트 포어바이)

"악몽은 곧 지나간다"는 뜻인데, 굳이 우리말이 아닌 까닭은 설령 입 밖에 내더라도 알아듣는 이가 많으면 안 되기 때문이다. 그리고는 이내 마음을 추스르고 돌아선다. 이렇게 다들 각자 자신에게 맞는 주문을 만들어 가지고 살면 밀려오는 파도를 조금은 쉽게 헤치고 넘을 수 있지 않을까?

나는 MZ 세대에게 힘을 내라는 따위의 말은 하고 싶지 않다. 그들의 삶이 버거운 이유 중 가장 큰 책임이 기성세대에 있다고 믿기에, 그 말조차 한없이 미안한 것이다.

신은 누구에게나 견딜 만큼의 고통을 준다고 한다. 하지만 그 고통이 사람을 사람답게 만든다. 고통과 고민, 좌절을 겪어보지 않고, 자신을 철저히 성찰해보지 않은 사람은 대개 오만하더라는 게 그간 살면서 터득한 경험이다. 그래서 이른 나이에 견디기 힘든 역경을 이겨낸 사람일수록 성숙한다. 이양연도 젊은 날 쓰디쓴 고통을 겪다가 나이 들어 삶이 겨우 핀 경우인데, 우리가 이 힘든 세상을 살면서 마음에 담아둘 만한 시가 있어 하나 더 보고 가야겠다. 이양연의 야설野雪이라는 시이다.

들 가운데 눈 밟고 가면서
어찌 어지러이 갈 것이냐?
오늘 아침 내가 간 자취는
뒷사람이 밟는 길이 될지니
穿雪野中去
不須胡亂行
今朝我行跡
遂作後人程

이보다 더 큰 가르침이 있을까. 이 사회의 지도급 인사라는 이들이라면, 마음에 고이 담아두고 실천할 일이다. 내딛는 발자국마다 어지럽고 헤픈 양아치들이 많다. 그것도 고학력 양아치들이 더 문제다. 이런 고학력 문제아들은 전문분야 어디에나 고루 있는 것 같다.

이 시 한 편을 통해 우리는 과연 인생을 어떻게 살아야 하는지를 배우게 된다. 한 발짝 내딛을 때마다 조심하라는 뜻이니 굳이 이 시를 한마디로 요약한다면 계행(戒行, 행하는 것을 경계하다) 또는 행로난(行路難, 인생행로 힘들다) 정도가 되지 않을까? 그냥 꽃이 지며 봄이 가고, 계절이 바뀔 뿐인데 내리는 눈을 보면서 어찌 이다지도 깊이 있게 인생을 돌아보았던 것일까?

이양연을 관직에 이끌어준 사람은 홍석주였다. 헌종 시대에는 참판 벼슬까지 지냈다. 이양연은 술을 즐기며 시를 좋아하였다. 산수 경치 빼어난 곳에 나가 놀기를 즐겨 했고, 온돌방마저 없애버리고 이불도 덮지 않고 자고, 솔잎으로 끼니를 때웠다. 율곡 이이를 존경한 나머지 항상 그의 글을 외우고 베껴 썼다고 한다.

이양연이 살았던 시대로부터 3백 년을 거슬러 올라가 보면, 그 시대에도 쟁쟁한 문인들이 있었다. 그 가운데 어촌漁村 심언광沈彦光(1487~1540)에게도 '낙화落花'란 시가 있다. 그 역시 황준량이나 이양연을 비롯한 여러 문인들의 '낙화' 시와 마찬가지로 늦봄에 지는 꽃을 수채화처럼 그려냈다. 복사꽃이 지면서 풀밭이 부쩍 무성해졌다. 아직 가지에는 복사꽃 몇 잎이 남아 있다. 때마침 실바람이 불어서 바람 타고 나비가 가볍게 날고 있다. 시 속의 서씨 여인은 아마도 심언광의 사랑하는 아내였을 것이다. 꽃과 함께 늙어가고 있는 이 여인을 다정한 연인으로 그렸다. 이양연의 낙화가 세상을 버리고 자신의 곁을 떠난 아내를 슬퍼한 것이라면 심언광의 다정한 서씨 여인은 듬뿍 사랑을 받으며 함께 늙어가고 있다. 늙어갈수록 함께 말을 나눌 수 있고, 마음을 모을 수 있는 연인 같은 상대가 있어야 만년이 행복한 것. 그러나 그런 행복도 모든 이에게 고루 주어지는 것도 아닌 게 세상사인가 보다.

들에 핀 복사꽃 지니 잎이 나고 풀도 솟아나네
비 온 뒤로 바람에 실려 나는 나비 날개 가볍고
가지 위엔 늦게 핀 붉은 복사꽃 아직 지지 않아
서씨 여인 비록 늙어가나 아직은 다정하여라

野桃花謝葉草生
雨後風前蝶翅輕
枝上晩紅猶未落
徐娘雖老尚多情

　비록 늙어가고 있지만, 그 다정한 여인의 연인은 무한행복에 빠졌을 듯하다. 이것은 허균許筠의 『국조시산國朝詩刪』에도 실려 있는 작품이다.

　심언광의 또 다른 시 한 편. 제목은 '새가 오니 꽃이 지다'[來禽花落래금화락]이다. 봄이 오면 산과 들의 새소리부터 바뀐다. 새들의 세계에서도 새로운 손님이 늘어나는 까닭이다. 꽃이 질 때도 마찬가지이다. 봄꽃이 다 진 뒤로 못 보던 새가 부쩍 많아지고, 그렇게 찾아온 새들은 가을꽃이 지면서 소리 없이 하나둘 자취를 감춘다.

　붉고 흰 꽃은 봄을 잡고 늙은 가지로 올라
　누굴 위해 시골 사람의 집을 단장하는가?
　한밤중 비바람에 놀랄까 두려웠는데
　다 지고 새가 오니 나무 가득 꽃 피네

朱白扶春上老柯
爲誰粧點野人家
三更風雨驚僝僽
落盡來禽滿樹花

　붉은 꽃, 흰 꽃 모두가 봄을 부여잡고 나뭇가지로 오른다
는 표현이 재미 있다. '누구를 위해 야인의 집을 이렇게 요란
하게 단장하는 것인지 새가 오자 나무에 가득 꽃이 피었다'
고 한 것으로 보아 봄꽃이 만발하면서 멀리 남방으로부터 여
러 종류의 철새가 날아왔음을 말하는 것이다. 시의 마지막
행에서 '새가 와서 꽃이 가득 피었다'고 글을 맺은 것으로 보
아 심언광은 일생을 풍족하게 그리고 별 어려움 없이 평탄하
게 살았을 것이다.
　한밤 내 불던 비바람 뒤에 새로운 새가 오면서 다시 꽃이
피었다고 하였으니 그것은 아마도 어떤 꽃이 지고, 다음 꽃
이 활짝 필 때면 으레 나타나는 철새를 의미하는 것이리라.
그 철새를 심언광은 이미 알고 있었던 것이다. 이를테면 두
견새도 그중 하나일 수 있다. 두견새는 해마다 일러야 양력
5월이나 되어야 이 땅에 날아오니 심언광이 말한 새는 해마

다 한 차례 꽃이 지고 다시 봄꽃이 필 무렵이면 늘상 보아 왔던 새이다.

지는 꽃에 대한 한국인들의 애절한 정서는 조지훈의 현대시 '낙화'에서도 똑같이 발견할 수 있다.

꽃이 지기로서니
바람을 탓하랴

주렴 밖에 성근 별이
하나 둘 스러지고

귀촉도 울음 뒤에
머언 산이 다가서다

촛불을 꺼야 하리
꽃이 지는데

꽃 지는 그림자
뜰에 어리어

하얀 미닫이가
우련 붉어라

묻혀서 사는 이의
고운 마음을

아는 이 있을까

저어하노니

꽃이 지는 아침은

울고 싶어라

꽃이 지는 게 바람 탓이 아님을 누구나 알고 있지만, 조지
훈의 이 시로써 '꽃이 지기로서니 바람을 탓하랴'는 말은 아
주 유명한 경구가 되었다. 붉은 꽃이 모두 져서 하얀 미닫이
마저 붉게 비치는 무렵, 초야에 묻혀 사는 이의 애절한 마음
을 '울고 싶다'고 시인은 바꿔서 표현하였다. 울고 싶은 바로
그 마음도 선인들이 말한 춘수로 말미암은 것이다.

   그런데 『동인시화』에서 서거정은 고려 시대 개성 궁궐 담
장 바로 바깥의 천수사天壽寺 벽에 있었다는 낙화落花라는
제목의 시 한 편을 소개하였다.

비를 맞아 무정하게 떨어지더니

바람 타고 올라 되돌아가려 하네

시내에 비친 천만 개의 꽃가지들

도리어 활짝 핀 꽃 한스러워하네

帶雨無情墮
乘風作意回
映溪千萬朵
却恨十分開

천지가 꽃으로 뒤덮여 있다. 시냇가에도 꽃가지들이 자락을 펴, 냇물에 얼비친다. 그런데 활짝 핀 꽃들이 한스러워하는 까닭은 무엇 때문일까? 모든 꽃이 낙화의 운명을 앞두고 있는 탓이다.

이 시를 보고 뒷날 고려 시인 이인로李仁老(1152~1220)가 다시 천수사의 벽에 시 한 수를 썼다. 말하자면 앞의 시에 대한 일종의 답시라 하겠는데, 시의 제목은 '천수사 절의 벽에 쓰다'[書天壽僧院壁서천수승원벽]이다.

손님 기다려도 손님 오지 않고
스님 찾아가도 스님 안 계시네
오직 숲 너머의 새만이 남아
술을 들기를 간절히 권하네
待客客未到

尋僧僧亦無
唯餘林外鳥
款曲勸提壺

　천수사엔 중도 없어 절이 비었다. 그러니 절을 찾는 사람
도 없다. 오는 사람 막지 않건만 오는 이도 가는 이도 없는
한적한 천수사. 새들이 대신 천수사 주지 노릇을 하고 있다.
오직 절 바깥 숲 너머에서 지저귀는 새 소리만 그윽하다. 새
가 얼마나 슬피 울기에 술을 들게 했던 것일까? 다음은 천수
사 관련 기록이다.

　"개경 동쪽에 있는 천수사天壽寺는 도성문에서 1백 보쯤
떨어진 곳에 있다. 뒤로는 연봉이 줄지어 일어나고 앞으로는
평평한 개울물이 쏟아져 흐른다. 야계野桂[야생 계수나무] 수
백 그루가 좁은 길에 그늘을 이루어 강남에서 서울로 오는
사람은 반드시 그 밑에서 쉬게 된다. 수레바퀴와 말발굽 소
리가 시끄럽고 어부의 뱃노래 소리와 초동의 피리 소리가 끊
이지 않으며 울긋불긋한 누각이 소나무와 삼나무, 연기와 안
개 속에서 반쯤 드러난다. 왕손과 귀족 자제들이 기생을 이

끌고 영접하고 전송하는 일은 반드시 이 절문 앞에서 하였
다."

　앞에 소개한 이양연 만큼이나 빈한하고 불우한 삶을 살았
던 이가 시인 손곡蓀谷 이달李達(1539~1612)이다. 강원도 원주
시 부론면의 남한강 가까이에 이달李達이 살았던 마을이 지
금도 그대로 남아 있다. 이달이 살던 곳이어서 마을 이름도
손곡리이다. 충청도 홍주(홍성) 관기의 몸에서 태어난 미천한
신분이었기에 그는 평생 크게 출세하지도 못했고 빈한하게
살아야 했다. 꽃을 보며 눈물에 젖는 시인 이달의 감성과 그
의 삶을 들여다볼 수 있는 시 한 편.

　어려움 속에 지내도 늘 즐거운 것 같고
　가난 속에 살면서도 언제나 편안하구나
　한식날 봄바람 맞으며 눈물을 흘렸지만
　옷자락 가득 젖는 줄도 알지 못했어라
　處困常歡若
　居貧每晏如
　東風寒食淚

不覺滿衣裾

　가난과 어려움 속에 살면서도 마음을 언제나 편안하게 갖는다는 것은 웬만큼 수련한 사람이 아니면 가질 수 없는 경지일 것이다. 앞의 시 1, 2행에서 이달은 소위 안빈낙도를 말하였다. 그러나 그 안빈낙도라는 것이 마음의 안정과 욕심 없는 상태의 안安과 빈貧을 이르는 것이지 물질적 결핍과 빈곤을 말하는 것은 아니다. 아침저녁 끼니를 걱정하는 마당에 안빈락도安貧樂道는 돼지 목에 진주목걸이나 다름없을 것이다. 오죽했으면 다산 정약용조차 '가난을 한탄하며'[歎貧탄빈]에서 자신의 처지를 탓했으랴.

　　안빈낙도를 배우려 일을 청했으나
　　막상 가난하니 마음이 편치가 않네
　　한숨짓는 아내 바가지에 기가 꺾이고
　　굶주리는 자식에게 가르침은 뒷전
　　꽃을 보아도 쓸쓸하기만 하여라
　　책을 대해도 어지럽고 땀을 흘릴 뿐
　　講事安貧語

貧來却未安
妻咨文采屈
兒餒教規寬
花木渾蕭颯
詩書摠汗漫

예나 지금이나 먹고살 여유가 있어야 남자 체면이 서는 법. 가장 노릇을 하지 못하면 처자식도, 부모도 외면하는 인간세상 아닌가. 이런 이치는 예전이라 해서 다르지 않았다. 그래서 일찍이 맹자는 무항산자무항심無恒産者無恒心이라고 하였다. 일정한 직업이나 생업이 없어 생산적인 일을 하지 않는 자에게는 항심恒心이 있을 수 없다는 것인데, 가진 게 없으니 항상 안정되고 흔들림 없는 마음을 가질 수 있겠는가.

아무튼, '한식날 동풍을 맞으며 흘리는 눈물에 옷자락 가득 젖는 줄도 몰랐다'고 이달은 탄식하였다. 이것은 빈한한 삶을 살고 있는 어려움만을 토로한 게 아니다. 무욕의 삶 속에 속절없이 한 해의 봄이 또 왔으니 '인생무상'에 마음이 에이는듯하였다는 뜻이리라. '가난 속에 살면서도 언제나 편안하다'는 말은 애써 가난을 외면하며 자위하려는 주문에 불과하다. 가난한데 마음이 편안하면 왜 옷자락 젖는 줄도 모르고 눈물 흘렸겠는가.

고려 시인 정몽주의 시 중에도 낙화를 읊은 시가 있다. 다만 제목이 '낙화'가 아니라 모춘暮春이다. '저무는 봄'을 노래한 것이니 실제 내용은 낙화에 관한 것이다. 봄바람 불고 밤비 내리는 것을 보고 시인은 '인생 백 년이 한바탕 꿈 같다'며 인생무상을 말하였다. 날이 밝으면 붉은 꽃잎들이 져서 온 땅을 붉게 물들일 것을 떠올리며 인생 백 년이 한바탕 봄바람 같다고 느끼고 있는 것이다.

가을바람 지나고 다시 봄바람 부니
백 년 세월이 한바탕 꿈속이어라
처마 앞에 내리는 밤비가 처량해라
온 성 안에 꽃 져서 붉게 물들겠지
秋風過了又春風
百歲光陰一夢中
惆悵簷前夜來雨

滿城多少落花紅

　시인은 밤비에 떨어진 붉은 꽃잎들과 인생을 겹쳐놓음으로써 인생과 꽃을 등치시켰다. 한창 꽃들이 피어 화려함 속에 지낸 봄이 마치 꿈속을 거닐었던 환상으로 다가오듯이 지난날의 삶 또한 한갓 꿈이었다고 느끼면서 비바람 속에 왔다 가는 봄과 봄꽃들 그리고 우리네 삶을 선명하게 대비시키고 있다.

　어촌 심언광 그리고 화담花潭 서경덕徐敬德(1489~1546) 선생이 살던 시대로부터 조금 거슬러 올라가 보자. 고려 말의 문신으로 꽤 높은 벼슬살이를 한 오순吳洵(1306~?)이라는 인물이 있었다. 그가 가진 재주는 한시 절구絶句를 잘 짓는 일이었다고 하는데, 그의 '무릉객관茂陵客館'이라는 시가 주는 분위기도 가히 선경이다. 다만 붉은 꽃잎이 주단처럼 깔려 있는 꽃길을 누군가가 탄 말이 지나가고, 길은 시냇물을 가로지른 다리 너머로 이어져 있다. 대숲에 에워싸인 집들이 여기저기 흩어져 있고, 마치 물수제비를 치며 내는 소리 마냥 물총새가 울고 있다. 사람들이 사는 마을이라기보다는 신선이 살 것 같은 경치가 제시되어 있다. 여기에서는 복잡한 세사世事는 찾아볼 수 없다.

집집마다 대숲에서 물총새가 우는데
한식을 재촉하는 비에 시냇물이 불었네
푸른 이끼 잔풀이 돋은 관교 다리 길에
떨어진 붉은 꽃잎 말발굽에 밟힐까 두려워
脩竹家家翡翠啼
雨催寒食水生溪
蒼苔小草官橋路
怕見殘紅入馬蹄

시의 제목으로 보아 무릉茂陵은 중국의 지명이고, 객관客館은 그곳에 있는 여관이다. 아마도 시인 오순은 이 시를 쓰면서 중국 한나라 때의 사마상여司馬相如의 일을 떠올렸던 듯하다. 사마상여가 소갈병에 걸려 벼슬을 그만두고 무릉으로 내려가 여생을 마쳤으므로 그 무릉을 떠올렸던 게 아닌가 싶다. 소갈병은 당뇨병을 이르는 말로, 사마상여가 당뇨병에 걸려 무릉으로 들어갔으므로 그를 일러 무릉소갈객茂陵消

渴客이라고도 하였다. 무릉의 소갈병 걸린 손님이 머물던 객관이 무릉객관이니 고려 시인 오순 또한 소갈병으로 고생하고 있었음일까? 아마도 그것과는 관련이 없을 것이다. 그저 복잡한 고민과 고통이 가득한 현실 세계로부터 벗어나 산 좋고 물 좋은 별세계에 깃들고 싶다는 염원에서 시제를 무릉객관으로 설정한 것이리라.

한식을 앞두고 내린 비에 시냇물이 부쩍 늘어서 마을에 물소리 들린다. 물가엔 푸른 이끼, 길가엔 풀싹이 돋아 봄의 흥취를 알린다. 대나무 숲에는 한창 바빠진 물총새들이 운다. 물총새는 가까운 시내 근처 절벽 어딘가에 구멍을 파고 둥지를 마련했을 것이다. 시내를 가로지른 관교 다리에 떨어진 꽃잎이 붉다고 하였으니 아마도 복사꽃이리라. 간단히 말하자면 한식날을 앞두고 내린 봄비에 길 가득 펼쳐진 복사꽃 향연이다.

오순의 시 한 편을 더 보고 가야겠다. 그의 화오(花塢)라는 시이다. 꽃 언덕, 즉 꽃이 활짝 핀 언덕 또는 꽃마을이라는 뜻이다.

온갖 꽃 핀 숲에 책을 열고 홀로 앉아

짙붉은 자주색 예쁜 노랑 빛깔 옅고도 짙다

먼지 낀 책 읽으며 시 지어 맛보려니

바람 불어 꽃비가 옷깃에 가득 지네

披書獨坐百花林

魏紫姚黃淺復深

讀了塵編欲吟賞

風吹紅雨滿衣襟

온갖 꽃이 만발한 숲속에서 책을 끼고 앉아 책을 읽는다. 그러나 책 읽기는 핑계이다. 꽃에 홀려서 시를 지어 읊으며 시심에 빠져본다. 그러나 시인은 꽃을 보는 일 외에는 모두 부질없는 노릇임을 알게 된다. 그래서 모춘의 낙화를 마지막 행에서 "바람 부니 붉은 꽃비가 옷에 가득하다(風吹紅雨滿衣襟)"고 요약하였다. 바람을 핑계 대고 봄은 그렇게 옷을 벗어 치맛자락을 펼쳐 놓듯이 흔적을 남기고 떠나갔다.

여기서 다시 조선 중기로 내려가면 유명한 시인 최경창崔慶昌(1539~1583)이 있다. 홍원 기생 홍랑과의 스캔들로 유명했던 인물이다. 그의 시대에도 훌륭한 문인들이 많이 있었지만 최경창의 시와 문학적 감수성은 특별하였다. 『성수시화』란 시평집에서는 최경창의 시를 이렇게 평가하였다.

"저물녘의 꽃다운 풀길은 조우의 기쁨으로 푸른데 이별을 아쉬워하는 유랑 신세. 고죽孤竹 최경창은 많은 세월 전국을 유랑했다. 그는 외직으로 전전하였지만 그의 시는 모두 아름답다. 반드시 단련하고 다듬어서 마음에 흠이 없다고 여긴 뒤에 발표하기 때문이다."

여기서 말한 외직(外職)은 한양도성 내의 중앙관료 관직이 아니라 지방의 관직을 이른다.

마음에 들 때까지 시어를 조탁하여 '흠이 없다고 여긴 뒤에 발표하는' 시인 최경창의 자세를 높이 평가한 것인데, 이름난 시인의 평가이니 틀리지 않은 말일 것이다.

그가 우연히 고경명高敬命(1513~1592)을 만났다가 헤어지면서 이별을 아쉬워하며 지은 시가 있다.

이곳에서의 만남 본래 기약한 것 아니지만
마음은 내일 아침 이별할 때를 걱정하노라
석양의 향기로운 풀길 끝없이 이어지는데

말 탄 나그네 수심은 어디서 더디어질까

相逢此地本非期
恐到明朝是別時
無限夕陽芳草路
客愁何處馬遲遲

최경창에게 고경명은 아버지 만큼이나 나이 차가 많았다. 그럼에도 고경명은 최경창을 아꼈고, 최경창은 고경명을 존중하였다.

최경창은 이 시에서 본래 기약한 만남은 아니었으나 만나자마자 내일 아침 이별할 것을 먼저 염려하고 있음을 솔직하게 드러내었다. 서로의 정을 나누며 냉큼 헤어지지 못하는 장면을 떠올린 것이다. 한낮이 지나고, 석양녘에서야 안타까움 속에 이별하였으나 꽃향기 가득한 풀길은 끝이 보이지 않을 만큼 이어진다. 친구와의 이별이 안타까워 발걸음이 떼어지지 않는다. 지금 어디쯤 와 있는가. 끝없이 펼쳐진 향기로운 풀길. 그 길 위에 우정을 머물게 하고 싶건만, 조우 뒤에 맞는 이별. 친구와의 송별이나 봄과의 이별은 그 마음이야 본래 다 같은 것이 아니겠는가.

새로운 계절의 교차점에서 맞는 석별

한 차례 봄꽃들이 물러가고, 새로운 계절로 들어가는 음력 4월. 양력으로는 대개 5월에 해당한다. 일찍이 정약용은 '봄을 머물러 둘 수 없어 여름을 맞는다'고 하였다. 봄을 보내고 초여름으로 접어드는 때. 아쉬움, 미련, 흥분과 설렘 같은 것들을 버리고 이제부터는 차분한 가운데 새로운 도약을 준비해야 하는 시기이다. 마침 봄과 여름의 교체기이니 봄의 사망이자 귀향인 동시에 새로운 계절의 방문이다. 천지가 음양의 조화인지라 이제부터 양기가 충만해간다. 찔레꽃에 이어 장미와 모란, 해당화, 오동, 작약, 연꽃 같은 꽃들이 활짝 피게 되므로 아직 구경할 꽃은 더 남았다. 장미꽃이 피기 전에 늦봄~초여름에 피는 꽃이 하나 더 있다. 흔히 함박꽃이라는 이름으로 불리는 작약꽃이다. 작약에 대해서도 옛 시인들은 사랑스런 눈길을 주었고, 그 아름다움을 찬양하였다.

먼저, 고려 시인 이규보(1168~1241)의 춘면(春眠)이라는 시이다. 이 시에서 시인은 꿈속처럼 지나간 봄, 석 달의 화려한 기억을 떠올리고 있다. 시인은 아직도 봄꿈을 꾸는 모양이다. 그의 '춘면春眠'은 아름다웠던 봄날의 기억을 몽환적으로 그려내고 있다.

　　꿈 세계와 취한 세계는 정다운 이웃 간
　　두 세계에서 돌아와 보니 한 몸뿐일세
　　구십일 간의 봄이 모두 꿈이고 보면
　　꿈속에서 돌아와 꿈 속 사람을 짓네
　　睡鄕偏與醉鄕隣
　　兩地歸來只一身
　　九十日春都是夢
　　夢中還作夢中人

　꿈과 술에 취한 상태는 다를 게 없다고 전제를 하고, 한바탕 꿈같은 봄에 취해 있던 것인지 아니면 꿈결 속에서 봄을 보았는지 아리송한 상태를 설명하였다. 그렇게 표현함으로써 지난 봄을 마치 꿈속의 일이었던 것처럼 설명할 수 있었다. 그가 봄내 잠을 잔 것도 아니건만 시의 제목이 춘면이니 그가 봄내 꾼 꿈은 춘몽(春夢)이었다. 아무튼 그 봄날의 단꿈에서 빠져나와 보니 비로소 나 여기 있음을 알겠더라는 식의 표현이다. 90일의 기나긴 봄이 한바탕 꿈이었다는 것이다. '꿈속에서 돌아와 꿈 속 사람을 짓는다'는 것은 봄날의 꿈에서 벗어나 이제 편안한 잠 속에서 그리운 사람, 그리운 봄을 다시 꿈꾼다는 것이니 이규보는 저 멀리 봄을 보내고서도 아직 봄에서 깨어나지 못하는 신세이다.

음력 정월 초하루부터 3월 말까지의 봄이 모두 꿈이더라. 그 꿈에서 취하고 깨기를 거듭하였다. 이제 봄을 다 보내고 꿈속에 그리운 이를 그려본다. 봄이 가고 나서도 술에서 깬 듯 꿈에서 깬 듯 몽롱하다. 정신을 찾았어야 하건만 간봄의 여운이 환상으로 남았다. 시인 이규보는 편안한 일상으로 돌아와 잠든 밤, 무욕의 삶을 그렸을 수도 있다. 그러나 이 시는 그냥 대충 지은 것이 아니다. 시의 시작과 끝이 아귀가 맞아야 하니 철저한 계산에서 시작詩作이 이루어졌다. 그래서 신흠은 『상촌집』(제 59권) 「청창연담晴窓軟談」에서 이 시를 훌륭한 작품으로 소개하였다.

황홀한 봄을 차분한 모습으로 그려낸 또 한 편의 아름다운 시로서 석천石川 임억령林億齡(1496~1568)의 시자방示子芳이라는 연작시가 있다. 그중 세 번째 작품은 산사의 늦봄 화려한 정경과 무수한 벌 떼, 그리고 그곳을 찾은 시인의 모습을 작은 움직임까지 섬세하게 그려내고 있다. 시자방示子芳은 '꽃답고 향기로운 너를 보다'라는 뜻. 눈에 가득 넣은 채로 꼭 간직하고 싶은, 현기증 나도록 아름다운 봄날의 한 장면을 그려내었다.

옛 절문 앞에서 또 봄을 보내노라니
남은 꽃들이 비를 따라 옷에 점을 찍네
돌아오는 길 맑은 향내 소매에 가득하니
무수한 산벌들이 멀리까지 따라오더라
古寺門前又送春
殘花隨雨點衣頻
歸來滿袖淸香在
無數山蜂遠趁人

시인은 봄과의 석별 무대를 어느 오래된 절간에 설정하였다. 아마도 만춘晩春의 화려한 꽃과 향기를 탐하려 절을 찾아간 것이리라. 그곳에서 그는 절 마당 가득한 낙화를 밟았을 테고, 산들바람 지날 때마다 우수수 지는 꽃잎을 몸으로 받으면서 절을 막 나섰다. 지난해 이 절에서 보낸 모춘暮春

의 기억을 떠올리며 이제 또다시 절문 앞에서 봄을 이별하고 있음을 드러내는 것으로 시는 시작된다. 돌아오는 길, 남은 꽃들이 빗방울에 섞여서 진다. 빗방울과 꽃잎이 옷에 툭툭 떨어지는 것이 마치 점을 찍듯이 점점이 옷을 물들여간다. 꽃잎이 하염없이 지다 보니 꽃향기가 어느새 옷자락과 소매까지 젖어든다. 그 향기를 따라 비에 쫓기듯 벌떼가 따라오는 모습까지도 사실감 있게 그려내었다. 여기에는 시인의 감정이 개재되어 있지 않다. 감정의 이입을 극도로 억제하며 그저 '사실 묘사'에 충실할 뿐이다. 그럼에도 이 시를 읽다 보면 진한 여운이 배어든다. 그것은 가슴을 적시는 감동이다. 꽃잎이 져서 내게 떨어지고, 향내가 배더니 나도 모르는 사이에 나는 꽃이 되었고, 그 꽃을 벌이 따라온다. 벌들도 사실은 봄을 이렇게 이별하고 있는 것이다. 그런데도 이 시를 읽다 보면 누구나 시인이 되고, 시의 주인이 되어 어느새 내가 봄을 송별하게 된다. 절문 앞에서 산벌들이 따라오지 않을 때까지 걸어 나오는 그 길이 봄과의 마지막 작별 시간이었던 것이다.

임억령은 본래 5형제였다. 아들 다섯 모두 눌재訥齋 박상朴祥으로부터 배웠다, 임억령은 둘째, 셋째가 임백령이다.

눌재 박상이 일찍이 석천 임억령에게 『장자(莊子)』를 가르치면서 "후일 너는 반드시 문장가가 되리라!"고 하였고, 임백령에게는 『논어』를 가르치면서 "너는 홍문관이나 예문관의 문장이 될 것이다."라고 하였다. 그 어머니는 성품이 엄숙하고 훌륭하였는데, 임억령의 성격은 소탈하고 검소하였던 반면 임백령은 단정하고 자상하며 잡된 데가 없어서 그 어머니가 셋째 아들을 극히 사랑하여 자리에 눕거나 일어날 적에는 언제나 임백령을 시켜 부축하게 하였는데, 일마다 마음에 들어 하였다. 대신 임억령은 거칠고 경솔하다고 해서 일을 맡기지 않았다.(『기재잡기』). 그럼에도 임백령은 김안로에게 밉보여 10년 동안이나 한직을 떠돌았다. 그러다가 나중에 우의정이 되었고, 1546년 북경에 갔다가 돌아오는 길에 요동遼東에서 죽었다.

임억령은 조선 시대 호남 시단의 우두머리였다. 호남의 시인으로서 손에 꼽는 이들 가운데 그에게서 배운 이들이 많다. 그래서 '임억령이 나지 않았다면 송강 정철은 없었을 것이다'는 말까지 생겼다. 임억령이 송강松江 정철鄭澈 (1536~1593)에게 끼친 영향이 지대하였음을 이른 말이다. 임억령은 정철, 송천松川 양응정梁應鼎(1519~1581), 서하당棲霞

堂 김성원金成遠(1525~1595)의 스승 역할을 하였다. 이런 인연으로 임억령은 김성원의 장인이 되었다. 16세기 소위 식영정 시단 그룹에 속하는 호남의 문인들이다. 식영정息影亭은 '그림자를 머물러 쉬게 하는 정자'라는 뜻으로서 전남 담양군 남면의 광주호변에 있다.

임백령은 권세 있는 관리들과 결탁하고 사림에 화를 일으키자 임억령은 동생을 훈계하기도 하였다. 임억령은 마음이 강직하고 호방한 데다 일을 민첩하게 처리할 줄 알았고 을사사화에도 살아남았으며 나중에 관찰사도 지냈다. 매우 의로운 자로 인식되어 사대부들이 그 행동을 높이 샀다. 남명 조식 또한 그를 존경하였으며 또 서로 친하였다.

의병장으로 생을 마감한 고경명 또한 15세 무렵부터 임억령에게서 배웠다. 임억령은 하서河西 김인후金麟厚(1510~1560)와도 교유하였다. 신흠이 지은 정철 전에 "정철은 어려서부터 재기가 있었다. 하서 김인후, 석천 임억령, 고봉 기대승奇大升(1527~1572) 등으로부터 배우며 스승으로 따랐다."고 하였다.

임억령, 정철, 김성원, 김인후, 기대승, 양응정보다 한 세대 후의 인물로서 조선 중기의 시인 최전崔澱(1567~1588) 또한 당

대에 시인의 명단에 이름을 올린 사람인데, 그의 시 '강가에
서서'[臨川임천]는 기우는 봄날의 강변 모습을 그리고 있다.

애석해라 저 봄빛도 저물고 있으니
이 돌 사이로 흐르는 물 사랑스럽고
동쪽으로 흐르는 물에 꽃 가득하니
누가 시인의 마음을 알겠는가?
달이 뜬 산에서 서성이면서
휘파람 불며 솔바람 소리 듣노라

惜彼春色暮
愛此石泉淸
落花滿東流
誰知騷客情
徘徊月出山
嘯歌聽松聲

　최전이 약관(20세)에 지은 시인데, 젊은 날 그의 뛰어난 감
수성을 엿볼 수 있다. 시라고 하기에는 너무도 아름다운 그
림 한 폭. 시를 음미하다 보면 저절로 그림이 그려진다.

서쪽 산마루 위로 달이 오르고, 시냇물에 가득한 꽃잎. 아마도 시인은 도연명의 '산중문답'이란 시를 떠올렸을지 모르겠다. 그 시 가운데 도화유수묘연거桃花流水杳然去(복사꽃 흘러 아득히 멀리 떠가네)라고 한 장면을 생각하였음 직하다. 꽃잎을 물에 띄운 바람, 봄은 이미 저물고 있는데 솔바람 속에 들리는 휘파람 소리. 흐르는 물, 한 아름 소나무들이 울창한 산, 산 위로 뜬 달. 있어야 할 건 다 있다. 마치 한 편의 그림 속에 시인이 들어가 유유자적하는 모습 같다.

조선의 천재 최전의 어렸을 적 이름은 언침彦沈이다. 호는 양포楊浦. 최전은 어려서부터 시문에 뛰어나 신동으로 불렸다. 여섯 살에 아버지를 여의고 9세에 형 최서崔湑와 최준崔澝을 따라 율곡 이이를 찾아가서 배웠다. 율곡 이이도 그의 시적 재능을 인정하였다. 1585년 18세에 진사시에 합격하였으나 문경 양산사陽山寺로 들어가 있다가 22세의 나이로 요절하였다. 그가 남긴 시편들이 『양포유고楊浦遺稿』에 실려 있다.

우리의 삶은 만남과 이별로 이루어진다. 이별이 있기에 그리움도 있는 법. 그러나 이별은 서럽다. 사람과의 이별만이 서러운 게 아니다. 꽃과의 이별도 아쉽고, 꽃을 몰고 온 계절과의 이별도 안타깝다. 그것은 바꿔 말하면 시간과의 이별이다. 우리는 매순간마다 시간과도 이별하며 산다. 평소엔 잘 느끼지 못하다가 그것을 시각적으로 가장 뚜렷하게 확인하는 대상이 꽃이고 잎이며 계절이다.

이규보의 '흩날리는 꽃잎'도 봄과의 이별을 준비하는 늦봄 풍경을 노래한 것이다. 바람 따라 공중에 나부끼는 꽃잎. 흩어져 날리는 '꽃잎이 장안에 있는 집들에까지 이를 것'이라는 표현을 빌어 장안에도 봄이 가고 있을 시기를 드러내었다.

공중에 나부끼는 수많은 꽃잎들
장안 몇 집에 날아 떨어지는가
만약 붉은 빛 옷소매에 붙으면
풍류가 너를 빌어 꽃이 되리라
滿空搖蕩千千片
飛落長安幾許家
若也黏他紅茜袖
風流稱汝得爲花

봄이 한창 농익어 수많은 꽃잎이 바람에 날리고 있다. 그 꽃잎이 장안의 민가에도 떨어질 것이라고 시인은 짐작한다. 여기서 말하는 장안(長安, 현재의 西安)을 굳이 중국의 지명으로 이해할 필요는 없겠다. 이규보가 한창 나이에 활동하였을 도성을 말함일 테니 수도 개경으로 이해하면 될 것이다.

시인이 머무는 곳에 꽃이 지고 있으니 지금쯤 개경 한복판 거리에도 꽃잎이 질 것이라는 막연한 추정이 늦봄을 떠올리게 한다. 바닥을 짙게 물들인 꽃잎은 봄이 흘리고 간 피눈물일까? '만약 붉은 빛(꽃잎) 옷소매에 붙으면 풍류가 너를 빌어 꽃이 되리라'는 표현을 바꿔 말하면 '붉은 꽃잎이 옷소매에 묻으면 그대가 바로 꽃'이라는 뜻이겠다. 시인의 순수한 감성과 시선은 거기서 멈춘다.

이규보가 고려 중기를 산 인물이라면, 고려 말의 시인으로 도은陶隱 이숭인李崇仁(1349~1392)을 들 수 있다. 이숭인은 어느 해 봄, 앓고 있었다. 병중에 봄이 왔다가 아직 병이 낫지 않았는데 봄이 떠나가고 있었다. 봄이 끝나갈 무렵의 사정을 그린 그의 '봄이 돌아가다'[春歸춘귀]라는 시이다.

병중인데 봄은 어찌 그리 바삐 떠나는가
우거진 푸른 잎새엔 이슬방울 반짝이네
샛바람은 사람 마음을 이토록 몰라주나
남은 꽃잎마저 담 너머로 날려 보내다니

病裏春歸大劇忙
蔥蔥綠葉露華光
東風可是無情思
吹送餘花過短墻

봄을 맞으면서, 그리고 봄을 보내면서까지 시인은 아주 힘든 '봄앓이'를 하였다. 너무도 화려해서 서러운 봄, 그 황홀경에 취해 '꽃앓이'를 하다 보니 아쉬웠고, 병이 나서 봄은 더욱 짧게만 느껴졌다. 그나마 봄이 짧은 것이 다행이었다. 시간은 어찌도 그리 빨리 가는지 그새 꽃이 지고, 얼마 남지 않은 꽃잎마저 담 너머로 몰고 갔다. 시인의 애절한 심사도 살피지 않는 야속한 바람. 병중이라 이번 봄에는 꽃구경도 하지 못했으니 아쉬움이 더 컸던 것이다.

그러나 시인은 떠나는 봄을 흥미롭게도 춘귀春歸로 표현하였다. 봄이 왔던 데로 돌아간다는 의미에서 꽃이 지는 것을 '봄이 돌아간다'고 말한 것이다. 사람이 죽어도 '돌아갔다'고 말하니 이를테면 봄의 사망이다. 그것이 바로 도은이 꽃을 빌어 자신의 의중을 밝힌 표현이었다. 그러나 이 말에 시인은, 은연중 다시 돌아올 봄을 기다리는 마음을 실었을지도 모른다. 담장 안에 남은 꽃잎마저 날려 보낸 동풍을 원망하는 까닭은 병중이라 내년 이맘때 다시 저 꽃을 볼 수 있을까 하는, 작은 두려움과 함께 석별의 한을 실은 것으로 볼 수 있다.

꽃다운 나이를 아깝게 놓치고 결혼을 포기하여 병들거나 죽음에 이르렀을 때, 나를 보살펴줄 배우자나 자식, 또는 형제와 같은 피붙이가 주변에 없는 이라면, 계절이 바뀔 때마다 나의 삶에서 앞으로 봄을 몇 번이나 더 볼 수 있으려나 하는 불안감에 불현듯 남은 날들을 헤아려볼 것이다. 이 시로 보건대 도은은 의지가 굳세고 지조가 있는 이였음을 어림으로 알겠다.

저무는 봄, 즉 봄의 사망을 '봄이 돌아간다'고 하여 춘귀로 표현한 원조 또한 중국이다. 일찍이 중국 당나라 시인 백거이白居易(772~846)는 지는 꽃을 보면서 저무는 봄을 '봄의 귀환' 즉, 춘귀로 이야기하였다.('落花古調賦'). '봄이 돌아간다'고

하여 봄의 귀환을 춘귀(春歸)로 표현한 역사가 아주 오래되었음을 알려주고 있다.

> 봄을 머물게 해도 머무르지 않고
> 봄이 돌아가니 사람은 적막하네
> 바람 싫어도 바람이 그치지 않고
> 바람이 이니 꽃이 소슬하게 지네
> 留春春不駐
> 春歸人寂寞
> 厭風風不定
> 風起花簫索

봄을 머물러두고 싶지만 봄은 머물지 않고 그대로 돌아가 버리고 말았다. 봄이 간 뒤의 적막함이란. 봄을 데려간 것이 저 바람이 아니었던가? 그래서 시인은 꽃을 시샘하여 지게 한 바람마저 야속하다. 백거이의 춘귀는 봄이 간 것을 몽땅 바람 탓으로 돌리고 있다. 그런데 이수광李睟光(1563~1628)의 '봄을 아쉬워하며'[惜春석춘]라는 시 역시 백거이가 말한 것과 같다. 그 또한 봄과의 아쉬운 이별을 노래한 시이지만 아침바람이 봄과 봄꽃을 데려간 것으로 그리고 있다.

추위 속에 꽃이 피는가 싶더니만
가는 봄을 진정 잡아두기 어려워라
간밤에는 빗줄기가 한창 다그치더니
아침 바람마저 다시 꽃을 시샘하네
花寒纔欲吐
春去苦難住
昨夜雨方催
今朝風更妬

추위가 가시지 않은 때부터 꽃이 피더니만 어느새 봄이 벌써 가고 있다. 시인은 봄을 붙잡아 두지 못해 안달이 났다. 시인은 아마도 이렇게 말하고 싶었을지 모른다.

"간밤 내린 비에 꽃잎 지더니 아침엔 다시 바람 불어 남은 꽃잎마저 데려가는구나. 봄이 가면 마음만 서럽더라. 해마다 겪는 일이지만, 한바탕 어지럽게 왔다가 가버리는 봄은 가슴을 에이고 마음을 빼앗아 가는 화귀花鬼와 같은 것. 우리네 인생의 봄은 언제 왔었고, 언제 지나갔더냐. 해마다 봄을 보내면서 돌아보는 인생의 봄이여!"

이수광이 살았던 시대로부터 약 1백 년을 거슬러 올라가보자. 조선 전기 신숙주(1417~1475)의 손자인 신종호申從濩(1456~1497)에게도 봄이 가는 것을 안타까워한 시가 있다. 시의 제목은 상춘傷春. 가는 봄에 마음을 상한 것이다.

찻사발 비우자 비로소 졸음 사라지네
건넛집에서 옥피리 부는 소리가 들려
제비는 오지 않고 꾀꼬리 또 날아가니
붉은 꽃비가 소리 없이 뜰 가득 지네
茶甌飮罷睡初驚
隔屋聞吹紫玉笙
燕子不來鶯又去
滿庭紅雨落無聲

시인은 꾀꼬리가 날아가는 날갯짓에 꽃비가 내리는 것으로 그리고 있다. 꽃보라 지는 까닭은 봄이 다했기 때문일까?

첫 행에서 '찻사발 비우니 졸음이 비로소 사라진다'고 한 것으로 보아 나른해지는 오후 한나절의 늦봄을 그린 것이리라. 바로 이 점에서 곱씹어 봐야 할 구절이 3행이다. '제비 아직 오지 않았는데 꾀꼬리 또 날아간다'는 것은 무슨 뜻일까? 제비 오지 않았을 때부터 핀 꽃이 '꾀꼬리 날아가자 뜰 가득 붉은 꽃비가 진다'는 4행의 내용에 시의를 맞추기 위한 구성이었을 것이다. 하지만 아무리 그래도 느닷없이 등장하는 옆집의 옥피리 소리도 이상하다. 꾀꼬리는 와 있는데, 제비는 오지 않았다는 것도 계절 감각엔 맞지 않는다. 그런데도 뜰 가득히 꽃비가 내리는 것으로 보아 아마도 복사꽃이었나 보다.

바로 이 신종호의 둘째 아들 신잠申潛(1491~1554)도 묵죽도를 잘 그렸고, 초서에 능하였으며 시도 잘 지었다고 한다. 서울 광진구의 아차산 밑에 살았는데, 그가 남긴 시 가운데 "돌아와 아차산 밑에 사니 '산에 사는 사람'[山人]이란 두 글자 어느 누가 다투겠는가"(歸去峨嵯山下住 山人二字孰能爭)라는 구절이 있다. 가끔은 아차산에 올라 한강을 내려다보았을 그가 인간 세상 밖으로 살포시 발을 내딛은 모습을 전해준다.

지봉 이수광의 '무제無題'라는 시 또한 봄이 간 뒤의 풍경을 읊었건만, 어디에도 작자의 정서가 개입되지 않았다. 그 저 눈에 보이는 대로, 직관적 서술에 의존하고 있다. 읽는 이의 감성을 찐득찐득하게 붙잡아 두려는 노력도 없다. 그냥 보이는 대로 묘사하였을 뿐이다. 그래서인가, 시각과 청각을 모아야 비로소 시의詩意를 열어볼 수 있다.

어지러운 잡초는 가는 길을 막았고
시든 꽃잎은 무너진 담에 숨었구나
오직 들리는 건 시끄러운 백설조
봄도 다 갔건만 말이 더욱 많구나
亂草遮行逕
殘花隱壞垣
惟聞百舌鳥
春盡更多言

음력 4월, 세상 요란하던 꽃들이 자취를 감추는가 싶더니 다북쑥 잡초가 두세 자 가량이나 더 솟았다. 엊그제까지 봄이었건만 계절이 다시 바뀌고 있다. 계절의 흐름은 새소리에도 와서 어느새 백설조가 너스레를 떨고 있다. 소리에 변화가 많고 아주 잘 울어서 말 많은 사람을 비유하는 새라는 백설조百舌鳥. 혓바닥이 1백 개나 되는 새라는 뜻이니 분명 수다스러운 새가 분명하렷다. 꾀꼬리마냥 요란한 개똥지빠귀를 백설조라고 한다. 울음소리도 꾀꼬리와 비슷하다.

시인 지봉이 이 시에 제목을 붙이지 않고 '무제無題'로 남겨둔 데는 그럴만한 까닭이 있었다. 시 제목을 붙임으로써 읽는 이의 사유 범위를 제한하지 않으려는 의도가 있었던 것이다. 앞에서 시인은 풀이 무성하게 자라서 길을 막은 것과 무너진 담 곁으로 시든 꽃잎이 풀 죽어 있는 모습을 시각적으로 강조하였다. 그리고 그 뒤로 백설조를 끌어들여 시에 소리를 담았다. 꽃이 이울고 풀이 자라나는 왕성한 생명력, 그리고 몹시 시끄럽게 짖어대는 백설조로써 봄의 기운을 힘차게 표현하였다.

낙화, 그리고 봄의 귀향

하나 둘 꽃잎이 나뭇가지에서 바닥으로 자리를 옮기면 봄은 드디어 귀향을 준비한다. 처음 맞을 때 기대와 흥분으로 설레었던 만큼 봄과의 이별은 고통을 안긴다. 그러나 아직 5월이라면 봄의 여운이 짙게 남아서 남은 봄을 조금 누려볼 시간은 될 것이다.

봄이 저무는 무렵을 그린 시로, 고려 시인 최유청崔惟淸 (1095~1174)의 '유봉암사'(遊奉巖寺)라는 작품이 있다. 지금의 문경시 가은읍, 조령산과 문경새재 남쪽 줄기의 희양산에 있는 절에 놀러 가서 지은 시이다. 봉암사 서쪽으로는 충북 괴산 땅이 닿아 있고, 봉암사 남쪽으로는 속리산이 있어서 높은 산이 겹겹으로 길을 막는 곳이라 지금도 산 깊고 인적 드문 곳이다. 그곳에 봄이 간 뒤의 풍경을 이렇게 읊고 있다.

봄이 가고 산꽃 다 져서 하나도 없네
푸른 숲 아래위로 산새 서로 부르고
버드나무에 풍류가 있음을 알겠노라
버들 솜 날아들어 자리를 에워싸네

春盡山花掃地無
綠林高下鳥相呼
故知楊柳風流在
飛絮時來繞座隅

그가 찾아간 때는 산에 꽃이 모두 지고, 칭칭 늘어진 수양
버들에 하얀 버들솜이 한창 나부끼는 시절이었다.

'봄을 찾다'[尋春심춘]는 제목의 5언율시 또한 저무는 봄날,
강을 건너 청산에 들어가는 것으로 '봄을 찾아 떠나는 여행'
을 시작한다. 이것은 최전崔澱(1567~1588)의 시이다.

흰 구름 걸린 다리 아침에 건너니
그 자취 속세와 멀어져 있구나
청산에는 벌써 봄이 저물고 있고
물빛은 맑아서 텅 비어 있어라
꽃은 떨어져 물결 따라 흐르는데
나그네 앉아서 물고기를 희롱하네
크게 노래 불러도 세상에선 모르니
달과 벗 삼아 홀로 초가로 돌아가네

朝渡白雲橋

迹與塵世疎

青山春已暮

水色淡青虛

落花隨逝波

遊人坐玩魚

長歌世不知

伴月獨歸廬

아침엔 다리가 안개에 휩싸여 있었지. 안개 걷히고 보니 다리 아래로 흐르는 물엔 꽃잎이 지고 있다. 그 다리는 속세와 선계仙界를 가르는 경계이다. 다리를 건너 청산으로 들어간다. 세상과는 멀리 등을 진 곳. 맑은 개울을 따라가다 보니 물속엔 노니는 물고기들. 물 위로는 꽃잎이 가득 흘러내린다. 개울가 너럭바위에 걸터앉아 하나 둘 물고기를 세어보기도 하고, 흥에 겨워 노래도 부르며 해 저물도록 놀다 보니 이윽고 달이 뜬다. 속진의 일을 이젠 모두 다 잊어버리고, 달빛 환한 길을 따라 산중 초막으로 돌아간다. 속세를 잊고 가슴을 비우니 대신 들어와 차지하고 앉은 청산. 가만가만 읽다 보면 욕심 없는 삶이 부럽다.

최전은 조선의 신동 가운데 한 사람이었다. 아홉 살에 율곡 이이를 찾아가 글을 배워 나이 14세에 과거를 치르면서 이름을 날렸다. 이미 12세 때 윤두수와 시로 문답하며 글재주를 겨룬 바 있다. 시와 그림, 음악, 글씨에도 뛰어났다. 21세의 어린 나이에 죽었으나 『양포유고楊浦遺藁』를 남겼다.

한편, 조선조 말의 권세가이자 추사 김정희와 각별한 사이였던 권돈인權敦仁(1783~1859) 역시 청산에 깃들고 싶어 하였기에 이런 말을 남겼다.

"푸른 산이 9폭 병풍처럼 늘어서 있고, 맑은 강이 한 줄기 띠처럼 가로지르네."(靑嶂九屏列澄江一帶橫)

권돈인이 꿈꾼 속세 밖의 선경을 일찍이 최전은 이토록 아름답게 그려낸 것이다. 스무 살 청년 최전이 돌아간 초가집은 물가에 있었다. 그 집에 살면서 최전은 '물가의 초가집'[水邊茅屋수변모옥]에서 보고 즐기는 것들을 이렇게 읊었다.

맑고 깨끗한 대 울타리 호숫가를 둘렀고

버들 빛 푸른 곳에 꽃배를 매어두었네

문득 금빛 태양이 물밑에서 떠오르니

서늘한 달 중천에 오름을 비로소 알겠네

竹籬蕭洒繞湖邊

柳色參差泊彩船

忽見金輪浮水底

始知凉月上中天

　'수변'은 물가이고, 모옥(茅屋)은 '띠풀로 이은 초가집'이다. 최전의 이 시는 시라기보다는 그림이다. 널찍한 호숫가를 따라 펼쳐진 대나무밭이 초가를 감싸고 있고, 서쪽으로 청산이 병풍처럼 둘러싸고 있다. 동쪽은 넓은 평야로 열린 고즈넉한 마을. 대나무 숲이 끝나는 곳엔 버드나무가 띄엄띄엄 늘어서 있다. 그곳엔 알록달록 꽃무늬를 입힌 배가 버드나무에 매여 있다. 푸른 버드나무 숲과 대나무 숲, 울긋불긋 꽃배의 대조가 시선을 자극한다. 금빛 태양이 호수 물밑에서 기어오르는데, 달은 아직 중천에서 길을 잃고 헤매는 모양이다. 다만 이 시에는 계절이 표현되지 않았다. 그러나 시의 내용으로 보아

버들 빛이 푸른 양력 5월의 싱그러운 계절이었을 것이다.

이것은 실제로 있었던 어느 물가의 모습이라기보다는 최전이 늘 그리던 마음속의 풍경일 것이다. 그것을 굳이 현실로부터의 도피처로 이해할 필요는 없겠다. 누구나 동경하는 세상은 다를 수 있는 법. 도시의 생활에 찌든 우리네 삶이 비록 최전이 살았던 시대와 환경은 다를지라도 그 또한 도시로부터의 엑소더스를 꿈꾸며, 심신을 치유할 수 있는 공간을 찾고 싶었을 것이다.

최전의 재주는 참으로 아깝다. 삼신할미는 이런 인재를 태어나게 하고서 수명에는 어찌 그리도 박했던 것일까? 그에게 십 년의 세월만 더 주었더라면 아름다운 절창을 많이 남겼을 것이고, 그것을 보며 우리는 한결 더 즐거워하였을 텐데.

봄은 누구에게나 새로운 희망이다. 봄은 생명의 시작을 의미하기도 한다. 사람은 누구나 절망의 심리상태에서 봄을 찾고, 생사의 갈림길에서 봄을 부른다. 냉각된 인간관계에서 화해를 이야기할 때도 따뜻한 봄을 떠올린다.

그러나 봄날은 우리의 바람만큼 길지 않다. 어렵게 돌아온 봄은 쉽게도 물러간다. 예전, 봄과 여름의 경계는 음력 3월과 4월이었다. 정도전鄭道傳은 봄과 이별한 시간을 음력 사월 초하루로 설정하였다. 이날은 여름이 시작되는 날. 그래서 시의 제목이 '사월 초하루'(四月初一日)가 되었다.

산새 울음 그치니 떨어진 꽃잎이 날리고
나그네는 못 가는데 봄은 벌써 가버렸네
남녘 바람은 문득 고향 생각을 자아내고
고운 풀 우거진 뜨락을 흩으려 놓는구나
山禽啼盡落花飛
客子未歸春已歸
忽有南風情思在
解吹庭草也依依

새가 우는 것과 꽃이 지는 것은 관련이 없다. 그럼에도 '새가 우니 꽃이 진다'는 말을 의식했음인가. 시인은 정녕 '새가 울지 않아도 꽃은 지더라'고 말하고 싶었을 것이다. 그래서 '산새 울음 그치니 떨어진 꽃이 날린다'고 하였다. '새가 우니 꽃이 진다'고 하면 꽃이 질 것을 미리 알고 슬퍼하여 새가

운다는 뜻이 될 수 있다. 그러니 이것은 화자의 심상을 새에게 의탁한 것이 되므로 표현을 바꿀 수밖에. 또, 고운 꽃잎들이 떨어져 풀이 우거진 뜨락에 쌓인 것을 바람이 불어서 흩어놓는다고 탓하고 있지만, 사실은 바람이 꽃을 지게 하는게 아니다. 아마도 이 시는 정도전이 삼각산 아래서 훈장 노릇을 하며 세상에 대한 불만이 높았던 날에 쓴 것이 아니라 전라도 나주 회진 땅으로 쫓겨 가 불우한 시절에 지은 게 아닌가 싶다.

중국 송宋 나라 문인 구백위歐伯威라는 사람의 시로서 춘귀春歸라는 작품이 있다. 구백위는 과거시험에 떨어진 뒤로는 시작에만 전념하였다고 하는데, 그의 시 절구 4수 가운데 한 수.

나무를 그리는 꽃송이 물에 젖어 날리지 않고
눈처럼 떨어진 버들꽃 옷에 물이 배이누나!
그동안의 온갖 생각 싸늘히 재로 변했는데
말없이 봄을 보내니 봄 혼자서 돌아가네

戀樹殘紅濕不飛

楊花雪落水生衣
年來百念成灰冷
無語送春春自歸

　비 내려 꽃이 졌고, 꽃잎은 젖은 땅바닥에 붙어서 바람에
날리지 않기에 시인은 첫 행에서 '나무를 그리는 꽃송이가
물에 젖어 날리지 않는다'고 표현하였다. 그리고 마지막 행
에서 '말없이 봄을 보내니 봄 혼자서 돌아간다'고 함으로써
쓸쓸한 봄과의 이별을 고조시켰다. 보내는 이도, 떠나는 봄
도 혼자이다. 서로 말 없는 이별. 이 시를 두고 신흠은 이렇
게 평가하였다.

　**"명나라 초에 구우종길瞿佑宗吉이라는 사람이 있었는데, 그
　시가 너무 유치하게 어리광을 피우는 면은 있으나 그래도 아
　름답고 고운 점은 아껴줄 만하다.……구우종길의 이런 시들
　은 너무도 아름답다고 하지 않을 수 있겠는가."**(『상촌집』 제
　59권, 청창연담)

　상촌 신흠의 '늦은 봄'[晚春만춘]은 봄을 보내면서 느끼는

아쉬움이라든가 지는 꽃을 보며 인생무상 같은 것을 느끼고, 우울해하거나 안타까워하는 감정을 전혀 드러내지 않는다. 그저 눈에 보이는 대로 나열하는 데 그치고 있다. 집에서 뜨락과 바깥을 내다본 정경만 있다. 작은 궤(几, =책상)에 살포시 머리를 기댄 채 바라본다. 오가는 이 없으니 집은 한적하다. 사립문은 꼭 닫혀 있다. 그나마 뜰에 남아 있던 복사꽃도 다 지고 말아서 울긋불긋 화려하던 색은 어디에도 없다. 어느새 나무마다 푸르다. 짙푸른 산, 바람도 없는 초여름 날의 한낮이 찾아왔다. 온통 꽃으로 뒤덮여 하늘 가득 벌들이 바삐 날던 게 며칠 전이었는데, 이제는 겨우 나비 홀로 날고 있다.

집안은 조용하고 낮에도 문은 닫혀 있다
갈건을 오궤에 기대고 청산을 마주 보니
복사꽃 다 지고 봄빛도 끝이 났건만
나비는 무슨 일로 저리도 바쁜 걸까
庭宇寥寥門晝關
葛巾烏几對靑山
桃花落盡春光歇
蛺蝶如何苦未閒

갈건葛巾은 마치 삼베처럼 생긴 칡 줄기의 껍질을 벗겨서
그 섬유질(청올치라고 한다)을 가려 뽑아서 만든 실로 짠 모자.
오궤烏几는 검은 옻칠을 한 책상이다. 오궤에 턱을 괴고 앉
아서 창밖으로 청산을 내다보고 있다. 봄이 가버리고, 한가
한 초여름날이 꿈처럼 펼쳐진 한낮. 시인은 나비의 움직임을
강조하기 위해 온통 주변을 고요한 침잠의 세계로 치장하였
다. 정중동의 화면으로 꾸미기 위해 대상을 간추린 것이다.
문이 닫히고 조용한 집과 정원에서 청산을 내다보는 장면으
로 설정하고는 나비를 불러들여 나비 외에는 어느 것도 움직
이지 않는 정물靜物 상태로 만들었다. 그리하여 마치 정지된
그림 속에서 몇 마리의 나비가 훨훨 날아오르는 듯한 착각에
빠지게 하였다. 이 시를 읽다 보면 장자의 나비꿈[胡蝶之夢호
접지몽]을 떠올리게 된다.

"옛날 장주莊周가 호랑나비가 되는 꿈을 꾸었다. 허허栩栩
라는 나비였다. 스스로 즐거워서 마음대로 노닐었다. 자신이
장주(莊周, =장자)라는 사실도 잊은 채. 갑자기 꿈을 깨고 보니
장주 자신이었다. 그런데 장주가 꿈에 나비가 되었는지, 아
니면 나비가 꿈에 장주가 되었는지는 알 수 없었다. 장주와

나비는 반드시 구분이 있겠지만, 이것이 물화物化라는 것이
다."

여기서 말하는 물화物化는 사물의 변화이다. 그런데 다만
인식론상의 물화를 의미한다. 쉽게 말하면 '내가 방에 있으
면서 들판을 걷고 있는 생각을 하거나 실제로 일어나지 않은
일을 일어난 것처럼 인식하는 상상의 범주가 여기에 든다.

신흠의 '봄이 가고'[春後춘후]라는 시 또한 늦봄 뒤의 흔히
볼 수 있는 풍경에 대한 단상이다. 앞의 '늦은 봄'과 같은 방
식으로 초여름의 모습을 그렸다. 차례로 꽃이 다 피고 졌다
며 나비를 등장시킨 것도 같다. 철쭉마저 지고, 작약꽃이 핀
모습을 그림으로써 초여름이라는 계절감을 실감 나게 제시
하였다.

철쭉꽃 지더니만 함박꽃 이어서 피고
뭇꽃들도 저들끼리 차례차례 재촉하네
봄 따라 피고 지고 그 관리를 누가 하나
나비도 너울너울 가더니만 다시 오네

蹢躅花殘芍藥開
群芳次第自相催
一春榮落知誰管
蛺蝶紛紛去又來

　봄꽃 중에서는 함박꽃(작약꽃)이 가장 늦게 핀다. 해당화·장
미가 필 즈음에 핀다. 차례대로 봄꽃이 피었다가 지고 나니
나비도 어디론가 사라졌다가 함박꽃이 피니 다시 돌아오는
것으로 그리고 있다. 꽃들의 잔치가 벌어진 봄날인데 어딘들
나비들의 이야기가 없겠는가. 나비를 그린 고려와 조선의 시
들이 제법 있다.

　그 대표적인 것들 가운데 우선 목은 이색의 '나비를 읊다'
는 시가 있다. 이 시에서 이색은 화려한 봄날에 꼭 있어야 할
손님으로 나비를 그리고 있다.

눈송이처럼 나풀나풀 하나같은 모양으로
꽃향기 쫓아 떼를 이루어 봄바람에 춤추네
달 아래 무수히 날더라는 말은 들었지만
우리 집 창 너머로야 들어오려 하겠나

雪翅翩然箇箇同
弄芳成隊舞東風
曾聞月下飛無數
肯入吾家紙裏中

얼마나 나비 떼가 많은지 눈송이가 나풀거리며 흩날리는
것 같은 모습이다. 봄바람에 춤추며 나비는 꽃향기를 찾아
간다. 달빛 아래 나비 떼가 난다는 것은 결코 흔한 일이 아니
다. 그래서 달밤에 나비 떼가 날더라는 이야기는 들어 보았
지만 우리 집 창 안으로는 들어올 일이 없을 것이라고 시인
이색은 믿고 있다. 이와 같이 나비는 옛 시인들의 시에 꽤 등
장한다.

한 예로, 자하紫霞 신위申緯(1769~1845)의 시 '호접청산거蝴
蝶靑山去'는 본래 '호랑나비야 청산 가자'라는 시조를 한문
으로 번역한 것이다. 그의 『자하시집』에 실려 있지만, 누가
지었는지 작자를 알 수 없는 것으로 기록하였다. 그러나 여
기서 호접을 반드시 호랑나비만으로 받아들일 필요는 없을
것이다.

나비야 청산 가자

범나비 너도 가자

가다가 저물거든 꽃에 들어 자고 가자

꽃이 푸대접하거든 잎에서 자고 가자

白蝴蝶汝靑山去

黑蝴團飛共入山

行行日暮花堪宿

花薄情時葉宿還

　천진한 아이들의 눈에 비친 나비의 모습이다. 신위와 비슷한 시대를 살았던 이덕무(1741~1793)의 '홍정화紅蔪花'라는 시 또한 나비를 좀 더 친근한 존재로 그리고 있다.

　펀펀한 언덕에 젊은 아낙네 초록치마 늘어져

　아침 내내 홍정화를 따고 또 따네

　집이 시내 남쪽이라 돌아가려 하는데

　호랑나비 한 쌍이 구리 비녀에 올라앉았네

　平堤少歸綠裙多

　采采終朝紅蔪花

家住溪南欲歸去
一雙胡蝶上銅釵

　이 시 또한 파격적이다. 여인의 초록 치마와 붉은색 꽃을 대비시켜 시각효과를 높이면서 젊은 아낙네의 평범한 구리 비녀에 호랑나비가 앉는 모습을 그렸다. 홍정화를 따는 여인의 쪽 지은 머리에 꽂은 구리 비녀. 그 비녀에 호랑나비가 앉았으니 아마도 그 모양은 호랑나비 장식을 얹은 화려한 황금 비녀 같았을 터. 그 여인네의 머리에 꽂은 비녀는 나비 장식을 단 것일 수도 있다. 아침 햇볕 밝은 홍정화 밭에서 꽃잎을 따는 여인의 초록 치마·홍정화·호랑나비·구리비녀의 조합은 무척 자극적이다. 양미간을 잔뜩 모으고 내다보아도 눈이 새큼해질 만큼.

　한편 김창흡金昌翕(1653~1722)이 길을 가다가 나비를 보고 읊은 시가 있다. 이것은 『삼연집』(권15) '우부又賦'라는 제목의 연작시 중에서 네 번째 작품이다.

　한가로이 길을 가다 나비 만나니
　풀꽃 주위로 날아들어 모이네

어디서 꽃을 찾아와 여기 이르렀나
한참 동안 꽃술을 빨며 머무르네
굶주림 채우는 데 각기 방법 있으니
같은 기운끼리는 절로 서로 찾네
꿀을 만드는 벌은 일이 많지만
끝내 꿀을 모은 큰 솥이 걱정이네
閒行逢蛺蝶
翔集草花頭
何處尋芳至
移時唼藥留
救饑咸有術
同氣自相求
釀蜜蜂多事
終然鼎鑊愁

　나비들이 자신들만의 방식으로 삶을 살아가고 있는 모습
에 주목하여 이런 시를 썼다. '굶주림을 채우는데 모두가 방
법이 있으니'라고 한 표현이 그것이다. 그러나 그가 말한 것
은 나비만이 아니다. 벌도 있다. 그가 끌어들인 나비와 벌은

다양한 인간군상이다. 나비와 꿀벌을 등장시켜 각자의 삶의 방식을 거론하고 있다. 꿀벌은 한 곳에 꿀을 모으는 습성으로 말미암아 사람이나 짐승에게 빼앗길 근심거리를 만드는 것으로 본 반면, 따로 꿀을 모으지 않고 그때그때 각자 배고픔을 해결하고 사는 나비는 남에게 빼앗길 걱정을 할 일이 없다. 벌과 나비는 근본적으로 삶의 방식이 다르다는 점을 대비시켜 설명하니 나름 재미가 있다.

그러나 권호문의 '나비'[蝶접]는 나비를 매우 부정적인 시각으로 바라보고 있다. 이 시의 제목 뒤에는 "나비가 영화를 좇는 경박한 모습을 말한 것이다"라는 설명이 붙여져 있다. 『송암집松巖集』에 실려 있는 작품으로, 아마도 고려와 조선의 문인들이 갖고 있던 나비에 대한 관념이 바로 이것이었던 것 같다.

나비[蝶접]
곤충 가운데 스스로 미약한 종류인데
꽃 활짝 핀 곳마다 마음껏 날아다니네
눈발처럼 춤추다가 추우면 날지를 않고
뭇꽃을 다 다니되 오랫동안 앉지 않네

어이해 섣달에 핀 매화 향기를 맡다가

공연히 봄 햇살에 버들꽃 봄빛을 따라

장주의 꿈속에 들어 환생했나 모르겠네

제 모습 아닌 줄 잠깐 사이에 깨달았나

類是昆蟲品自微

繁華處處浪翩飛

舞知亂雪寒難出

坐遍群花久不依

未識梅香當臘月

空隨柳絮趁春暉

蘧蘧胡入莊生夢

形迹須臾覺則非

　세속을 떠나 산림 속에 숨어서 사는 이들은 때로 미물 하나에도 탐욕한 마음을 가질까 경계하였다. 이 시에서 시인은 '나비가 영화를 좇는 경박한 모습을 말한 것'이라는 설명을 곁들인 뒤 '나비'는 좋은 곳만을 찾아다니고, 사세 불리하면 몸을 숨기는 습성을 갖고 있다며 하찮은 무리로 여긴다. 권호문에게 나비는 부귀영화를 좇는 경박한 부류의 인간 존재이다. '장자'의 꿈속에 들어간 나비와는 전혀 다른, 청빈한 삶을 추구하는 강호 고사高士의 눈에는 떠올리기 싫은 존재였다.

다시 작약 이야기로 돌아가서, 조선 후기 이관명의 '작약 芍藥'이란 시를 본다. 시인은 이 시에서 작약을 다른 꽃과 다투지 않는 늦봄의 꽃으로 노래하였다.

여느 꽃들 따라 다투지 않고
곱게도 늦봄에 피어났으니
이슬에 젖어 새벽마다 단장하고
저녁 바람 쐬면 새로운 자태
토질을 가릴 필요가 없기에
이를 보며 천진을 깨닫나니
난초와 계수나무 공을 거두어
오미 중 진귀하니 사랑스러워
不隨凡卉競
窈窕殿餘春
浥露晨粧靚

披風晚態新
不須分土品
即此認天眞
蘭桂收功處
偏憐五味珍

이관명의 사후, 그 아들 이휘지李徽之와 사위 유숙기兪肅基가 편찬한 『병산집屛山集』에 실려 있는 시이다.

함박꽃은 한자로 芍(작)이다. 그것만으로도 충분한데, 뒤에 藥(약)이라는 이름을 추가하였다. 예로부터 이 꽃의 뿌리를 약으로 써온 전통이 있기 때문이다. 두 글자로 만들어 운을 맞출 필요도 있었을 것이다. 옛 기록에 이런 내용이 있다.

"작약꽃이 무성할 때 그 뿌리로 오장五臟의 식중독을 제거하는데, 예로부터 작약으로 만든 된장에다 난초와 계피나무의 다섯 가지 맛을 섞어서 여러 가지 음식에 넣었으므로 작약을 오미(다섯 가지 맛)의 조화(五味之和)라고 하였다."[『상림부주上林賦注』]

이처럼 예로부터 사람들은 쓰고 달고 시고 맵고 짠 다섯
가지 맛을 융화시켜 준다고 해서 된장을 담글 때도 작약 뿌
리를 사용하였다. 눈에 선사하는 환희만큼이나 실생활에 보
탬이 되는 훌륭한 약재로 쓰여 온 것이다.

똑같이 작약을 읊은 시인데 노수신盧守愼(1515~1590)의 작
약화芍藥花라는 시는 단지 꽃을 읊는 데 그친 것이 아니라
작약을 빌어 인생을 말하고 있다.

작약화(芍藥花)

인생이 꽃만 못하다고 애석해 말아야지

귀신의 소식이 때가 있으니 어찌 할까?

하루아침에 지고 나면 끝내 없는 것이니

내년에 다시 피는 것은 다른 꽃 아닌가

莫惜浮生不似他

鬼神消息奈時何

一朝飄落終無有

來歲重開是別花

우리네 삶이 저 작약꽃과 별로 다를 게 없다며 시인은 서

러워한다. 그러면서 올해 핀 작약꽃과 내년에 피는 작약꽃은 다른 것이라고 외친다. 꽃의 박명을 우리네 삶과 비교해 보려는 것이다. 그리하여 꽃도 한 번 져버리면 그만이니 한 번 왔다 가는 우리 인생이 저 작약과 다를 게 무엇인가, '내년에 다시 피는 꽃'은 다른 꽃이고, 그것을 사람에 비기면 새로운 사람으로 여길 수 있다고 시인은 말한다.

　김시습은 작약을 음력 5월에 피는 여름꽃으로 소개하고 있다. 김시습의 작약 시 두 편.

　깊은 산 오월 풀과 나무 번성한데
　붉은 작약 작은 집 섬돌에 비치네
　연옥 같은 담홍색이 속되지 않아서
　향기 훔치느라 나비도 정신 팔렸지
　深山五月草樹繁
　紅藥當階映小軒
　軟玉淡紅俱不俗
　偸香蛺蝶正銷魂

시인 김시습이 떠올린 작약은 흰 꽃을 피우는 백작약이 아니라 붉은 작약이다. 이제 막 싱그럽게 피어오른 꽃향기에 나비들이 무수히 찾아들고 있다. 시인의 마음 또한 온통 작약꽃에 팔려 있다. 어느새 시인은 나비가 되어 꽃잎을 탐한다. 이 시는 작약꽃이 핀 봄날의 경치를 간단하게 그려낸 것일 뿐, 눅진눅진하게 파고드는 인생철학이 들어 있지 않다.

포근하고 아름다운 봄날이 가고 어느새, 작약꽃이 이우는 모습을 떠올렸던 것일까? 김시습의 또 다른 작약 시 한 편.

꽃 져서 섬돌에 나뒹구는 작약 이파리들
바람 따라 조각조각 비단 창에 흩날리네
벌 나비를 맞고 끌던 모습은 한때의 일
남은 꽃을 부여잡고 공연히 탄식한다네
落盡翻堦芍藥花
隨風片片撲窓紗
邀蜂引蝶暫時事
泣把殘紅空自嗟

작약꽃이 모두 지고 뜨락에 꽃 이파리들이 흩날리고 있다. 아름다움을 뽐내던 한창 시절, 숱한 벌 나비를 유혹하던 모습은 벌써 지난 일이다. 꽃이 이울기 시작하여 얼마 남지 않은 꽃가지를 꺾어 들고 서러워하는 시인의 마음엔 눈물이 여울져 흐른다. 봄이 가듯 여름 가고, 계절이 거듭 바뀌는 사이 우리네 인생도 덧없이 간다는 사실에 가슴 아파하는 것이다.

그러나 송강松江 정철鄭澈(1536~1593)의 작약 시는 이관명이나 김시습의 시가 주는 여운과는 사뭇 다르다. 정철에게도 작약은 우리 인생을 대신한다. 정철의 의식 속에도 작약이 피고 지는 모습을 우리네 인생으로 여기는 시각이 짙게 깔려 있다. 그에게도 꽃은 곧 인생이다. 그래서 작약이 이운 모습을 사람의 늙고 죽음에 빗대고 있는 것이다. 다음은 정철의 '꽃을 대하고 읊다'[對花漫吟대화만음]는 작품으로, 『송강집속집』에 전해진다.

붉은 작약꽃 조금 남아 있네
정 돈령 사람도 늙었구려
꽃을 마주하고 술을 대하니
취해야지 깨어서야 쓰겠나

花殘紅芍藥
人老鄭敦寧

對花兼對酒
宜醉不宜醒

겉으로는 작약꽃이 지는 초여름 정 돈령과 마주하고 술을
마시는 자리에서 읊은 일종의 권주가처럼 비쳐진다. 시들어
버린 작약꽃은 늙은 정 돈령의 거울이다. 꽃을 마주하니 인
생이 부질없다. 술에 취해 잊고 싶은 심정이다.

돈령은 조선 시대 돈령부敦寧府의 최고책임자로서 영사
領事나 그 아래 판사判事를 이르는 관직명. 돈령부는 국왕의
친인척(외척)을 관리하던 관부이다. 정씨 성의 돈령부 영사 친
구와 함께 꽃을 대하고 술을 마신다. 술에 취해 짧은 우리네
인생의 슬픔과 번민을 잊고 지내야 하리라는, 시인의 의도가
다분하다. 생로병사의 굴레를 벗어날 수 없는 운명을 술에
의지하여 마음속으로 삭이려는 것이다.

작약은 미인을 대신하는 꽃이었지만, 동시에 조정에서는
재상이나 고위직 관료를 뜻하기도 하였다. 이런 시각에서 보
면 정철의 '꽃을 대하고 읊다'는 시에서 정 돈령은 한때 조정
의 상국(相國, 재상)으로 있다가 돈령부의 책임자로 자리를 옮
겼던가 보다.

짧지 않은 인생을 살았으면서 정철은 삶과 권력에 대한 욕망도 매우 컸던 듯하다. 시문에 능한 사람이었으나 지나친 정치적 야욕으로 많은 이의 목숨을 앗은 그의 처신을 두고 후일 많은 이야깃거리가 되었다. 정철은 율곡 이이·성혼과 가장 가까웠으며 심의겸을 시켜서 동인 김효원을 몹시 공격하였는데, 동인과 서인의 구분이 처음 일어난 것은 선조 7년(1574)부터 그 이듬해(1575) 사이였다. 처음에 김효원을 배척하려고 정철은 일종의 절교 시를 지어 세간에 흘렸다.

　　그대 뜻은 산 같아 굳게 움직이지 않고
　　내 마음 물 같아서 가면 돌아오기 어렵네.
　　물 같고 산 같음이 모두 운명이로다.
　　서쪽 바람에 머리 돌리며 홀로 배회하노라.
　　君意如山堅不動
　　我心如水去難回
　　如水似山俱是命
　　西風回首獨徘徊

그리고는 마침내 벼슬을 버리고 호남으로 돌아가 사람들

과 모여서 날마다 술을 마시며 비웃고 조롱하였는데, 그것이 전파되어 많은 문제를 일으켰다.

선조 16년(1583) 허봉許篈·송응개宋應漑 등이 율곡 이이를 공격하다가 그 죄로 귀양을 갔다. 그들이 죄를 받은 데는 정철의 힘이 크게 작용하였다. 정철은 자신과 당파가 다른 사람을 많이도 모함하였는데, 특히 이산해·김효원 등과는 묵은 원한이 깊었다. 율곡 이이가 죽자 성혼은 산으로 들어가 버렸고, 정철은 세력을 잃고서 벼슬도 버리고 음성, 죽산, 여주, 고양 등지를 오가면서 주색에 빠져 지내다가 돌아와 1589년 기축옥사를 수사하면서 동인 가운데 무고한 이들을 많이 죽였다. 정여립의 역모 사건을 꾸며 유성룡·이산해 등을 주축으로 한 동인 계열의 죄 없는 이들을 엮어 넣었고, 그에게 무참히 죽임을 당한 이들이 실로 많았다. 이 일로 이산해는 임진왜란이 일어난 직후 경상도(당시엔 강원도) 평해로 유배되었다가 3년이 지난 뒤에 복귀하였다. 사람들이 정철을 소인이라고 지목한 이유가 이런 것들 때문이었다. 그는 평안도 강계로 귀양을 갔다가 임진년(1592)에 잠시 복귀하였으나 결국 선조의 뜻에 거슬러서 죽은 뒤 관작을 삭탈당했다.

정철은 어려서 기대승奇大升으로부터 배웠다. 그가 성인

이 되어 크게 성공한 뒤로도 기대승을 스승으로 깍듯이 모셨다. 그러나 기대승은 일찍이 "계함(季涵 : 정철의 미성년기 이름)이 득세하면 반드시 나라를 그르칠 것이다."라고 하였다. 사람됨이 지나치게 강(剛 ; 굳세다)하고 편협하며 남의 허물을 말하기 좋아하는 데다 은혜와 원수를 분명히 하여 다른 사람이 제 마음에 언짢은 것이 있으면 끝까지 잊지 못하였기 때문이다.

어찌 되었든 권력을 탐하던 그의 인생 행로와 달리 그가 남긴 시는 아름답다. 똑같은 작약을 두고 읊은 시이건만 이규보와 회재 이언적의 시는 전혀 다른 감각으로 다가온다. 회재 이언적(1491~1553)은 '작약을 꺾다'[折芍藥절작약]라는 시에서 중국 전한 시대 말의 미녀이자 궁녀 왕소군王昭君을 작약에 빗대고 있다. 왕소군은 전한 원제元帝(기원전 48~33)의 후궁이었으나 흉노와의 화친을 위해 전한 황실에서 흉노 왕 호한야선우呼韓邪單于에게 내준 중국의 4대 미인 중 한 사람이다. 왕소군의 무덤인 청총靑塚은 현재 내몽고자치구의 중심인 호화호특呼和浩特 시에 있다.

오랑캐 땅에 와서 얼굴이 쉽게 시드니

한 나라의 박한 은혜 길이 원망하노라

돌아가고 싶어서 얼굴 가득 시름 담고

검은머리 빗을 생각 조금도 하지 않아

易枯胡地顔

長怨漢恩薄

滿面憶歸愁

無心理鬢綠

'오랑캐 땅에 와서 얼굴이 쉽게 시든다' 함은 흉노 땅으로 간 왕소군의 삶과 죽음을 이른 것으로, 한漢 나라에서 버림받았으나 다시 돌아가고픈 왕소군의 모습과 작약이 닮았다고 보았다. 글쎄, 작약을 보고 왕소군을 떠올린다는 게 냉큼 와닿지 않는다.

아무튼 궁녀를 작약에 비유한 고려 시인 황보탁皇甫倬의 시도 있다. 황보탁은 고려 의종毅宗 때 과거에 장원으로 합격하였다. 그 후 고위 관료가 되어 국왕의 측근이 되어 있었는데, 어느 날 의종이 궁중에 꾸며놓은 정원인 상림원上林苑을 거닐다가 피어 있는 작약芍藥을 보고 시 한 편을 지었다. 그에 화답하여 황보탁이 한 수를 지어 바친 것이 다음 시라고 『파한집』에 전한다.

누가 꽃은 주인이 없다고 하는가
용안龍顏이 날마다 친히 보아주시는데
초여름 맞아 홀로 남은 봄 펼치는구나
바람이 불어 낮잠을 깨워주고
비가 씻어주어 새벽 단장이 새롭다
궁녀들아 시샘하지 말거라
비슷하여도 진짜는 아니니
誰導花無主
龍顏日賜親
也應迎早夏
獨自殿餘春
午睡風吹覺
晨粧雨洗新
宮娥莫相妬
雖似竟非眞

궁궐을 드나들며 자신의 삶을 주로 국왕 주변에서 산 이들은 아첨하고 아부하는 데도 꽤 탁월한 기량을 보였다. 사실 그 따분한 궁궐에서 아첨은 평범한 사람들에게는 흔치 않은 능력일 것이다. 요즘 사람들 사이에서도 흔히 '아부도 능력'이라고들 하는데, 문제는 그것이 듣는 이를 불쾌하게 하고 다른 이를 해치는 데 있다. 아첨을 하려면 제대로 해야 출세 길이 열리는가 보다. 대신 그 뒤에 따르는 숱한 비난은 따로 감내해야 할 자신의 몫.

이것을 일부에서는 조통趙通이 지은 것이라고 하는 설도 있으나 『파한집』에서는 황보탁이 지은 시라고 분명히 가렸다.

이인로李仁老(1152~1220)는 고려 명종 때 사람으로, 일종의 시평서라고 할 수 있는 『파한집破閑集』을 남겼다. 그가 지은 시 중에도 '백작약白芍藥'이란 제목을 가진 작품이 있다. 그가 본 흰 작약꽃은 어떤 모습일까?

보잘것없는 수많은 꽃들의 꿈은 사라지고
한 떨기 향기로운 눈 속에 홀로 맞는 봄바람
양귀비가 따뜻한 물에 목욕을 겨우 끝낸 듯
백옥 같은 살결에 연지 아직 찍지 않았구나

無賴千花夢已空
一叢香雪獨春風
太眞纔罷溫泉浴
白玉肌膚未點紅

　백작약을 보고, 백옥 같은 흰 살결을 떠올리는 것까지는 그렇지만, 어찌 백작약에서 양귀비를 떠올릴 수 있을까? 도무지 지금의 감각으로는 따라잡을 수 없는 일이라 하겠다. 그리고 '보잘것없는 수많은 꽃들의 꿈이 사라졌다'는 것은 간단히 말해서 작약을 제외한 잡다한 봄꽃들이 다 진 것을 뜻한다.

　작약은 다년초이다. 키가 크면 70~80cm 정도 된다. 꽃은 5~6월에 핀다. 꽃 색깔은 백색 또는 적색 두 가지. 적작약赤芍藥은 꽃이 적색이며 뿌리 또한 적작약이라고 한다. 백작약白芍藥은 꽃이 흰색이다. 꽃잎은 5~7개이다. 그 뿌리 역시 한방에서 백작약이라고 한다. 중요하게 취급되는 약재의 하나로서 작약은 맛이 쓰면서 시다. 한의학 관련 서적은 작약을 이렇게 설명한다.

"둘 사이의 약리효과는 약간 다르다. 백작약은 양혈·지통止痛·혈압강하·혈관확장·진정작용 등이 있다. 적작약은 복통이나 설사·활혈活血·통경通經·옹종癰腫 또는 월경불순에 사용한다. 약간 성질이 차며 산전 및 산후에도 사용된다. 항염증 및 항스트레스 궤양 작용이 있다. 여로(박새)와 함께 써서는 안 되며 작약이 들어간 한약은 쇠솥에 달이거나 쇠를 대면 안 된다."

한편, 고려의 문장가이자 시인 이규보의 '붉은 작약'이 있다. 이규보는 붉은 작약을 중국 춘추시대의 미녀 서시西施에 비유하였다. 이처럼 문인마다 작약을 보고 미녀들을 떠올리는 걸 보면 옛사람들에게 작약의 꽃말이 미인이었던가 하는 생각이 든다.

곱게 단장한 두 뺨이 취한 듯 붉어
서시의 옛 모습을 전해 주는구나!
웃음으로 오나라 망치고도 부족해
또 다시 누구를 괴롭히려 하는가
嚴粧兩臉醉潮勻

共導西施舊日身
笑破吳家猶不足
却來還欲惱何人

　중국 춘추시대 말의 얘기인데, 월나라 왕 구천은 오왕吳
王 부차夫差(기원전 496~473)에게 항복의 표시로 서시를 보냈
다. 부차의 아버지 합려闔閭는 월나라를 공격하다가 월왕越
王 구천句踐에게 패했고, 월나라 장수에게 부상을 당하였으
며 그 상처로 죽었다. 이에 부차는 다시 월을 공격했고, 부차
는 월왕 구천을 포위하여 회계산會稽山에 가두었다. 이에 구
천은 할 수 없이 항복하였다(기원전 494년). 이때의 항복을 '회
계산에서의 치욕'이라 하여 회계지치會稽之恥라 한다. 회계
산은 현재 중국 절강성浙江省 소흥시紹興市에 있으며, 소흥
시에는 과거 월왕의 궁성이었던 월성越城 자리도 남아 있다.
소흥시의 월성구越城區라는 지명도 과거 월성에서 따온 것
이다.

　회계산에서의 항복에 따라 월왕 구천과 그 부인은 오왕의
노예 신세가 되어 오나라 왕궁으로 끌려갔다. 구천은 오왕의
마구간에서 말을 키우며 3년 동안 노예로서의 삶을 살았다.

이때 구천은 치욕을 잊지 않기 위해 마구간에 쓸개를 매달아 놓고 그 쓸개즙을 맛보았으며, 잠은 장작더미 위에서 잤다. 여기서 와신상담臥薪嘗膽이라는 고사가 생겼다.

구천이 오나라 왕궁으로 잡혀가기에 앞서, 월나라에서는 구천을 살리기 위해 작전을 짰다. 우선 미인 서시를 오왕에게 선물로 보냈다. 서시는 범려范蠡와 결혼을 약속한 사이. 그것은 일종의 미인계인 동시에 오왕 곁에 심어둔 간첩이었다. 이후 부차는 주색에 빠졌고, 오왕의 환심을 산 구천과 범려 및 구천의 측근들은 풀려나 월나라로 돌아올 수 있었다.

그로부터 20년이 지나 구천과 범려는 오나라로 쳐들어가 오왕을 죽이고 오나라를 멸망시켰다. 당시 오나라엔 재상으로 오자서가 있었고, 월나라엔 문종과 더불어 범려가 월왕 구천을 떠받치는 양대 기둥이었다. 오나라의 오자서와 월나라의 범려는 모두 초나라 출신이었다. 당시 오나라는 태호太湖 주변의 강소성江蘇省 소주蘇州와 상해 일대에 걸쳐 있었고, 월나라는 항주杭州 이남의 소흥과 영파寧波 일대에 중심을 두고 있었다. 소흥紹興은 월나라 때부터 미인이 많아 색향色鄉으로 알려져 있었고, 물이 좋아 술맛도 좋은 곳이어서 지금도 소흥은 명주名酒의 고장으로 인식되어 있다.

그러나 범려는 오나라를 멸망시키고 돌아가는 길에 잠적하여 북쪽 제나라로 도망하였다. 월나라로 돌아가면 지난날 구천을 살리려고 노력한 자신의 공을 생각해주지 않고 구천이 죽일 것이라 예측하고 일찌감치 피한 것이다. 그는 산동山東의 제齊 나라 수도인 임치臨淄(현재의 濟南)로 들어가서 치이자피鴟夷子皮라는 이름으로 바꾸고 장사를 하여 많은 재물을 모았다.

다음은 사마천의 『사기』 화식열전 가운데 범려와 관련된 내용이다.

범려는 회계의 치욕을 씻고서 '계연의 일곱 가지 계책 중에, 월나라는 다섯 가지를 써서 원하는 바를 얻었다. 이미 이를 나라에 시행해 보았으니, 이제는 집에 써보리라'라고 말하였다. 이에 그는 작은 배를 타고 강호를 떠다니며 이름과 성을 바꾸고 제나라로 가서는 '치이자피'라고 하였고, 도陶 땅으로 가서는 주공朱公이라고 하였다. 주공은 도陶가 천하의 중심으로 사방의 제후국들과 통해 있어 물자의 교역이 이루어지는 곳이라고 생각하였다. 이에 생업에 종사하여 물건을 사서 쌓아두고, 때에 맞추어 물건을 팔아넘겼을 뿐, 사람의 노력으로 경영하지 않았다. 그래서 그는 생업을 잘 운영하는 사람이 되었지만, 그것은 인력에 의해서가 아니라 적당한 시기에 따라 운영하였던 것이다. 그는 19년간 세 차례에 걸쳐 천금의 재산을 모았는데, 두 번은 가난한 친구들과 고향에 있는 형제들에게 나누어주었다. 이것이 이른바 군자는 부유하면 덕을 즐겨 행한다는 것이다. 나중에 그가 노쇠해지자 자손들에게 일을 맡겼는데, 자손들이 생업을 관리하고 잘 다스리며 이자를 불려, 결국은 재산이 수만 금에 이르게 되었다. 이 때문에 부자를 말할 때에는 모두 도주공陶朱公을 일컫게 되었다.

이같은 범려의 행동으로 말미암아 범려는 지금까지도 관우와 함께 중국인들에게 재물을 부르는 신으로 추앙받고 있다. 그러나 조선의 시인들은 범려가 상인으로 변신한 사실은 누구도 말하지 않았다.

그 후로 백 년도 안 되어 월나라는 초나라에 먹혔다. 『사기』나 기타 중국의 고대 역사서에는 초나라 사람들도 동이東夷라고 밝히고, 그들은 제나라 사람과 혈통이 다르지 않다고 적었다. 범려가 바꾼 이름 속에 이자夷子가 있는 것도 그

증거일 것 같다. 범려가 도망칠 때 서시도 따라갔다는 설은 그 당시부터 나돌았고, 지금도 그렇게 전해지고 있다.

오와 월의 싸움은 오랜 세월 양국의 민초들에게는 처참한 것이었다. 서로 상극인 두 편이 서로의 이익을 위해 힘을 모으는 상황을 이르는 고사성어 오월동주吳越同舟란 말도 이때 나온 이야기이다.

다시 이규보의 '작약' 시로 돌아가서 작약은 곧 서시西施를 대신한다. 이규보는 '붉은 작약'에서 '작약'이 오나라를 망국으로 데려간 미녀 서시로 비유하는 것만으로는 성에 안 찼는지, 그 고운 자태로 나(시인)까지 괴롭히려는가 하고 말하고 있다. 그 말의 속뜻은 작약이 너무 아리따워 숨이 막힐 것 같다는 표현이다.

조선 세종 때의 문인 이승소李承召(1422~1484)가 지은 '임천 석화林川惜花'라는 시는 '우거진 나무숲과 냇물이 흐르는 곳에 핀 작약'을 읊은 것인데, 작약이 너무 아름다워 숨이 막힐 것 같다는 식의 표현은 없다. 그에게 오히려 작약은 서글픈 존재이다. 이승소의 눈에 비친 작약은 초췌하고 가여운 모습이다. 그래서 시의 제목도 석화惜花라고 하였다.

섬돌에 어지러이 흩날리는 작약꽃 잎들
너를 대하며 까닭 없이 생각에 잠기노라
새로 나온 푸른 잎 우거져 이슬에 젖더니
시들은 빨간 꽃 초췌한데 또 바람이 부네
조물주의 조화는 애초에 무심하고
인간 세상의 영고성쇠는 절로 때가 있네
아득한 만고 세월에 동일한 자취 있으니
근심스레 소리 높여 홀로 시를 읊노라

翻堦芍藥正離披
對爾無端有所思
嫩綠葳蕤仍露浥
殘紅憔悴又風吹
天翁造化初無意
人世枯榮自有時
萬古悠悠同一轍
愁來朗詠獨題詩

이승소 역시 피었다가 지는 작약꽃을 바라보면서 그것이
곧 우리네 인간의 영고성쇠와 닮았음을 말하고 있다. '섬돌에 어지러이 나뒹구는 작약을 바라보며 생각에 잠긴다'고 하였는데, 그가 떠올린 생각은 '인간 세상의 영고성쇠도 때가 있다'는 것이고, 꽃처럼 잠깐 피었다가 시들고 지는 것이나 사람의 생로병사가 다를 게 없다는 것이었다.

 작약이 지고 나면 비로소 마당가에서 앵두가 익어간다. 봄날, 붉게 흐드러지던 앵두꽃이 지고 한두 달 가량 지나면 빨간 구슬 같은 앵두가 가지마다 익는다. 물론 앵두가 익기 전에 먼저 살구가 노란 빛깔로 침샘을 콕콕 쑤셔댄다. 봄과의 이별 뒤로, 붉은 과일로는 맨 처음 모습을 드러내는 게 앵두이다. 물론 그에 앞서 맛보는 매실과 살구 같은 것들을 제외하고. 도은 이숭인李崇仁(1349~1392)의 '앵두'라는 시는 어린 아이의 맑은 눈으로 들여다본 앵두의 실제 모습을 간단히 그리고 있다. 앵두를 눈앞에 두고 보듯, 담담하게 그려내고 있다. 하지만 이숭인의 앵두(櫻桃앵도)는 특별한 내용이 아니다.

 찬란하여라 붉게 익은 앵두 열매
 동그란 이슬 함초롬히 머금었네
 따다가 소반 위에 올려놓고 보니
 모두가 밝은 진주구슬이로세

粲爛朱櫻熟
團圓湛露濡
摘來盤上看
箇箇是明珠

초록 이파리 속에 다닥다닥 붉게 익어가는 초여름의 앵두는 보는 사람의 눈과 입을 자극한다. 초여름 날의 상큼함이 앵두에 묻어난다. 이즈음이야 아무렇지도 않게 보일 수 있는 흔한 꽃이고, 흔한 과일이어서 별로 달갑지 않게 느낄 수도 있다. 그러나 고려와 조선의 선비들 사이에서는 앵두가 각별한 모습으로 각인되어 있었다.

조선 시대에는 과거에 합격하여 진사進士 벼슬을 하게 된 이들은 앵도회櫻桃會를 조직하여 수시로 모임을 가졌다고 한다. 지금과 달리 앵두나 앵두꽃은 출세와 입신양명을 의미하였다. 더구나 봄을 지내고 처음 맛보는 과일이었기에 옛사람들은 이런 자연의 결실을 자신들의 삶의 일부로 가져와 마음에 담았던 듯하다. 앞에서 말한 대로 이숭인의 '앵두' 시는 앵두를 보고 느낀 단순한 감상을 풀어낸 것이어서 시에 담긴 특별한 의미는 따로 없다.

다음은 이색의 시 '앵도를 읊다'[咏櫻桃영앵도]이다.

쟁반에 가득 담긴 곱디고운 둥근 구슬

붉은 빛 서로 쏘며 쉬지 않고 구르네

조물주가 내린 물건 참으로 예뻐라

달콤한 맛에다 신맛까지 띠고 있으니

的的圓珠滿漆盤

赤光相射走難安

天公賦物眞奇巧

旣帶微甘又帶酸

쟁반에 따놓은 붉은 앵두를 조물주의 조화라며 신기한 눈으로 바라보면서 시인 이색이 입안 가득 솟는 침을 삼키며 입맛을 다시고 있는 듯하다.

앵두가 익는 초여름 밤, 온 산에서 두견새가 운다. 빨간 앵두알은 두견새의 피눈물 같은 것. 혹시 사랑하는 이를 보내고 흘리는 눈물방울을 앵두 알로 보았던 게 아닐까?

손곡 이달에게 앵두와 두견새는 음력 4~5월의 사랑과 이별을 떠올리게 하는 것이었다. 그의 삶에도 회한과 이별, 그리움은 있었다. 사랑하는 이를 놓아 보내며 애련哀憐의 눈물을 하염없이 흘렸다. 빨갛게 익은 앵두는 여인을 향한 이달의 단심丹心이었을까? 온 산을 헤집듯 울어대는 두견새는 이달의 또 다른 분신이다. 향기로운 풀, 그새 훌쩍 자란 무성한 잎새들처럼 그리움은 가슴에 쌓이는데….

이달의 시 '그대를 보내며'[送人송인]는 고려 시인 정지상의 송인送人보다 더 직설적이다.

오월이라 앵두가 익어가고
온 산에서 두견새가 울어대네
그대 보내고 부질없이 흘리는 눈물
향기로운 풀 다시 무성하여라
五月櫻桃熟
千山蜀魂啼
送君空有淚
芳草又萋萋

여기서의 '그대'를 '봄'으로 치환해도 무리가 없을 것이다. 하지만 아마도 다시는 볼 수 없을, 소중한 사람을 두고 읊은 시일 것이다. 그렇지만 그것을 굳이 여인으로 제한하여 보지는 말 일이다. 붉게 익은 앵두, 그 핏빛처럼 짙은 알갱이는 삶을 일깨우는 자극제 같은 것. 꽃과 풀들이 무성하건만 난 여기서 울고, 나의 분신인 양 온 산에서는 두견새가 운다. 진달래꽃을 두견새의 각혈로 인식한 것처럼, 그는 앵두로 진달래꽃을 대신한 게 아닌가 싶다.

한편 이덕무李德懋, 유득공, 이서구李書九와 함께 조선후기 백탑파白塔派 시인 4대가의 한 사람인 박제가는 사촌형 박지원의 영향을 받아 미학사상을 발전시키고 새로운 흐름의 시가를 창안하였다. 박지원을 중심으로 18세기 조선 후기 실학을 주창한 이들은 문예 운동에도 법고창신法古創新의 바람을 일으켰다. 법고창신이란 옛것을 배워 새로운 것을 창안한다는 뜻으로, 말하자면 옛것을 다시 새겨 시가에도 새롭고 신선한 시각에서 창조적인 작품을 쓰는 것으로 발현되었다. 이들 4대가는 조선 후기의 문학을 다양하게 빛낸 문인들이다. 만약 박제가가 서자 출신이 아니었다면 그의 인생은 퍽 순탄하였을 것이고, 그의 명성 또한 당대에 크게 떨쳤을 것이다.

산비탈 풀빛 짙고 연한 차이는
푸른 풀에 그린 바람의 그림자
앵두를 입에 문 새 한 마리가
가끔 와서는 붉은 부리를 씻네
坡陀色深淺
綠草風以暈
獨有含櫻鳥
時來刷紅吻

산비탈 풀이 다북쑥 자라고 앵두가 익어가는 초여름, 바람
이 지나가며 풀이 자빠지는 모습을 사실감 있게 표현하였다.
바람의 움직임을 '푸른 풀밭에 그린 바람의 그림자'로 표현
한 시인의 직관력과 표현력이 흥미롭다. 그 풀숲 사이에 있
는 앵두나무엔 앵두 알이 빨갛게 달려 있다. 이따금씩 새가
와서 앵두를 따 먹으면서 앵두나무 가지에 부리를 비벼 닦는
다. 푸른 풀, 빨간 앵두, 새의 붉은 부리가 강렬한 대조를 이
루고 있다. 한 폭의 그림을 그리듯 시를 써서 봄날 전원의 한
가로운 풍경을 잘 나타내었다.

들뜬 봄을 대신하는 해당화, 원추리, 석류꽃

음력 4월 중순을 지나면 장미나 해당화 등, 여름꽃이 얼굴을 내민다. 이제 서서히 작약과 모란이 지는 때이다. 줄기와 잎은 찔레나무를 닮았고, 꽃과 전체 이미지는 장미를 닮은 해당화. 옛사람들의 마음에도 해당화는 초여름의 애잔한 모습으로 다가왔던 듯하다. 먼저 고려 시대 시인 매호梅湖 진화陳華의 '해당화' 2수가 있다. 본래의 제목은 '해당海棠'이다. 이 시는 진화의 『매호유고』외에 서거정의 『동문선』에도 올라 있다.

술기운이 고운 뺨을 살짝 물들이더니
그윽한 향기 숲 너머 사람을 뒤흔드네
붉은 살구 자두 멀리 운치 미치지 않아
해당화 한 가지가 상원의 봄을 차지하네
酒痕微微點玉腮
暗香搖蕩隔林人
紅杏紫桃無遠韻
一枝都占上園春

바람 가벼워 연지가 눈처럼 날리지 않고

달 차가워 옥 이슬 향기에 가만히 놀라네

동산에 새벽 추위 속 안개 옅은데

조는 듯 가지 몇 개 곱게 새단장하네

風輕不用臙脂雪

月冷潛警玉露香

別院曉寒煙淡淡

數枝和睡靚新粧

바람에 날리는 해당화꽃 이파리를 여인이 얼굴에 찍었던 연지臙脂로 본 점이 특이하다. 연지·곤지는 본래 흉노 여인들이 얼굴에 치장하던 풍습. 2천 2~3백여 년 전 중국 북서부 감숙성甘肅省 일대에 살던 흉노인들은 홍람화(=잇꽃)를 재배하였고, 그것으로 동그랗게 두 볼과 이마를 칠하던 분장법이다.

시인 진화는 새벽달이 남아 있는 가운데 안개와 이슬 뒤로 실바람 가볍게 불며 해당화꽃 이파리들이 살포시 날리는 아침을 그리고 있다. 대략 12세기를 산 인물로서 용인시 처인구 남사읍 원암리에 매호 진화의 묘가 있다.

그러나 이규보는 '해당화'[海棠해당]를 당나라 미인 양귀비에 갖다 대고, 그 아름다움을 읊고 있다.

깊은 잠에 축 늘어진 해당화여

양귀비 술 취한 때를 닮았구나

꾀꼬리 소리에 꿈을 깨어보니

다시 미소 지으며 교태 부리네

海棠眠重困欹垂

恰似楊妃被酒時

賴有黃鶯呼破夢

更含微笑帶嬌癡

해당화 피는 때가 양력 5월에서 6월이니 음력으로는 한여름인 5월이었으리라. 이른 아침 꾀꼬리 소리에 눈을 뜬다. 눈을 비비고 일어나 이내 밖을 내다본다. 뜨락의 해당화는 아직 잠을 덜 깬 듯, 가지들이 축 늘어졌다. 이규보의 눈에 해당화는 '술 취한 양귀비가 아양 떠는 모습'으로 비쳐졌다. 하지만 그건 해당화를 좀 욕되게 하는 표현이 아닐까. 거의 같은 시기에 피는 해당화와 모란은 특별한 향기가 없다는 공통

점이 있다. 특유의 향기가 없으니 벌, 나비도 별로 찾지 않는다. 이규보의 다른 시 하일즉사(夏日卽事, 여름날 즉석에서 읊다)에도 꾀꼬리가 운다.

홑적삼 대자리에 누우니 처마에 부는 바람
꾀꼬리 두세 번씩 울어대니 단꿈을 깨우네
봄 가고 빽빽한 잎새에 가린 꽃이 피었고
엷은 구름 사이로 비치는 햇살 빗속에 밝아
輕衫小簟臥風欞
夢斷啼鶯三兩聲
密葉翳花春後在
薄雲漏日雨中明

한 차례 봄꽃들이 다녀간 뒤에 가시덤불 가지마다 해당화가 피어 아침 햇볕을 받아 곱기도 하여라. 붉은 꽃 이파리에 간들바람이 불고, 맑은 향기 소르륵 옷에 배는 듯. 봄이 가고 다시 여름 왔으니 세월은 우리에게 무엇을 가르치려는 것일까? 조용히 술잔 기울여 시름 잊으려니 해당화의 풋풋한 내음이 술잔에 녹아드는 듯.

유희경劉希慶(1545~1636)의 '월계도중月溪途中'이라는 시는 '월계로 가는 길에' 해당화 꽃잎이 눈발처럼 흩날리는 모습을 그리고 있다. 역시 꾀꼬리 우는 시절의 이야기이다.

산은 비 기운 머금고 물에서는 안개가 생기는데
푸른 풀이 우거진 호숫가엔 백로가 졸고 있네
해당화 핀 곳 아래로 길이 굽이져 돌아드니
가지 가득 향기로운 눈송이 휘두르는 채찍에 지네
山含雨氣水生煙
靑草湖邊白鷺眠
路入海棠花下轉
滿枝香雪落花鞭

청산엔 흰 구름, 물가에는 물안개가 자욱하다. 호숫가 푸른 풀밭에는 백로가 졸고 있고, 해당화 피어 있는 곳 앞으로는 굽은 오솔길이 나 있다. 그 길을 말 타고 가며 채찍을 휘두르다 보니 눈송이 같은 해당화 꽃잎이 후두둑 진다. 월계로 가는 길변의 해당화 지는 모습을 한 폭의 그림을 펼쳐 보이듯 제시하여 놓았다.

해당화는 한꺼번에 다닥다닥 많이 피는 꽃도 아니고, 흰색도 아니며 특별한 향기도 없다. 그런데 '가지 가득 향기로운 눈송이'라고 하였으니 해당화를 그린 표현치고는 좀 과한 건 아닐까?

고려 말~조선 초를 살았던 시인 용헌容軒 이원李原 (1368~1429)의 시 '해당화'[海棠해당]도 있다.

시냇가에 비 내리자 해당화가 피니
붉은 꽃잎 어지럽게 아침볕에 빛나네
불현듯 산들바람 불어와 살에 스치고
맑은 향기가 가만히 술잔에 스며드네
雨過溪頭發海棠
紅衣爛漫映朝陽
無端忽被微風觸
暗送淸香入酒觴

새벽 비에 해당화가 활짝 피어 햇살을 받아 곱게 빛난다. 붉은 꽃잎이라 한 대로, 해당화는 붉은 게 맞다.

시냇가에 핀 해당화를 아침 햇살에 바라본 모습을 그렸다.

간간이 불어오는 실바람, 그 바람에 실려 오는 향기가 술잔에 스며든다고 하였으나 해당화는 향기가 별로 없다. 그저 싱그런 초여름의 초록 냄새만 있을 뿐, 특별한 꽃향기가 없는데도 선조들이 바라본 해당화는 장미에 버금가는 향기로운 꽃이었던 듯하다. 그렇지 않으면 꽃이니까 그저 향기롭다고 상투적으로 썼거나. 또, 언제 살았는지 그 생몰연대조차 알 수 없는 인물로서 시를 잘 지었다는 박률朴橁이란 조선시대 문인이 남긴 해당화란 시가 있다.

가을 되니 해당화 눈처럼 떨어지고
성 밖 인가의 문은 모두 닫혀 있네
망망한 언덕길 나 홀로 돌아가는데
해 저물고 길은 멀어 산 뒤에 또 산
海棠秋墮花如雪
城外人家門盡關
茫茫丘壟獨歸去
日暮路遠山復山

가을이 되어 해당화가 눈처럼 떨어진다고 시인은 말하

였으나 이것은 계절감이 떨어진 말 같다. 예전 가을은 음력 7~9월이었다. 그 시기라면 해당화가 몇 송이 정도는 피었겠지만, 눈처럼 흩날릴 만큼 많이 피는 계절은 아니다. 해당화가 많이 피는 시기는 찔레꽃, 장미와 같은 덩굴식물이 꽃을 피우는 5~6월이다. 그것이 진다면 음력 7월경이 아닐까?

해당화와 모양은 비슷하게 생겼으면서도 그 색과 향이 강렬한 장미는 다르다. 이개李塏(1417~1456)의 시가 보여주는 장미의 세계는 강렬하고 자극적이다.

뭇꽃들이 한꺼번에 피었다가 봄과 함께 사라지고, 이제 겨우 차분해진 초여름녘. 붉은 장미가 담장 곁 여기저기로 얼굴을 내밀면 벌 나비 홀려서 미쳐 날뛴다. 단오를 지나면서 활짝 모습을 드러낸 장미. 이개의 '장미薔薇'라는 시로, 시인 이개 자신은 이미 벌 나비와 똑같이 활짝 핀 장미에 흠뻑 취했다.

향기로운 울타리에 꽃 그림자 아른아른
나비는 춤추고 벌은 미쳐 어쩔 줄 몰라
나 또한 그윽한 그 흥을 견디지 못해서
온종일 홀려서 꽃 옆에서 애써 읊조린다

이 시는 『동문선』에도 실려 있다. 이개는 목은 이색의 증손자이며 이종선李種善의 손자이다. 시와 문장이 뛰어나서 세상에서 그를 아주 중히 여겼었다. 세종이 온양온천에 갈 때 성삼문 등과 함께 편복으로 바꿔 입고 왕의 행차를 따라가기도 하였고, 성삼문의 단종 복위 사건에도 참여하였다. 그러나 몸이 파리하고 약했다. 그렇지만 계유정난으로 붙잡혀 수양대군 앞에서 곤장을 맞고도 안색이 변하지 않아 보는 사람들이 아주 장하게 여겼다고 한다. 수양대군이 잠저에 있을 때 숙부 이계전李季甸이 수양대군의 집을 자주 드나들었으므로 이개가 그것을 말린 적이 있다. 그래서 세조는 이개를 고문하면서 "일찍이 네가 숙부에게 그런 말을 했다는 얘기를 듣고 마음에 못된 놈이라 여겼더니 과연 다른 마음이 있어서 그랬던 것이구나."라고 하였다.

세조의 왕위 찬탈에 반대하여 죽음을 택한 사육신의 한 사람으로서 박팽년·성삼문과 함께 대궐 안에서 양손과 발을 묶인 채, 불로 지지는 고문인 작형灼刑을 받고 성삼문과 같은 날 죽었다. 밤새 고문을 받고 날이 밝아 수레에 실려 형장으로 나갈 때 이개는 이런 시를 남겼다. 물론 입으로 부른 것을 누군가가 기억하여 후세에 전한 것이지만.

우 임금의 솥이 무거울 땐 삶 또한 컸지만

큰기러기 털처럼 가벼울 땐 죽음이 영예롭지

날이 새도록 잠 못 이루다가 성문을 나가니

현릉의 소나무 잣나무가 꿈속에서도 푸르구나

禹鼎重時生亦大

鴻毛輕處死猶榮

明發不寐出門去

顯陵松柏夢中靑

초여름날의 장미에 취해 흥얼거렸을 이개. 그가 천수를 누렸더라면 훨씬 아름다운 시를 우리에게 선물하였을 것이다.

우 임금의 솥이란 중국의 전설 시대 우 임금이 만들었다는 아홉 개의 솥을 이른다. 그것을 소위 구정九鼎이라고 하는데, 각각의 솥은 중국 전체의 구주九州를 의미하였다. 중국의 고대 첫 왕조인 하夏로부터 상商·주周 3대 왕조의 왕들은 제왕의 자리에 오르면 청동으로 대형 솥을 만들었다. 이 솥은 나라의 보배이자 정통성을 상징하는 기물이었다. '우 임금의 솥이 무겁던 때는 삶 또한 컸다'는 말은 우임금처럼 그 정통성이 있을 때는 신하도 삶의 의미가 컸으나 그런 정통성이 무너진 세상(세조의 치하)에서는 죽음이 오히려 욕됨을 피하는 것이라는 뜻을 담고 있다. '날이 새도록 잠 못 이루다가'는 밤새 고문을 당하며 잠을 못 잤다는 뜻이고, 현릉은 단종의 아버지 문종의 능침을 말하는 것이다. 세조의 왕위 찬탈에 반대하여 단종을 지키려다 끝내 죽음을 택한 절의를 송백으로 표현한 것이다. 즉, '꿈속에서도 푸르고 푸른 현릉의 충신 성문을 나서서 죽음에 이르다'는 의미로 해석할 수 있다.

이개·성삼문·박팽년 등이 죽음으로 의리를 지킨 사람이었다면 사는 날까지 자신의 지조와 의리를 지킨 인물들로 생육신이 있다. 생육신 가운데 대표적인 인물인 김시습의 시 중에도 해당화를 대상으로 한 작품이 있다. '폭포서원에서 해당화를 보고'[瀑布書院賞海棠]이다.

해당화에 빠지니 스스로 이상하게 여기노라
아침저녁 머뭇머뭇 헤어나지 못하는 것을
푸른 잎에 붉은 꽃이 사람의 애를 태우니
천금이 있다 한들 살 수 있는 것이랴
우리들은 스스로가 고상한 무리라서
꽃 앞에 설 때마다 취해야만 그만 두네

천금 짜리 오화마五花馬도 아끼지 않아
이따금 속된 선비들 어리석다고 말하네
오늘에야 서원에서 화선花仙을 만나보니
곱게 닦이고 풍류로움 두 가지로 산뜻해서
맑은 향기 코 찌르며 오기를 기다리지 않고
풍류객들 기뻐서 신발을 끌게 하는구나
마음은 온전히 반쯤 핀 때에 가 있어서
내일 아침 비바람에 흩어질 것이 두렵네

自怪我爲海棠祟
朝暮踟躕不得解
綠葉點紅惱殺人
縱有千金可能買
我曹自是倜儻徒
每向花前期醉罷
不吝千金五花馬
往往俗士呼爲駑
今見花仙書院中
妖冶風流兩瀟灑
不待撲鼻淸香來

也使騷人欣曳躍
精神全在半開時
只恐明朝風雨擺

오화마를 따로 오화총五花驄이라고도 하였다. 알록달록 꽃무늬를 닮은 털빛을 가진 말을 지칭하는 이름이다. 이백李白의 장진주將進酒에 '오화마五花馬 천금구千金裘'라는 구절이 있으니 시를 이해하는 데 도움이 된다. '오화마는 말의 털빛을 이르는 표현'(五花馬 言其毛色也)이다.

다음 작품 역시 김시습의 '해당화'[海棠해당]이다.

빈 골짜기에 아름다운 여인 긴 잠에 빠졌는데
다정하여라 고달픈 객이 새로 단장을 하였네
향기 없는 꽃이니 별것 아니라 이르지 마라
향기 지녔다면 사람의 애간장을 녹였을 것을
空谷佳人睡正長
多情惱客倚新粧
無香莫道尋常看
著得香來爭斷腸

산골짜기에 피어난 해당화를 '긴 잠에 빠진 여인이 새로 단장한 모습'이라고 보았다. 이토록 예쁜 꽃이 향기마저 특별하였다면 어찌했을까.

조선의 최고 신분층이 남긴 이런 꽃시들과 어깨를 맞댈 수 있는 여인들의 시도 많다. 그것도 조선의 최하층 신분인 기생들의 시이다. 먼저, 여류시인 김금원金錦園에게도 해당화를 주제로 한 시가 있다. 제목은 '해당화를 노래하다'[吟海棠花음해당화]. 봄꽃들이 모두 지고 이제 해당화가 제철을 맞았음을 알려준다.

온갖 꽃들이 다 지고 봄이 가니
오직 해당화만 홀로 남아서 붉다
만일에 해당화마저 또 져버리면
봄의 경치를 다시 볼 수 없으리
百花春已晚
只有海棠紅
海棠若又盡
春事空復空

해당화 붉게 피는 것을 춘사春事라 하였으니 시인 김금원은 해당화가 봄을 마무리하는 꽃이라고 보았다.

김금원은 조선 후기의 기생이었다. 아마도 원주의 강원감영 관기였을 것으로 추정하는데, 그녀의 생존시기는 19세기를 전후한 때였던 것 같다. 김금원은 어린 나이에 남장 차림으로 충북 제천, 단양의 옥순봉과 단양팔경, 그리고 관동의 관동팔경, 금강산 등지를 유람하였다. 후에 의주부윤義州府尹(의주부의 책임자) 김덕희의 첩이 되어 의주와 평양 등 관서지방을 돌아보았고, 후에 김덕희를 따라 한양으로 돌아온 뒤에 자신의 유람기를 『호동서락기』라는 글로 남겼다. 여기서 '호'는 호서 지역, 동은 관동, 서는 관서 지방을 이른다. 김덕희가 서울 마포구 도화동에 삼호정이라는 정자를 짓고 '삼호정시사'라는 시모임을 만들었는데, 이때 김운초, 박죽서 등의 다른 기생들과 교류한 것으로 보인다.

다음은 기생 취선翠仙의 춘사春思라는 시이다. '봄에 생각하다'라는 뜻인데, 실제의 속뜻은 '봄날의 연정'이다. 다만 여기서 해당화는 봄날 연인을 그리며 우는 여인을 표현하고 있다.

봄 단장 마치고 불탄 오동나무에 기댔더니

구슬발 가득 채우며 해는 붉게 떠오르네

향기로운 밤안개 가득한데 아침이슬 무거워

해당화는 동쪽 작은 담 밑에서 울고 있네

春粧催罷倚焦桐

珠箔輕盈日上紅

香霧夜多朝霧重

海棠花泣小墻東

구슬발의 구슬은 아침이슬이다. 이른 새벽 단장을 하고 나니 붉은 해가 떠오르고 있다. 봄철이라 사방에 꽃이 피어 아침 안개마저도 향기롭고, 짙은 안개로 촉촉하게 이슬을 머금어 꽃과 나무들은 잎새마다 무겁다. 그러나 그리던 임은 밤을 새워도 돌아오지 않고, 홀로 맞아야만 하는 아침이 서글프다. 담 밑의 해당화가 아침이슬에 젖어 있는 것을 시인 취선은 해당화가 울고 있는 것으로 표현하였다.

한편 송암 권호문은 '4월 그믐날에 집으로 돌아와 감흥을 읊다'[四月晦 還故園寓興]라는 시에서 4월 그믐날에 본 해당화를 이렇게 담아냈다.

해마다 꽃 필 때 집에 있지 않았는데
올해 봄도 반쯤을 문화산에서 보냈네
봄 보내며 고향 물색 눈여겨 살펴보고
채마밭 손수 매만져 늦게 오이를 심었네
연잎은 푸른 동전처럼 수면에 첩첩 뜨고
버들꽃은 흰 담요처럼 언덕에 깔려 있네
해당화 아래로 평상 옮겨 오래 앉았다가
외상술을 마시러 앞마을로 달려가네

歲歲花時不在家
今春一半又文華
眼看故巷經春物
手理荒園種晚瓜
荷疊靑錢池面葉
楊鋪白毯岸頭花
移床久坐海棠下
促向前村呼酒賒

  기생 김금원이 해당화를 봄꽃으로 본 것과는 달리 권호문
은 음력 4월 그믐날에 해당화를 본 것으로 적었다. 예전엔

음력 4월은 여름이 시작되는 달이었다. 즉, 권호문은 해당화를 여름꽃으로 파악한 것이다.

권호문은 황준량과 함께 퇴계 이황에게서 배웠다. 이황의 휘하에서 배출된 유학자들은 후일 영남 사림의 근간을 이루는데, 이황의 학풍을 계승한 퇴계의 문인은 약 230여 명이 넘는 것으로 추산하고 있다. 이황의 여러 제자 가운데 유독 권호문은 잘 알려져 있지 않다. 그 까닭은 권호문이 중앙 정계에 관리로 나가지도 않았고, 입신출세를 바라지도 않아 산림에 은거한 데 있다. 일찍이 서애 유성룡은 그를 일러 강호고사江湖高士라고 한 바 있다. 강호에 사는 품격 높은 선비라는 뜻이겠다. 유성룡이 말한 강호의 고사高士라는 것이 바로 일사逸士를 이른다. 산림이란 말 대신 처사處士 또는 산인山人으로도 썼다.

황준량은 물론, 권호문을 매우 아낀 퇴계는 권호문을 일러 소쇄산림지풍瀟灑山林之風이 있다고 평가하였다. 산림이란 그야말로 산림 사이에 은거하는 자를 가리킨다. 즉, 산림지사山林之士라는 뜻으로서 산림에 숨어 사는 자의 풍격이 있다는 뜻이다. 산림에 숨어 사는 사람이지만 그 인품이 뛰어나다 해서 은일지사隱逸之士라는 뜻으로 일사逸士라고도 하였다. '소쇄'는 물을 뿌려 깨끗이 닦은 것을 말함이니 '맑고 깨끗함이 산림의 은일지사 풍'이라는 게 '소쇄산림지풍'이 갖고 있는 뜻이 되겠다. 그러니까 여기서 맑고 깨끗하다 함은 더럽고 때 묻은 속인 종류가 아닌 고고한 인품을 가진 이를 이르는 것이다. 담양에 양산보가 조성한 소쇄원이란 곳도 대충 그런 뜻을 갖고 있다.

권호문은 30세까지는 과거 공부에 몰두한 바 있지만, 그 이후엔 정계로의 진출 의지를 접었으므로 관료로 나간 적은 없다. 그는 퇴계의 다른 제자들과는 달리 세상 밖에 있는 인물이었다. 그가 주로 머문 공간은 청량산으로부터 퇴계가 즐겨 노닐던 곳이었다. 경북 안동에 있는 청량산清凉山을 조선시대엔 문화산이라 불렀다.

함박꽃과 해당화에 이어 장미가 피고 나면 들과 길가에 원추리 꽃과 석류꽃 그리고 능소화라든가 접시꽃이 나타날 차례. 이것들은 모두 양력 6~8월 한여름에 피는 꽃으로, 원추리는 백합과의 꽃이어서 그 전체적인 모양은 백합을 닮았다. 먼저 김시습의 시 '원추리'[萱草훤초]는 좀 특별한 모습으로 다가온다. 노란 치마 빛깔의 아녀자 꽃이 사랑스럽다며 원추리를 세월과 다투지 않는 꽃으로 본 점이 특이하다.

근심을 잊을 수 있다기에

집 뒤 후원에 원추리를 심었지

아, 고니의 누런 부리 같은 게

참말로 아름다워 사랑스럽네

누가 원추리를 아녀자의 꽃이라 했나

푸른 줄기에 듬뿍 들어있는 기개

굳세고 곧은 뜻 시속을 따르지 않아

노란 치마 빛깔[1] 정말 좋은 꽃이야

세월과 다투지 않고 여한도 없으니

아침 서재 창에 비치다 저녁에 이우는

萱草可忘憂

言樹堂之背

吘然黃鵠嘴

婀娜端可愛

誰道兒女花

綠莖多氣槪

---

1) 곤빛 치마(坤裳)는 노란색 치미다. 곤(坤)은 땅이며 땅은 황색(黃色)이니 황색
은 모든 색의 기본이 된다는 의미가 있다. 『역경(易經)』에 황상원길(黃裳元吉)이라
고 하였다. '황색 치마는 길다'는 뜻.

勁直不隨俗

色正坤裳吉

却恨不與年華競

朝映書窓暮萎蕍

　조선 시대에는 노란 치마 빛깔의 원추리가 여인네를 대신하는 꽃이라는 꽃말이 있었던 것일까? 하지만 원추리는 여인의 절개와 지조를 상징하는 꽃이 아니다. 옛사람들은 오히려 굳센 기개와 시속을 따르지 않는 남성의 꽃으로 이해하였다. 김시습은 훤초萱草를 원추리라는 말 대신 망우초忘憂草라는 이름으로 부르고 있음을 먼저 제시하였다. 근심을 잊는다는 이름을 갖고 있는 꽃이어서 그것도 깊숙한 후원에 심어두었다. 김시습의 또 다른 작품 '원추리꽃'[萱花훤화]이 더 있다.

뜨락엔 온종일 해 길고 일 없어 한가한 집

한 쌍의 고니 부리처럼 사람 향해 벌려 있네

정녕 시름을 잊게 하는 물건임을 알겠노라!

동풍에 복사꽃 오얏꽃과도 다투지 않았다네

庭院日長無事家

一雙鵠嘴向人呀
知渠定是忘憂物
不競東風桃李花

역시 원추리꽃을 고니의 누런 부리로 표현한 것이 매우 흥미롭다. 하루 온종일 해가 드는 곳에 서 있는 원추리. 복사꽃이나 오얏꽃과 같은 봄꽃들이 다 지고 난 뒤에 피는 꽃이어서 그들과 다투지 않는다고 하였다.

아마도 우리나라 사람들이 원추리와 친숙하게 된 것은 백제 시대로 거슬러 올라가지 않을까 싶다. 물론 기록에 있는 이야기는 아니다. 부여지방에 가면 그곳 사람들이 입으로 전하는 이야기가 있다. 660년 백제가 망하고 3년여 세월 나라를 다시 일으키기 위한 부흥운동을 하였다. 그때 원추리를 뜯어 먹으며 어려움을 함께 하였다고 한다. 부여 지방에 전해오는 이야기인데, 그 당시 사람들은 원추리를 먹으며 근심을 잊었단 뜻일까?

그만큼 힘들고 모진 삶을 살았다고 봐야 할 것이다. 충남 서천군 한산을 중심으로 전해오는 백제의 소곡주도 금강 이서의 충남 서북 지방에서 부흥운동을 주도하던 백제인들이 만들어 마시던 술이라고 전한다. 원추리와 한산 소곡주에는 이처럼 깊은 사연이 있다. 참고로, 소곡주는 본래 고유명사가 아니다. 누룩을 적게 써서 낮은 온도에서 장기 발효한 술이라는 뜻을 갖고 있다.

그러나 최송설당崔松雪堂(1855~1939)은 자신의 시 '원추리'[萱훤]에서 원추리를 어머님 은혜를 생각하여 심은 꽃으로 표현하였다.

근심 잊는 망우초라니 이게 뭔가

여기저기 뜰에 원추리 심어놓고

봄 날씨 따뜻하라고 비는 뜻은

어머님 은혜를 갚고자 함이라네

忘憂是何物

培植數莖萱

願祝春日暖

以報北堂恩

뜰 가득 원추리 심어놓고, 여름에 곱게 피기를 바라면서 봄 날씨가 따뜻하기를 빌고 있다. 다시는 볼 수 없는 어머니에게 바치는 꽃이기에. 그녀는 망우초라는 본래의 꽃 이름에서 '근심을 잊는 풀'이라는 뜻에 그만 깜짝 놀라는 모습이다. 어머님의 은혜를 갚으려 하는 마음이니 당연히 꽃 이름도 불망초不忘草라야 개운한 마음이었을 것이다. 그게 아니면 물망초勿忘草라고 했거나.

대개 원추리가 필 때, 석류도 쭈뼛쭈뼛 붉은 꽃을 피워 올린다. 드디어 석류가 피면 계절은 이미 한여름이다. 이색의 '꽃을 대하고 느낌이 있기에'라는 시는 7~8월 무더위 철을 지나며 열린 석류를 보고 읊은 작품이다.

뜨락에서 차례로 봄을 피우는 꽃나무들
석류가 붉게 터져 새로 창을 비춰 주네
뜬 인생도 풍광과 함께 저절로 구르나니
금인과 고인을 구태여 따질 자 누구인가
花木園中次第春
石榴紅綻照窓新
浮生自與風光轉
誰問今人與古人

이브의 꼬임에 그만 아담도 따먹고 에덴동산에서 쫓겨났다는 사과는 실제로는 석류일 것이라는 이야기가 있다. 그러나 중국의 석류가 아랍인들의 손을 타고 유럽에 전해졌다는 이야기도 있어서 그 말을 믿어야 할지는 모르지만, 하여튼 석류가 피는 시기는 여름이다. 석류가 한창 피었으니 지금으로 치면 양력 7월경이었으리라. 그때까지 차례차례 여러 가지 꽃들이 피고 졌다. 사실 꽃은 시간의 흐름을 시각적으로 가장 강렬하게 표현하는, 말하자면 '시간의 분장사'라고 할 만하다. 한여름의 석류꽃을 바라보며 시인은 '죽은 것이 죽은 게 아니며 살아 있는 것이 산 게 아니다'는 생각을 가졌던 듯하다. 시쳇말로 '죽은 사람이나 산 자가 다 한 가지'라는 뜻이겠거니. 그것이 우리네 인생이라는 뜻인가.

　다음은 김삼의당金三宜堂(1769~1823)의 석류꽃[榴花류화]이라는 시이다.

　긴 여름날 창밖에 따스한 바람이 분다

　뜰의 석류꽃도 가지마다 붉게 피었다

　문 앞을 향하여 돌을 던지지 말아라

　꾀꼬리는 저 먼 숲속에서 울고 있으니

日葬場窓外有薰風
安石榴花個個紅
莫向門前投瓦石
黃鳥只在綠陰中

예로부터 사람들은 많은 자식을 두기 바라는 염원에서 석류를 심었다. 석류는 씨를 많이 갖고 있어서 다자多子를 염원하는 상징물이었다. 우리가 흔히 쓰는 子孫(자손)이라는 말의 子나 孫은 '씨앗·움'이라는 뜻을 갖고 있다. 석류는 양기가 한창 오른 여름에 붉은 꽃을 피우는데, 아마도 석류나무에서 꾀꼬리가 놀고 있어 꽃이 질까 돌을 던져 꾀꼬리를 쫓았던가 보다. 꾀꼬리가 멀리 숲속으로 옮겨가서 울고 있으니 마음이 한결 적적하다는 표현일 것이다. 이런 경우 으레 꾀꼬리는 사내를 의미하는 장치일 수 있다. 그것이 아니라면, '쫓아버리지 않았으면 가까이서 흥을 돋워주었을 텐데' 하는 기대를 하는 것이거나. 김삼의당의 또 다른 시 하일조명(夏日鳥鳴, 여름날 새가 울기에)은 생명력 넘치는 여름날의 한가롭고 여유 있는 전원풍경을 떠올리게 한다.

하일조명(夏日鳥鳴, 여름날 새가 울다)

한바탕 비 내리더니 실바람 불어와

초당의 긴 여름은 맑고 한가로워라

어디선가 들려오는 노래 한 마디

향기로운 나무숲 그늘 새소리 좋아

雨乍霏霏風乍輕

草堂長夏不勝清

一聲歌曲來下處

芳樹陰中好鳥鳴

　능소화나 석류가 피면, 얼마 안 있어서 회화나무꽃이 필 것이다. 괴화槐花라는 이름으로 부르는 이 꽃은 삼복더위를 지나야만 잠에서 깬다. 이 꽃이 피면 음력 절기상으로는 이미 가을(7월)이다. 지금의 우리에겐 낯설게만 다가오지만 옛날 사람들에겐 친숙한 꽃이었다. 목은 이색의 괴화槐花이다.

　서쪽 이웃 홰나무에 꽃이 새로 피어서

　맑은 새벽바람 없어 이슬이 맺혀 있는데

　두어 가지 꺾어 누추한 집에 옮겨놓으니

누런 책에 빛 스며들어 그림자 비껴 있네

西鄰槐樹著新花
淸曉無風帶露華
折得數枝分陌巷
色侵黃卷影橫斜

괴화는 회화나무에 피는 꽃이다. 괴목槐木은 느티나무의 다른 이름이다. 그러므로 괴목과 회화나무는 다른 종류다. 예전엔 마을 어귀나 서낭당에는 으레 이 회화나무가 있어 사람들은 이 나무를 흔히 '홰나무'라고 불렀다. 요즘엔 도시의 공원에서도 흔히 볼 수 있는 조경수가 되었지만, 해마다 더위가 절정에 이르는 양력 7~8월에 걸쳐 꽃이 핀다. 바탕은 베이지색인데 초록빛이 감도는 무리 꽃. 홰나무 이파리들 사이로 희끗희끗 피었다 더위가 삭기 전에 지는데, 결코 화려하지는 않다. 꽃에는 여성호르몬 성분이 많아 갱년기 여성들을 지켜주므로 그 꽃으로 꽃차를 달여 마신다.

회화나무에 관한 시를 이야기하다 보니 당나라 시인 왕유王維(701~761)의 '궁괴맥宮槐陌'이라는 시를 빼놓을 수 없겠다.

오르막 좁은 길에 우거진 홰나무

어둑한 그늘에 푸른 이끼가 많다

하인은 손님 맞으려고 청소하는데

혹시 산승이 찾아올까 걱정이 된다.

仄徑陰宮槐

幽陰多綠苔

應門但迎掃

畏有山僧來

회화나무꽃과 석류꽃, 능소화, 무궁화, 연못엔 수련이며 연꽃, 노랑어리연꽃 등이 한창인 6~7월. 조금 있으면 배롱나무꽃이라 부르는 목백일홍도 삐죽삐죽 머리를 내밀고 가을을 부를 것이다. 그리고 뒤이어 음력 9월 이후의 가을꽃으로 국화가 머리를 내밀면 어느덧 세모가 가까이 온다. 계절은 똑같이 순환하고 꽃들도 차례에 따라 다시 피고 진다.

매일 바쁘고 어수선한 삶의 연속이라면 더욱이 바쁜 걸음을 멈추고, 온 길 돌아보며 애써 작은 여유를 가져보려는 노력이 필요하다. 옛 시인들이 창 앞에 대나무를 심어 댓바람 소리를 들으면서 여름 더위를 잊고, 숲속에 들어가 소나무

솔바람 소리를 들으며 살고자 했던 뜻은 우리가 오늘을 살아가면서 겪는 복잡하고 어수선한 가슴을 가라앉혀 마음을 다독이고자 한 것과 똑같은 일이었다. 자연에 동화되어 자연을 대상으로 시를 읊고, 늘 여유를 갖고자 했던 마음은 지금의 우리와 다르지 않았다. 옛 시인들이 남긴 시를 읽으며, 어려움에 부딪힐 때마다 숨을 돌리고, 감정을 차분히 가라앉혀 잠시의 여유를 갖는 일은 새로운 출발을 위해서도 꼭 필요한 일이다. 그러는 사이에 우리는 어떻게 살아야 하며 어떤 삶이 가치 있는 것인지, 마음이 깨끗이 정화되고 정리될 것이다.

인생 어떻게 살 것인가

일찍이 이백李白은 '단가행短歌行'이라는 시에서 "시간은 어찌나 짧고 짧은지, 인생 백 년이 정말로 쉽게 지나가네"(白日何短短 百年苦易滿)라고 읊었다. 그가 그랬듯이 옛사람들에게 봄은 짧은 인생, 청춘의 봄을 펼쳐 보이는 한 편의 파노라마였다. 꽃과 새, 바람과 비 그리고 구름과 같은 것들은 봄을 무대로 등장하는 조연일 뿐이다. 우리네 인생에 희로애락을 안기는 객체에 불과한 존재이건만 꽃을 보면서 인생을 한탄하고, 비바람과 구름, 계절의 흐름을 보면서 삶을 곱씹어 보는 자세를 가졌던 것이다. 그러니 봄과 꽃은 한 해의 삶을 반추해보는 '사유의 장'이기도 하였다.

고려와 조선의 시인들, 나아가 우리의 조상들은 작고 여린 꽃 하나를 보더라도 그것을 단순한 꽃으로만 여기지 않았다. 자신을 돌아보게 하는 소중한 대상인 동시에 꽃은 우리네 인생을 의미하였다. 그래서 '사람이 꽃'이라 믿었고, 꽃에다가 우리네 인생을 담았다. 꽃이 피는 것도, 꽃이 지고 낙엽이 지는 것도, 우리네 인생과 똑같이 세월의 흐름 속에 오고 가는 현상인지라 꽃과 인생은 결국 하나였던 것이다. 이러한 믿음을 보여주는 또 하나의 작품이 손곡 이달의 '꽃을 보며 늙음을 느끼고 탄식하다'[對花歎老대화탄로]라는 시이다.

봄바람 이것 또한 공평하지 않아
온갖 나무 꽃피워도 사람을 늙게 하니
꽃가지 꺾어 흰 머리에 꽂아 보아도
흰 머리와 꽃은 서로 어울리지 않더라
東風亦是無公道
萬樹開花人獨老
強折花枝插白頭
白頭不與花相好

이러한 자탄 뒤에도 어쩐 일인지 애상哀傷이라든가 좌절, 음울, 비애, 비련과 같은 음침한 분위기는 없다. 꽃을 대하고, 세월의 무상함을 말하면서도 인생을 관조하는 절제미가 있다. 이를테면 '꽃과 흰 머리칼'의 대비는 그 자체로 묘한 불균형이다. 바로 이 어울리지 않는 배치에서 우리는 인생을 되돌아보고 울컥하는 마음도 갖게 된다. 시인이 설정한 이런 장치야말로 우리의 삶을 곱씹어 보게 하는 것이다. 무엇에서 가치를 찾고, 꽃처럼 아름다운 삶을 살 것인가 하는 고민은 너무 이상에 가까운 일이니 제쳐두자. 어떻게 이 지난한 현실을 헤쳐나갈 것인가, 너무도 힘들 때 만이라도 꽃은 작은 위안이 되지 않을까?

늘어가는 흰 머리칼과 함께 친구들이 하나둘 먼저 가버리면 그 심정은 몹시 처량할 것이다. 그래서 80이 넘은 노인들이 친구나 아는 이의 상사喪事에 가기를 꺼리게 되고, 90이 넘으면 아예 가지 않는다고 한다. 가족을 잃은 것 못지않게 쓸쓸하고 가슴 쓰린 공허함이 밀려오기 때문이다. 평생을 절친하게 지낸 친구의 죽음은 형제와의 사별만큼이나 안타깝고 애절하다. 평생 사귀던 친구들을 나이가 들면서 죽음으로 이별한 심정을 처연하게 그린 시 한 편을 보고 가야겠다. 조선 중기의 시인 용재容齋 이행李荇(1478~1534)이 그린 '8월 18일 밤'[八月十八夜8월 18야]이란 시이다.

한평생 사귀던 오랜 친구들 다 가버리고
흰 머리로 마주하는 건 그림자와 이 몸뿐
높은 누대 위로 때마침 밝은 달이 비추고
애간장 끊는 쓸쓸한 피리 소리 들을 수 없어

平生交舊盡凋零
白首相看影與形
正是高樓明月夜
笛聲凄斷不堪聽

　　허균은 『성수시화』에 이 시를 소개하면서 "조선의 시는
이행李荇의 시를 제일로 삼아야 한다. 그의 시는 깊이가 있
고 폭이 넓다. 조화롭고도 평이하며 맑고 고운 데다 완전
히 무르익었다."고 평가하였다. 그러면서 "조선의 시는 중
종 때 와서 크게 이루어졌다. 이행이 그 처음을 열었고 박상
(1474~1530), 신광한, 충암 김정金淨(1486~1521), 호음湖陰 정사
룡(1491~1570)이 나란히 한 시대에 태어나 찬란히 빛났으니 영
원토록 자랑할 만하다."고 하였다. 또, "이행은 특히 두보의
시풍을 따랐으며 그의 시를 읽으면 감개무량하여 가슴이 미
어질 듯하다."면서 이행의 시 세계를 극찬하였다. 이행의 시
적 재능을 알아볼 수 있는 일화가 하나 있다. 젊은 시절, 어
느 재상 한 사람이 반죽斑竹(얼룩무늬 대)을 그린 가리개(병풍의
일종)를 꺼내어 늙은 신하에게 내놓고 시를 써주기를 청하였
는데, 그가 입으로만 중얼거리고 시를 짓지 못하고 있었다.

어깨너머로 보고 있던 이행은 바로 한 구절을 적어 놓았다.

눈 비 내리는 소상 언덕에

소소한 반죽 수풀이어라.

이 속에 그리기 어려운 것이

그날 두 왕비의 마음이라네

淅瀝湘江岸

蕭蕭斑竹林

這間難畵得

當日二妃心

여기서 이비(二妃)라 함은 요(堯) 임금의 딸이자 순(舜) 임금의 아내였던 아황鵝黃과 여영女英 형제라고 한다. 순임금이 죽자 두 왕비가 찾아와 슬프게 울어 눈물이 대나무에 아롱져서 반죽이 되었다는 전설이 있기 때문에 나온 시이다.

퇴계 이황의 문인인 권응인權應仁은 자신의 『송계만록松溪漫錄』에서 "조선 시대 성종 이전에는 영재들이 셀 수 없을 만큼 많이 배출되었으며, 중종 시대에는 남곤南袞, 충암 김정金淨, 용재 이행李荇, 김안국, 김안로, 신광한, 박상朴祥,

정사룡, 소세양 등의 거물급들이 있었다. 그 뒤로는 문장을 하는 선비가 점차 옛날만 못하니 인재도 시대 따라 다른 것 인가, 아니면 키우고 장려하지 않아서 그런 것인가?"라는 글 을 남겼을 만큼 뛰어난 시재를 가진 인물들을 칭찬한 바 있 다. 권응인은 서자 출신이어서 관리로 나가는 데도 한계가 있었다. 그가 남긴 『송계만록』 외에 『송계집』이라는 시집이 있다.

한편, 고려 말의 시인 목은 이색(1328~1396)의 시 중에 사계 절의 모습을 노래한 것이 있다. 이 시를 읽으며 자신을 돌아 보는 성찰의 기회를 한 번쯤 가져보는 것도 좋지 않을까.

춘(春)

구름은 쌓이고 쌓여 물은 돌고 또 돌고

붉고 하얀 산꽃들 흐드러지게 피어 있네

술병 들고 떠나고 싶은 봄나들이 흥이여

새들의 노래 속에 두세 잔 기울여 봤으면

雲重重又水洄洄

紅白山花爛漫開

便欲尋春携酒去

鳥啼聲裏兩三杯

하(夏)

나무숲은 어둑어둑 전각은 밝은 단청 빛

백운 깃든 청산에는 여름에도 서늘한 기운

행인은 무슨 일 있길래 골짜기로 들어오나

도성 거리 한증막 같은 무더위 때문이겠지

綠樹沈沈殿閣明

白雲青嶂夏凉生

行人入谷緣何事

政是蒸敲滿鳳城

추(秋)

가을이 산 숲에 들어오니 어느새 엷은 황색

구름 모습 물의 자태 갈수록 처량해지네

전원에 아직도 못 돌아가는 나의 인생이여

살진 물고기 누런 벼이삭 고향에 가득하련만

동(冬)

옥 같은 몇 봉우리 차가운 하늘에 비치고

눈에 눌리는 장송이며 얼어붙은 돌샘이라

더구나 지금은 노승이 선정禪定에 든 때

달빛 교교하니 속세의 인연 찾아볼 수 없네

첫 연에서는 봄날의 흥이 잘 표현되었고, 2연에서는 여름철 청산의 시원한 풍경과 도성의 한증막 같은 무더위가 대비되어 있다. 무더운 여름날, 도시에서의 찌든 삶을 피해 흰 구름 덮인 청산으로 몰려드는 행인들의 분주한 모습을 잘 그려내고 있다. 그러나 가을을 읊은 '추(秋)' 연에서는 가을이 되어도 돌아가지 못하는 자신을 생각하며 고향의 누런 벼 이삭과 물가에 노니는 물고기 떼를 떠올린다.

마지막 연의 겨울 풍경은 고요하다. 교교한 달빛 아래 산봉우리, 눈을 이고 있는 낙락장송, 꽁꽁 얼어붙은 돌샘, 이런 모습들이 마치 '선정禪定'에 든 노승의 모습과 겹쳐져 있다. 바로 그것이 지금의 겨울이라는 뜻이다.

네 계절의 특징이 고루 잘 표현되어 있는 이 시에는 세월의 굴레 속에 살아가는 평범한 사람들의 일상이 그려져 있다. 지금의 우리들 모습도 그와 별로 다르지 않을 터이다.

다음은 차윤서중운次尹恕中韻이라는 제목을 가진 시이다. '윤서중의 시에 차운하다'는 뜻으로, 손곡 이달의 작품이다.

서울을 떠도는 저 나그네야
구름과 산 어디가 그대 집인가
대숲 길에 옅은 안개 피어나고
등나무꽃에 가랑비가 내리는 곳
京洛旅遊客
雲山何處家
疎煙生竹徑
細雨落藤花

윤서중은 서울에 살았다. 그러나 그는 늘 벼슬자리를 구하느라 이리저리 바빴다. 그래서 마치 나그네처럼 서울을 떠도는 삶으로 비유하였다. '서울을 떠도는 저 나그네'라고 부르며, 대체 너의 집이 어디인가를 묻고 있지만, 물론 시인은 윤서중의 집을 알고 있었을 것이다. 마치 도시의 유목민처럼 사는 오늘의 우리들에게 대고 하는 소리일 듯싶다. 장래가 보장된 것도 아니고, 평생 밥그릇이 보장된 삶도 아닌 이들에게 서울이나 대도시의 삶은 예나 지금이나 그야말로 팍팍하였다. 집은 있으되 벼슬자리 구하랴, 이곳저곳으로 떠도는 삶을 살다 보니 시인은 '그대의 집은 도대체 구름과 산 어느 곳이냐'고 물었다. 그가 오랜 방황의 세월을 끝내고 돌아와 마지막으로 머물 곳은 청산이었다. 그러나 시인은 그곳으로 가라고 하지 않았다. 그저 대나무 숲 사이로 길이 나 있고, 대숲에 옅은 안개가 핀 봄날 활짝 핀 등나무꽃 위로 보슬비가 내리는 곳을 넌지시 제시해놓았을 뿐이다. 윤서중이 머물 곳이 바로 그곳이라는 얘기다. 아마도 흰 구름 푸른 산 아래 대나무와 등나무가 있는 곳이라 하였으니 동네 이름이 죽등리竹藤里였던 모양이다. 연보랏빛 등나무꽃이 포도송이처럼 열리고, 인적도 드문 대나무 숲길이 이어진 곳이 서울 사는 나그네가 마지막에 머물 데라는 걸 시인은 잘 알고 있다. 그러나 끝까지 그곳으로 돌아가라는 말은 하지 않았다. 그 나그네 또한 돌아가고픈 심정을 잘 알고 있을 것이기에.

이 시 한 편만을 보더라도 이달이 가진 시적 재능은 인정해줄 만하다.

다음은 오동꽃이 지는 봄날 밤, 이달이 친구 이예장과의 석별을 한 잔 술로 다독이는 시이다. 시의 제목은 '강릉에서 서울로 가는 이예장과 작별하며'(江陵別李禮長之京).

　오동나무꽃이 밤안개 속에 지고
　매화나무엔 봄 구름이 비어 있네
　풀 향기에 한 잔 술로 맞는 이별
　서울 한복판에서 서로 만나세
　桐花夜煙落
　梅樹春雲空
　芳草一盃別
　相逢京洛中

　서울로 떠나갈 친구 이예장李禮長과의 석별을 앞둔 저녁, 강릉 어느 고을에서의 일이다. 이달과 가깝게 지냈던 이예장보다 1백여 년 먼저 살았던 이예장이란 인물이 더 있다. 그는 고려 말 이사관李士寬이란 사람의 아들이다. 이사관은 7남2녀를 두었는데, 그들이 바로 전의이씨 청강清江 이제신李濟臣(1536~1583)의 4대조이다. 이사관의 일곱 아들 가운데 여섯 명이 과거에 합격하였다. 이의장李義長은 무과에 합격하였으며 이지장李智長(둘째), 이예장(셋째), 이함장李諴長(다섯째),

이효장李孝長, 이서장李恕長 5형제는 문과에 급제하여 이름을 날렸다. 위 시에서 거론한 이예장은 1432년 과거시험에 합격하여 병조참의를 지낸 인물. 그 형제 가운데 인장仁長만이 일찍 죽어 이름을 올리지 못하였다. 그러나 이 전의이씨 이예장 형제와 이달의 친구 이예장은 전혀 다른 인물이다.

하여튼 자욱한 안개 피어오르는 가운데 오동나무꽃이 지는 밤에 이달은 친구 이예장과 이별하였다. 오동나무와 등나무의 공통점은 꽃이 연보랏빛이라는 것이다. 밤안개 자욱한 곳에 연보라색 오동나무꽃이 지고 있다. 매화는 이미 오래전에 모두 가지를 떠났고, 매화 가지 뒤로 보이는 허공엔 구름마저 비어 있는 청명한 봄날이다. 봄풀이 돋아나 향기로운 내음이 싱그럽다. 두 사람의 이별이 내 친구와의 석별인 듯 제시되었다. 한 잔의 술로 석별의 정을 달래려니 떠나는 친구가 토닥이며 건네는 기약.

"친구, 우리 서울에서 만나지."

서울에서 한 시간 반이면 강릉과 동해 바닷가에 데려다 놓는 KTX가 수시로 오가는 오늘의 시점에서 보면 그야말로 호랑이 담배 피우던 시절의 이야기이겠다. 사회가 천지개벽하듯 바뀌었고, 환경이 달라졌다. 고왔던 사람들의 심성마저도 달라져 지금의 한국인은 한 세대 전의 사람과 비교해도 예전의 한국인이 아니라고 말하는 이들이 있다. 그러나 시대와 환경이 바뀌어도 달라지지 않는 것이 있다. 아니, 바뀌지 말아야 할 게 있다. 곱고 곧은 마음을 가져야 주변에 사람이 모이게 되고, 진실한 친구를 많이 가질 수 있다는 사실이다. 결국 아름다운 사람을 많이 가진 사람이 가장 행복한 부자이다. 여기서 아름다운 사람은 예쁘고 잘생긴 사람이 아니다. 마음이 아름다운 사람이다. 내로라하는 국내의 어느 사업가가 2022년 봄이 가면서 95세로 세상을 떠난 연예인 송해를 가장 부러운 사람으로 꼽았다지 않는가? 돈이나 명예, 그 어떤 권력보다도 주변에 많은 사람을 가진 이를 부러워한 말인데, 사람을 많이 가진 사람이 진정한 권력자이며 부자이고 명예로운 사람임은 분명하다.

이달은 어릴 적에 문인 정사룡鄭士龍(1491~1570)으로부터 두보의 시를 배웠다. 그래서 그의 시풍 또한 두보 시의 냄새가 아주 짙게 배어난다. 정사룡은 인재忍齋 홍섬洪暹과 같은 시대에 활동한 인물로 이들은 중국에서 사신이 오면 원접사遠接使로 의주 지역으로 나가서 사신을 맞아 접대하는 일을 자주 맡았다. 그러나 호음 정사룡의 시가 대접을 받게 된 것은 소재穌齋 노수신盧守愼(1515~1590)의 평가가 있은 뒤부터라고 알려져 있다. 노수신이 오랜 기간의 유배 생활에서 돌아왔을 때 당시 지식인들이 몰려있던 관청인 홍문관에서 "그 시대 시인 중에서 누가 제일인가?"를 물었는데, 노수신이 "호음 정사룡이 제일이다"라고 대답한 뒤로 그의 시가 크게 알려졌다고 한다. 그러나 정사룡은 잘 된 남의 글을 보아도 좀체 칭찬하는 일이 없었던 반면 김안국은 남들이 좋은 글을 지은 것을 보면 감탄하며 칭찬하여 대조적인 모습을 보였다고 한다.

같은 시대를 살았지만 이달과 전혀 다른 삶을 살았던 사람의 이야기를 보자. 평생 지은 숱한 시문으로 조선의 문학사에서 열 손가락에 꼽히는 시인 신흠의 '생각이 있어서'[有寓유우]라는 시를 보면 이달에게는 없는 여유가 있다. 이 시에는 꽃이 등장하지 않지만 우리는 신흠의 인생관과 느긋한 처신을 엿볼 수 있다. 말하자면 가진 자의 여유라고 할까?

사람들이 날 알지 못하지만

나도 알아 달라고 하지 않아

소라고 말하건 말이라 하건

가는 곳마다 마음이 편하이

人旣不知我

我亦不求知

呼牛與呼馬

隨處可安之

이달의 시에서는 빈한한 삶, 간구한 생활, 애상과 애조, 좌절과 번민, 고통과 비애 같은 어휘들을 떠올리게 되지만, 신흠의 시에서는 그런 걸 찾기가 쉽지 않다. 이 시에서는 신흠의 인생관을 엿볼 수 있다. 시비를 가리지도 않고 나서지도 않으며 누가 뭐라 하든 뒷말이 없는 삶이다.

때로, 사람에겐 이런 우직한 뱃심이 필요하다. 무엇인가 남의 구설에 오를 일이 있어도, 아무런 대꾸 없이 그냥 묵묵히 가던 길 가는 뚝심. 누가 뭐라 하든 내가 해야 할, 그리고 이루어야 할 일이 있기에 그저 똑바로 가는 것이다. 남이 알아주지 않아도 알아 달라 욕심부리지 않고, 사람들이 나를 소나 말, 개나 닭을 대하듯 무시하더라도 그런 눈초리와 냉대를 내가 무시하면 오히려 마음 편하니 세상사 내 뜻대로 생각하고 행하면 될 일이다. 신흠의 이 시는 난마처럼 일이 얽히고설켰을 때, 도무지 앞뒤가 막혀 풀리지 않을 때, 어떤 일로 골머리를 앓을 때, 생각지 않은 일이 복잡하게 꼬일 때 쉽게 푸는 답이 될 수도 있다. 공자가 말한 이순耳順이란 이런 경지를 말함이리라. 그럼에도 예순이 되었어도 이순의 냄새가 없는 이는 나이 값을 못하는 꼰대다.

선조대왕의 사돈이 되어 소위 왕 다음으로 조선 최고의 상류층 인물이었던 신흠에게도 번민과 걱정이 많았다. 하기야 지위의 높고 낮음을 떠나 한세상 살아가는데 누구에게나 인고가 없을 리야 있겠는가. 신흠의 '저물녘에 앉아서'[暮坐모좌]는 2수로 구성된 연작시인데, 그 첫 번째 수는 '해 저물 무렵에 똑바로 앉아 있는' 신흠의 모습을 떠올리게 한다. 먼저 그 첫 번째 수이다.

쓸쓸한 마음 또 어디로 갈까?
여기서 다시 한 해가 바뀌는구나!
그윽한 물 빈 숲에 바람 소리 들리고

옛 절의 종소리도 은은히 들리는데

棲棲又何適
此地歲還更
暗水空林響
微鐘古寺聲

　시제 속의 '저물녘'은 하루의 저녁을 뜻하지만 여기서는
세모를 이른다. 한 해의 마지막 날. 제야除夜의 황혼 무렵, 그
러니까 납일臘日에 갖는 감상을 그린 것으로 볼 수도 있다.
납일은 섣달그믐날(Silvester)이다. 작자는 시냇물 소리가 조용
한 산속 초당草堂에 조용히 앉아 있다. 멀리 절에서 종소리
가 들려온다. 마음은 스산하다. 또 한 해를 속절없이 보내면
서 심사가 어지럽다. 마음이 안절부절, 쓸쓸하다. 그럼에도
마음 다독이며 조용히 한 해를 돌아본다. 돌아갈 수만 있다
면 시간을 되돌리고 싶었을 것이다. '옛 절로부터 들려오는
은근한 종소리'가 마음을 차분하게 가라앉혀 준다. 1년 365
일, 다 같은 날이건만 명절과 이름 있는 날은 사람들의 가슴
을 이렇게 움직인다. 납일과 제야가 특히 그렇다.
　조선 후기의 문인인 강백년姜栢年(1603년~1681년)의 시 제야

(除夜, 섣달그믐날밤)라는 시도 납일에 갖는 복잡한 심사를 잘 드
러내준다.

술은 떨어지고 등불은 깜박이는데
새벽종 울린 뒤에도 엎치락뒤치락
내년엔들 오늘 밤이 또 없을까만
사람인지라 가는 해가 아쉬워서
酒盡燈殘也不明
曉鍾鳴後轉依然
非關來歲無今夜
自是人情惜去年

이와 달리 '을축년 초봄에 내가 정승의 자리에 있다가 일
이 있어 휴가를 청했는데 그때 우연히 풍락목귀근風落木歸
根이라는 시구가 생각나서 그 다섯 글자를 하나씩 운으로 하
여 시 다섯 수를 읊었다'는 긴 제목으로 시작한 시가 있는데,
그중 다섯 번째 수에서 신흠 선생은 인생사 걱정과 시름을
매우 긍정적으로 인식하고 있음을 본다. '풍락목귀근風落木
歸根'의 다섯 번째 운인 根근으로 마무리한 시이다.

산에 오르면 정상까지 가야 하고

물에 가면 꼭 그 원천을 찾아야지

인생은 걱정 속에서 사는 것

얻는 것이 잃어버릴 근본이라네

登山要陟巓

涉水須尋源

人生與憂俱

得者失之根

얼마 만에 고향엘 갔던 것일까? '풍락목귀근風落木歸根'
은 '바람에 잎이 지면 나무뿌리로 돌아간다'는 의미. 이 시로
부터 우리는 중요한 교훈을 얻을 수 있다. 우선 '인생은 근심
걱정과 함께 하는 것'이라거나 '얻는 게 잃는 것의 근본'이라
는 표현에서 상촌 신흠 선생의 연륜과 성숙한 사고의 깊이를
느낄 수 있다. 얻는 것이 잃는 것의 근본이라 함은 '가진 게
없으면 잃을 것도 없다'는 뜻이다.

**"아무것도 가진 게 없으면 잃을 것도 없다."(When you got
nothing, you got nothing to lose.)**

2016년 노벨문학상을 받아 세상을 깜짝 놀라게 한 밥 딜런(Bob Dyian)의 노래에 등장한 가사의 일부인데, 이 구절은 그가 1965년 7월 발표한 'Like a rollingstone'에 있다.

그런데 그보다 훨씬 더 오래전에 우리에게 이런 가르침을 제시한 현인이 있었다니? 그것을 상촌 신흠은 '얻는 것이 잃게 되는 근본'(得者失之根)이라고 표현하였다. 그 말을 뒤집어 보면 '얻은 게 없으면 잃을 것도 없다'는 뜻임을 금세 알 수 있다. 얻은 것이란 바로 가진 것을 말한다.

상촌은 이 시에서 삶에 대한 집착이나 연민 같은 것들을 저만치 떼어놓고 관조적으로 바라보고 있다. 그러나 시름이나 번민·근심과 같은 것들을 부정적으로 바라보지 않는다. 인생을 걱정과 떼어놓고 보지도 않는다. 매우 능동적인 삶의 자세를 읽을 수 있을뿐더러 '산에 오르면 정상까지 가야 하고, 물에 가면 그 원천을 찾아야 한다'는 표현에서는 삶에서의 목표 추구와 적극적인 의지를 엿볼 수 있다. 일인지하 만인지상一人之下 萬人之上의 지위에까지 오른 그의 삶을 이 시 한 편으로도 알 수 있는 것이다.

여기서 우리가 어떻게 살아가야 할지, 의미 있는 삶을 살아가는 한 방식을 제시한 노래가 있어 한 번 새겨볼 만하다.

1980년대 말까지 많은 사랑을 받았고, 지금도 많은 일본인들에게 전설적인 엔까(演歌) 가수로 기억된 미소라히바리(美空ひばり)의 노래이다. 그녀의 '인생 외길'(人生一路). 1970년에 발표한 이 노래는 우리가 어찌 살아가야 올바른 삶을 살 수 있을지를 아주 솔직하게 제시하였다.

한 번 정하면 두 번 다시 바꾸지 않아

이것이 내가 살아가는 길

울지 마, 헤매지 마, 고통을 이기고

사람은 바라는 걸 이루는 거야

깊은 눈 속에 파묻혀도 견디며

보리는 싹이 틀 봄을 기다려

살면서 시련에 몸을 맡기더라도

의지를 관철하는 사람이 되라

가슴에 근성의 불꽃을 안고

결정한 이 길 똑바로 가자

내일에 걸자 인생 외길

꽃은 고달픈 바람에 피는 거야

一度決めたら 二度とは変えぬ

これが自分の生きる道
泣くな 迷うな 苦しみ 抜いて
人は望みをはたすのさ
雪の深さに埋もれて耐えて
麦は芽を出す春を待つ
生きる試錬に身をさらすとも
意地をつらぬく人になれ
胸に根性の炎を抱いて
決めたこの道 まっしぐら
明日にかけよう人生一路
花は苦労の風に（咲）け

'꽃은 고달픈 바람에 피듯이 우리 인생도 바람 속에 무언가를 이룬다'고 하지 않는가? 무슨 일을 하든 미소라히바리가 노래한 대로 끝까지 밀어붙이는 자세야말로 무언가 한 가지 일을 성공적으로 이루어낼 수 있는 근간이 된다.

하지만 AI 로봇이 커피를 내리고 음식을 배달하는 지금의 4차산업혁명 시대에 그런 식으로 사는 건 오히려 쪽박을 차는 일일 수 있다고 말하는 이도 있다. 그때그때 상황을 봐가며 눈치껏, 자기 소신을 버리고 그저 소시민으로 살아가는 것이 오히려 낫다는 것이다. 때로는 포기할 줄도 알아야 하고, 변통을 잘해야 하며 에둘러 갈 줄도 알아야 한다는 것이다. 물론 그럴 수 있을 것이다. 그래서 "청년이여! 포기할 줄도 알아야 한다."고도 말하지 않는가. 인생 외길, 모든 걸 다 가질 수는 없다. 하나만 갖겠다면 대신 다른 건 놓아버려야 한다. 가며 가며 우리는 하나만 선택할 강요를 받는다, 긴 인생길 고비마다.

본론으로 돌아가서 상촌이 살아온 인생은 그의 잡체 시에도 잘 드러나 있다. 그의 '잡언삼구雜言三句 가운데 그 세 번째 수'는 사실 시가 아니다. 후인들에게 전하는 경구驚句이다. 꽃시 이야기를 하면서 주제 밖의 이야기를 하는 것이지만, 이왕 말이 나온 김에 잠깐 그 시를 보고 가는 게 좋겠다.

입이 있어도 말하지 않으니 없는 것이나 같고
한 맺힌 원한 풀지 않고 가슴을 채우니
밝은 태양은 무슨 일로 푸른 하늘 한가운데 있나
위로 하늘, 아래는 땅, 온 천지에 그물을 치고

활과 쇠뇌, 날카로운 주살, 칼과 창이 있으니

갈 곳 없는 새와 짐승은 어찌하라고

꿈 같은데 꿈 아닌 게 인간 세상이라

취하지 않고도 취한 척하는 인간들

취했나 꿈인가 어느 것이 진짜인가?

有口不言無口同

有寃莫洩空塡胸

白日何事靑天中

上天下地爲網羅

弓弩畢弋兼刀戈

飛走路絶其如何

似夢非夢人間世

不醉而醉人間人

醉兮夢兮誰是眞

역시 신흠의 『상촌집』에 실린 시이다. '인생은 꿈같은데 꿈이 아니다. 취하지 않고도 취한 척하는 인간들, 취한 것인가 아니면 꿈인가 어느 것이 진짜냐?'라는 구절은 정신이 번쩍 들게 한다. 늘 깨어있는 자세로 살아야 한다는 금언이다.

또 '취하지 않고도 취한 척하는 인간들'을 경계해야 함을 이르면서 취하지도 말고 늘 깨어있는 정신으로 살아야 한다고 가르치고 있다. 그 시대 상촌은 이미 뇌내혁명腦內革命이 진정한 혁명임을 이해했던 것일까?

상촌 선생이 '마음 가는 대로' 적은 시 한 편이 더 있다. 마음 가는 대로 썼으니 제목 또한 '마음 가는 대로 읊다'[漫吟만음]이다.

나 늙는 건 스스로 깨닫지 못하면서
꽃 지는 것만 마음이 아프다고 하니
해마다 봄바람이 불어오면 그 속에서
부질없이 멀리 나그네 되어 읊는다네
我衰不自覺
花謝還傷心
歲歲春風裏
空爲遠客吟

해마다 꽃과 함께 늙어가는 자신을 아파하기보다는 오히려 냉정해지는 자세이다. 좀 더 이성적인 모습을 잃지 않기 위해, 그리고 나 자신을 객관적인 시각에서 바라보기 위해 노력하고 있다. 저 꽃들과 마찬가지로 무한 세월 속에 서 있는 나 자신 또한 나그네인 것이다. '나'를 나그네로 인식하고, 나그네의 눈으로 사물을 바라보면서 꽃 지는 것이나 나 늙는 것이나 슬픈 건 매한가지라고 말하고 있다. 매우 안정된 마음에 관조적인 자세를 보여주는 시인데, 퍽이나 행복한 삶을 산 그의 인생을 감안할 때, 상촌 신흠의 삶을 이렇게 표현하면 어떨까?

"꽃 속에서 한가롭게 시와 향기를 얻었구나."(花間得句香)

적어도 그는 그런 삶을 살고 싶어 하였을 것이다. 바로 이런 것이 옛사람들이 자연에서 마음의 상처를 치유하던 방식이다. 신흠의 '마음 가는 대로 읊다'[漫吟만음]는 시는 정말 마음 가는 대로, 그리고 매우 직설적으로 자신의 심중을 털어놓았다. '내가 늙는 것은 깨닫지 못하면서 꽃 지는 것만 가슴 아파한다'고 한 것은 사람들에게 들으라고 한 말이다. 난 그걸 이미 알고 있기에 먼 곳으로 나가 유객遊客이 되어 시와 노래를 읊는다는 말을 하기 위해서.

아마도 '시를 짓고 그림 그리며 새롭게 정신수양을 하는' 시화신양詩畵新養의 삶을 살고 있음을 강조한 것인지도 모르겠다. 상촌의 또 다른 시 한 편. 우리 인생을 '백년百年'으로 그리면서 무언가 뭉클하게 가슴 치는 메시지를 전하고 있다.

백 년 살며 무던히 만 년 계책 세우고
오늘 살며 또다시 내일을 걱정하지만
힘들게 사는 일생 끝에 가선 무엇에 쓸까
북망산 무덤들 그 모두가 공후였다네
百年便作萬年計
今日還爲明日憂
役役一生終底用
北邙丘壟盡公侯

백 년도 못 사는 인생 천 년 만 년 살 것처럼 거창한 계획을 세우고, 오늘을 사는 것만도 버거운데 내일 걱정부터 하는 모습을 꼬집고 있다. 시에서 말한 공후公侯는 공신과 제후를 가리킨다. 제아무리 뽐내봐야 왕후장상이라도 모두 북망산에 묻혔더라며 부질없는 인생을 말하고 있다. 평생을 열심히 산 그였지만, 말년에는 인생무상을 느끼며 몹시도 허무해했던 것 같다.

인생을 말하다 보니 석주 권필의 시 한 편이 생각난다. 그의 '술회述懷'라는 시인데, 백발이 되어가던 어느 해 세모에 고뇌에 찬 인생을 돌아보며 쓴 일종의 회상기이다. 시에는 혼탁한 세상과 타협하지 않고 자신의 깨끗하고 올곧은 마음과 신념을 지키며 살다 보니 세상으로부터 자신이 소외되었음을 잔잔히 설명하고 있다. 한 시대를 바르게 살아가려 애썼으나 세상은 자신의 뜻과 거리가 멀었다는, 지식인의 고뇌 그리고 과연 어떻게 살아야 하는지에 대한 깊은 번민이 시 전편에 흐르고 있다.

아침 해는 어느 곳에서 오며
저녁 해는 어느 곳으로 가는가
아침 가고 저녁 오는 사이
어느덧 이처럼 백발이 되었구나
소년 시절에는 뜻과 기운 씩씩해

큰 기세로 이윤이나 여망[1]

처럼 되려 했었지

둥근 것과 모난 것이 어찌 서로 맞으리

내 뜻이 세상과는 진실로 어긋났으니

처음에는 비방과 칭찬 많았고

끝내는 친한 벗이 적어졌구나

하물며 전란의 시국을 만났으니

타향에서 피난하며 고생하였지

객지에서 죽음은 요행히 면했지만

질병이 생기는 건 당연한 일

밝고 깨끗한 평소의 마음을

누구에게도 말하지 못해 울적하여라

손으로 국화 꽃잎을 따서

고당의 여인에게 주고자 하건만

좋은 만남은 기약하기 어려워

세모에 그저 우두커니 서성일 뿐

朝 日 自 何 來

1) 呂(려)는 강태공(姜太公) 여상(呂尚)을 가리킨다. 그를 태공망(太公望)이라고도
불렀으므로 두 이름을 합쳐서 여망(呂望)이라고도 한다.

夕日向何去
一朝復一夕
白髮遽如許
少年志氣壯
長嘯望伊呂
方圓豈相謀
與世實鉏鋙
始也多毀譽
終焉過儔侶
況逢干戈際
漂迫忍羈旅
溝壑幸而免
疾病固其所
皎皎平生心
壹鬱誰與語
手掇秋菊英
願貽高丘女
佳期未易得
歲暮徒延佇

국화꽃을 따서 바치려던 고구高丘(높은 언덕)의 여인은 선녀인가, 아니면 구중궁궐 고당高堂[대궐, 높은 집]의 국왕인가? 그것도 아니면 권필이 그리는 이상향인가? 좋은 만남 이룰 수 없음을 잘 알기에 마음 둘 곳도, 앞으로 가야 할 곳도 알지 못하는 심정임을 드러내고 있다. 시 가운데 이윤伊尹은 중국 은나라(기원전 1600~1044) 초기 중훼仲虺라는 사람과 함께 탕왕湯王[2]을 보필한 신하의 이름. 여망呂望은 주周 문왕과 무왕 부자를 섬겨 은 왕조를 멸망시키고 주周 왕조를 연 강태공姜太公 여상呂尙의 다른 이름.

당송 시대 이래로 중국 시풍의 영향을 받은 고려와 조선의 문사와 시인들 사이엔 몇 갈래의 시풍이 있었다. 천재적인 시재詩才로 단박에 시상을 뱉어내던 이백 풍의 부류와, 백 번을 생각하고 다듬어서 조심스럽게 내놓는 두보 시풍의 문사들, 회화시 계열의 왕유 시작법을 따르는 이들, 그리고 그 외 몇몇 부류가 더 있었다. 권필과 그의 아버지 권벽은 두보의 시풍을 연구하고 추종한 사람이었다.

───────────────────────────

2) 탕왕은 은 왕조의 실질적 창업자로서 무왕(武王)으로도 불린다.

권필은 청년 시절 품었던 원대한 꿈도 이루지 못했고, '동
그라미'와 '네모'가 서로 맞지 않는 것처럼 자신은 세상과 맞
지 않았다며, 지나온 자신의 삶을 우울한 마음으로 적어 내
려가고 있다. '평생 가져온 밝은 마음, 누구와도 말한 적 없
어 울적하다'며 세모의 스산한 마음을 토로하였다. 우리는
여기서 다시 고민하게 된다. 세상에 맞춰 살려 허둥대는 삶
이 옳은 것인가, 세상과 타협하지 않고 권필처럼 밝고 깨끗
한 마음을 지키며 사는 것이 옳은 것인가.

권필이 간 길을 택하는 이는 드물 것이다. 대개는 허둥대
는 삶에 '정말 허둥대다가' 인생을 끝내게 된다. 그게 아니면
적당히 타협하며 사는 게 인생이라며 별로 떳떳하지 않은 삶
의 방식으로 누군가를 가르치려 하거나. 여기서 우리는 절규
하게 된다. 정녕 다른 선택은 없는 것일까를.

높은 이상과 꿈을 가졌을지라도, 현실의 높은 벽과 자신이
처한 여러 가지 사정 탓에 대개는 꿈을 접고 소박한 삶을 산
다. 그것이 선택이냐 아니냐를 따지는 것조차도 사치인 사람
이 있을 수 있다. 학교를 졸업하고 결혼하여 아이가 생기고,
그 아이가 자라 또 나를 따라 그대로 사는, 판에 박힌 라이프
히스토리(Life History)를 갖는 것이 우리네 평범한 이들의 모

습이다. 그런 삶의 일면을 산운山雲 이양연李亮淵의 시에서도 볼 수 있다. 그의 시 '아막제兒莫啼'인데, 이것은 '아이야 울지 마라'는 의미이다.

자장자장 우리 아가 울지를 마라
울타리 바로 옆에 살구꽃 피었다
꽃이 지고 살구가 곱게 익거들랑
너랑 나랑 둘이서 같이 따먹자
抱兒兒莫啼
杏花開籬側
花落應結子
吾與爾共食

우는 아이를 품에 안고 조용히 어르며 달래는 중이다. 지금 울타리 밖에는 살구꽃이 피어 있다. 저 꽃이 지면 응당 열매를 맺을 터. 곧 익거든 함께 따 먹자며 아이를 재운다.

하지만 이것은 우리가 늘상 들어왔던 자장가는 아니다. 살구꽃과 노란 살구, 그리고 아이의 얼굴이 떠오르긴 하지만 그들 사이에 무언가 서로 긴밀하게 연계되는 이미지가 없다.

무엇일까? 이양연의 자식에 대한 애정은 남달랐다.

그러나 애석하게도 그는 일찍 아내도, 자식도 잃는 불운을 겪었다. '슬픔을 피해서'라는 시는 그 무렵의 절망적 상실감을 애써 안으로 녹이는 작자의 모습을 전해 주고 있다.

이양연의 '슬픔을 피해서'[躲悲타비]는 아내와 아들을 잃은 가장의 슬픔을 노래한 시이다. 집에 들어왔으나 늘 있던 아내도 자식도 모두 없다. 쓸쓸한 집에 들어서다 보니 슬픔이 북받쳐 올라 다시 문을 나온다. 집 밖 어딘가에 있을 것만 같아 주변을 돌아본다. 다시 들어와 집 안을 둘레둘레 더듬어 본다. 없다. 또다시 문을 나와 건너다보니 남쪽 산언덕엔 살구꽃이 가득하다. 아름다운 봄, 하물며 저 백로들도 가족이 있는데. 지금 자신에겐 아무도 없다. 외톨이가 된 가련한 신세. 따사로운 봄바람마저도 차갑고 스산하게 느껴진다. 마치 눈보라 휘몰아치는 겨울 들판에 홀로 서 있는 듯한 착각에 빠진다. 단순히 눈에 들어온 풍경을 읊은 것이지만 눈물겹도록 슬프다. 시인이 서 있는 계절, 사방에 보이는 풍경이 아름다워서 더 슬플 것이다.

문에 들어왔다가 다시 나가서

머리 들어 여기저기 둘러보네

남쪽 언덕에는 살구꽃 피었고

서쪽 물가엔 백로 대여섯 마리

入門還出門

擧頭忙轉矚

南岸山杏花

西洲鷺五六

　연분홍 살구꽃과 흰 백로 떼의 색상 대비. '아름다움으로써 슬픔을 극대화하기 위한 작자의 의도된 설정'은 시를 다 읽고 나서야 느낄 수 있다. 이별을 겪어본 뒤에야 그 슬픔의 깊이를 알 수 있다. 스스로 겪어보지 않고서는 '이별'이라는 말은 그저 하나의 관념일 뿐이다. 함께 해야 할 사람과 헤어진다는 것은 견디기 힘든 어려움이다. 담뿍 사랑과 정이 든 이라면 말할 나위가 없다.

　예로부터 "부모는 죽으면 땅에 묻고, 자식은 죽으면 가슴에 묻는다"고 일러왔다. 겪어본 사람만이 그 말이 가슴에 절절이 와 닿을 것이다. 죽은 자식을 가슴에 묻고 애통해하는 모습은 허난설헌의 시 '곡자'(哭子, 아이를 곡한다)에서도 강렬하게 다가온다.

지난해 사랑하는 딸을 여의고

올해엔 사랑하는 아들 잃었네

서러워라 서러워라 광릉 땅이여

두 무덤 나란히 마주하고 있구나

사시나무에 쓸쓸한 바람이 불고

숲속 도깨비불 밝게 빛나네

종이돈 살라 너희 넋을 부르며

너희 무덤에 술 따르며 제 지낸다

너희 오누이 넋이야 응당 알고서

밤마다 서로 어울려 놀겠지

비록 아이를 다시 갖는다 해도

어찌 잘 자라길 바랄 수 있으랴

부질없이 황대사를 읊조리다 보니

애끓는 피눈물에 목이 메인다

去年喪愛女

今年喪愛子

哀哀廣陵土

雙墳相對起
蕭蕭白楊風
鬼火明松楸
紙錢招汝魂
玄酒奠汝丘
應知弟兄魂
夜夜相追遊
縱有腹中孩
安可冀長成
浪吟黃臺詞
血泣悲吞聲

　작자의 애끓는 심정은 마지막 행 혈읍비탄성(血泣悲吞聲)이란 말속에 잘 녹아 있다. 피눈물에 하도 비통하여 울음소리마저 삼킨다는 것이니 얼마나 비통한 일이랴! 보내고 그리는 심정은 처절하다. 그에 버금가는 그리움이 서로 헤어져 있으면서 보지 못하는 일일 것이다.

　봉래蓬萊 양사언楊士彦(1517~1584)은 조선의 명필이자 이름난 시인이었다. 그의 문학적 섬세함이 그려낸 '불견不見'이라는 시에서 그리운 이를 그리는 마음은 더욱 깊어 보인다. '그대를 보지 못해서'[不見]라는 의미의 제목인데, 이 시에서 그가 그리워한 이는 누구였을까?

> 해마다 보지 못해 오래도록 못 보고
> 그리움은 날이 갈수록 거듭 그립건만
> 오래 그리던 사람 오래 볼 수 있다면
> 인간 세상 이별 있음을 어이 한탄하랴
> 不見年年長不見
> 相思日日重相思
> 長相思處長相見
> 何恨人間有別離

반드시 멀리 있는 것이라 해서 그리운 건 아니다. 가까이 있어도 그리운 건 그립다. 양사언에게는 백옥白玉이라는 딸이 있었다. 그 딸을 시집보내고, 자식을 보고픈 그리움을 담은 시였다. 양사언의 이 시는 '이별이 없으면 그리움도 없다'는 평범한 진리를 우리에게 일러준다. 이별이 있기에 그리움이 깊고, 그 이별마저 아름다운 것이라는….

한 해를 보내고 또 한 해를 맞을수록, 한 계절을 보내고 다른 계절을 맞을 때마다 그리움도 커가고 텅 빈 마음 허탈해지는 우리네 인생사를 되씹어보게 하는 시이다. 딸을 그리며 함께 누군가를 그리워했건만, 그를 찾아준 사람이 뜸했던 때에 쓴 것일까? 양사언의 시 가운데서 마음에 가장 오래 남는 시 가운데 하나라고 하겠다.

인생을 어떻게 살 것인가, 의식 있는 사람이면 늘상 고민하는 문제일 것이다. 그런 고민을 할 때 한 번쯤은 떠올려 볼 만한 시가 있다. 갈암葛庵 이현일李玄逸(1627~1704)의 '병중서회(病中書懷)'라는 시이다.

쓸쓸하고 덧없는 인간 세상
살아온 세월 어언 팔십 년
살아생전 무슨 일을 했나?
하늘에 부끄럽지 않으려고
草草人間世
居然八十年
生平何所事

要不愧皇天

말은 쉽지만 글쎄, 어떻게 살아야 부끄럽지 않은 삶이 될 것인지는 각자 알아서 할 몫.

임진왜란 때 의병활동을 한 인물로 안방준安邦俊 (1573~1654)이라는 사람이 있었다. 그는 전쟁의 소용돌이 속에서 임진왜란을 겪은 몇 가지 기록을 남겼는데, 그중 하나가 「은봉야사별록(隱峯野史別錄)」이라는 것이다. 그가 남긴 글 가운데 구잠(口箴, 입을 경계하는 말)이라는 게 있다.

말해야 할 때 말하고
말해서 안 되는 거면 말하지 마라
말해야 할 때 말하지 않는 것도 안 되고
말하면 안 되는데 말하는 것 또한 안 되네
입아! 입아!
이와 같이만 하거라.

言而言
不言而不言
言而不言不可

不言而言亦不可
口乎口乎
如是而已

　箴(잠)이란 '경계하다' '조심하다'는 뜻. 그러니까 구잠(口箴)
은 입을 경계한다는 것으로, 일종의 잠언(箴言)이라고 할까?
살아가는 데 도움이 되는 글이라 생각되어 소개하였다.

세상 밖에서 삶을 관조하다

'돈과 권력, 명예 그리고 또 자신이 갖고 싶은 것을 다 가진 사람이 세상에서 제일 무섭더라'고 말하는 이들을 보았다. 다 가졌으니 남에게 도움을 청할 일도, 아쉬운 것도 없고, 남이 모두 내 발아래에 있는 것처럼 보이니 못할 짓이 없다고 생각한다는 것이다. 과연 가질 것을 다 가졌다고 해서 무소불위(無所不爲)의 삶을 살 수 있는 걸까? 물론 그럴 수도 있다. 돈과 권력, 명예 셋을 다 가졌다면 일단 그 사람은 자신이 속한 사회에서 몇 안 되는 행운아다. 보통 사람이라면 그중 하나만 가져도 행복한 삶일 수 있다.

그러나 분에 넘치게 그 셋에 집착하여 몸을 망치고 가정을 깨트리는 이들을 어렵지 않게 본다. 물론 평범한 사람들은 지나친 욕심을 버릴 줄도 안다. 남자가 지나친 탐욕을 갖게 되면 자신의 목숨을 내놓을 각오를 해야 한다. 과도한 욕심을 갖지 않고 악다구니 같은 삶의 현장에 있을수록 그 아수라장을 벗어나 마음을 멀찍이 둘 필요가 있다. 몸은 세상 속에 있으나 마음은 세상 밖에 두고 삶을 견주어 보는 노력이 필요하다. 그래야 마음을 차분히 가라앉힐 수 있고, 그래야만 우아하고 고급진 지식인, 멋진 문화인이 될 수 있다. 그렇다고 현실로부터 멀찍이 도피하라는 말은 아니다. 예로부터 각박한 삶에서 비켜나 잠시라도 마음을 추스르고 정신을 온전하게 수습하려는 노력을 끊임없이 기울인 이들이 있었다.

신흠은 『상촌집』「청창연담晴窓軟談」에서 임억령을 이렇게 평가하였다.

"석천 임억령은 시인이다. 뛰어난 기질이 있어 남들과 서로 어울리지 않았고, 시속을 따라 행동하지도 않았다. 이백의 시를 배우려 노력하였다. 언젠가 그의 소절小絶 한 수를 읊어 보았다."

유교와 도덕을 중시하던 조선 사회에서, 그것도 최상류층의 인사가 임억령을 기품 있는 인물로 그렸으니 그의 판단이 옳을 것이다. 그런데, 왜 지금의 우리는 더 많은 것을 배우고, 임억령이 살았던 시대보다 수백 년이 지나 문화가 발전하고 삶이 윤택해진 사회에 살고 있건만 그보다 더 뛰어난 인품을 지닌 인물은 없는 것일까? 유교와 도덕을 중시하던 조선 사회에서 훌륭한 인물은 매우 많았다. 임억령은 그런 인물 가운데 한 사람이었을 뿐이다. 임억령이 언젠가 꿈에서 "바람이 마른 잎을 나부끼어 강 언덕에 지고 구름은 먼 산을 안고 바다 위에 솟아난다(風飄枯葉江岸墮 雲抱遙岑海上生)라는 시 한 구절을 얻었는데, 후일 관동 지역 관찰사가 되어 삼척 죽서루에 올라가 보니 거기서 보이는 것들이 꿈에서 본 것과 같았다."는 이야기도 전한다. 꿈이 미래의 일을 예지하는 사례가 흔히 있으니 사람의 앞일은 누구도 모르는 일.『조선왕조실록』「선조수정실록宣祖修正實錄」 선조 19년 10월 기록에는 "임억령은 자신의 아우 임백령이 어진 사람을 해치는 것을 보고, 놀라서 외지로 나가서 세상을 등지고 살았다."고 하였다. 상촌 신흠은 임억령을 높이 평가하면서 또 다음 시를 소개하였다. 역시 임억령의 시이다.

어떤 사람이 물가에 기대어 서 있는데
해오라기 한 마리도 여울가에 멈춰 섰네
머리털이 흰 것이야 서로 비슷하다마는
나는 한가한데 해오라기는 여유가 없네
人方憑水檻
鷺亦立沙灘

白髮雖相似
吾閒鷺未閒

아마도 물가 나무에 기대어 서 있는 사람은 바로 시인 임억령일 것이다. 그리고 이 시를 읽는 독자이다. 시인은 그렇게 설정하였다. 해오라기를 등장시켜 흰 머리칼이 자신과 같음을 강조하였지만, 정작 시인이 해오라기를 데려온 뜻은 다른 데 있다. 자신에게는 없는 것으로써 자신이 갖고 있는 것을 대비시켜 서로 돋보이게 하고자 함이다. 늘 물고기에 대한 미련으로 바빠야만 하는 해오리기와는 정말 다른, 물욕이 없는 삶을 살고 있다는 뜻을 자신의 입으로 바로 말하기가 싫었던 것이다.

이 시를 두고 신흠은 "세상을 흘겨보며 자신의 멋대로 살려고 하는 호방한 뜻을 알 수 있다."(『상촌집』 제 60권 청창연담)고 평가하였다. 그러나 세상을 곁눈으로 흘겨보았다기보다는 차라리 비켜서서 관조하였다고 평가하고 싶다. 어느 시대든 자신의 삶을 잘 다룰 수 있는 '은둔고수'들은 있었다.

조선 후기 4대 시인 중 한 사람인 초정楚亭 박제가朴齊家

(1750~1805)의 '뜨락에 누워'[庭臥정와]라는 시에는 어찌 보면 현실 도피적인 분위기가 있다. 그럼에도 그것이 고답적으로 보이지 않고, 청아하게 느껴지는 것은 세속적인 것을 비웠기 때문이다. 더구나 여기엔 비관이나 비애의 정서가 철저히 배제되어 있다. 바탕에는 의도된 무욕의 정서가 깔려 있어 마치 선승禪僧의 삶을 들여다보는 것처럼 느껴진다.

하늘이 어찌나 푸른지
어디든 구름 한 점 없다
거미줄은 그 사이로 하늘거리고
햇살은 허공에서 눈부시게 희롱한다
마음은 간들간들 함께 멀어져 가니
아득하여라 한바탕 꿈이었으면
青天一何碧
了無雲彩動
蛛絲颺其間
日色空中弄
嫋娜心俱遠
茫茫欲成夢

정원에 드러누워서 멀리 하늘을 바라보는 정경을 묘사한 시처럼 느껴진다. 푸른 하늘을 배경으로 거미줄이 하늘거리고, 수시로 달라지는 햇빛이 눈부시다. 눈길 닿는 데까지 바라본 하늘. 그곳으로 마음도 달아나는 것 같다. 멀리 하늘을 바라보니 아득하다. 깊은 계곡 조용한 곳에서의 초탈한 삶을 마치 한바탕 꿈처럼 표현하였다. 꿈인 듯 꿈 아닌 것이 우리네 인생이다. 이와 같이 옛사람들은 항상 탈속脫俗을 꿈꾸었다. 도성의 거리 외에는 어디나 문밖을 벗어나면 산과 물, 초목으로 전원적인 경치가 펼쳐져 있던 시절이었음에도 옛사람의 시에는 이처럼 늘 인적이 드문 청산에 깃들고 싶어 하는 정서가 깊게 스며 있다. 인간 세상에 살면서 세상 밖의 세계를 동경하고 있었던 것이다. 오늘을 사는 우리네 개미 떼 같은 인생처럼 삶의 무게를 벗어나고픈 욕구를 드러낸 것이었을까?

우리의 삶은 시간을 떼어놓고 생각할 수 없다. 자신에게 주어진 '일생의 시간'을 얼마나 잘 쓰고 갈지는 각자의 몫이지만, 같은 시간을 살아도 하는 일의 종류와 밀도, 성취도에 따라 자신이 가꾸는 일생은 천차만별 격이 달라진다. 그렇다고 원대한 계획을 세우고 일에 쪼들려가며 시간과 싸우다 보

세상 밖에서 삶을 관조하다　　357

면 오래지 않아 몸이 견딜 수 없다. 일주일에 3~4일, 낮에는 도심에서 일하고, 숲이 그윽한 전원주택으로 출퇴근하는 호사스런 삶을 사는 이들이라면 더 바랄 게 없을 것이다. 그러나 그렇지 못한 개미 인생들은 늘 고단하고 서럽다. 백 년도 못 살면서 아등바등 죽도록 일만 하며 사는 이들을 놓고, "살 줄만 알고 죽을 줄은 모른다"고 핀잔을 주기도 하는데, 말대로 '죽으면 다 그만'이다. 죽음이 찾아오기 전에 한시라도 빨리 자신만의 꿈 대로 삶을 가꿀 수 있으면 얼마나 좋을까?

정도전鄭道傳(1342-1398)의 친구 김익지는 청산에 살며 속세로 나오지 않았던가 보다. '김익지를 찾아가다'[訪金益之방김익지]라는 제목의 시(『삼봉집』)에서 정도전은 자신이 다리 건너 서쪽 숲속으로 친구를 찾아가던 날의 모습을 전하고 있다. 이런 시들을 보면서 우리는 어이하여 옛사람들은 은일隱逸의 삶을 그토록 추구하였던가 하는 의문을 갖게 된다. 본래 은일은 속세를 떠나 숨어서 사는 것을 의미하는 말로, 처음에 중국에서는 서일棲逸이라고 하였다. 서일은 산림에 은거하는 것을 말한다. 똑같이 '숨어 산다'는 뜻. 이런 풍조가 생긴 데도 역사와 배경이 있다. 조조가 창업한 위魏 나라의 조씨曹氏 정권과 사마중달司馬仲達의 사마씨 정권 교체기인 3세기 중반 두 세력 사이의 권력투쟁이 치열하였다. 그때 사마씨 정권에 협조하지 않고 화를 피해 많은 명사들이 도망쳐 산림에 은거하였다. 이와 같이 정치적으로 매우 불안한 환경에서 이른바 '자연주의'로 말할 수 있는 노장老莊 사상이 유행하였으며, 그때 세상을 등지는 이들이 많았다. 이 일이 있은 뒤로 정권 밖으로 벗어나 산림으로 숨는 은일의 풍조가 유행하였고, 일부는 고사高士인 양 처세하는 경우도 있었다. 하지만 그것이 단순한 현실도피는 아니었다. 때로는 정치적으로 자신의 몸값을 높여 흥정하기 위한 수단으로 이용하기도 하였다.

이러한 풍조가 고려와 조선에서는 다른 방향으로 정착되었다. 글을 익힌 지식층들은 '자연이 가장 훌륭한 스승'이라는 신념을 가졌던 듯하다. 물론 각박한 생업에 시달림을 받지 않았던 이들이 주도한 이런 사조는 후일 현실도피적인 흐름을 자아낸 측면도 없지 않았으나 지배층의 청빈과 무욕, 겸허함과 같은 덕목을 강조하는 효과는 얼마간 있었다. 그것은 후일 조선 사회에서 청백리(淸白吏)를 추구하는 사조로도 발전하였다.

정도전이 친구 김익지를 찾아가는 길을 그린 시에서도 지난한 현실 세계로부터 격리된 청산 속의 삶이 잘 드러나 있다. 논 갈고 밭 갈아 먹고만 살던 시대에나 가능했던 이런 삶들이 AI로봇이 등장하고 4차산업혁명을 걱정해야 하는 이 시대에는 꿈같은 허황한 일로 들릴 수 있다. 그러나 삶이 각박할수록 꿈을 키워야 하고, 마음에 풍성한 콘텐츠를 담아 역량을 키워야 할 것이다. 여기서 콘텐츠란 단순한 지식을 말함이 아니다.

빈터 안개로 어두운데 나무들 높이는 들쭉날쭉
사람 다니던 발자취는 풀에 묻혀 길이 희미하네
그대 집을 바로 옆에 두고도 찾지를 못하는데
밭 갈던 노인 등 돌리고 다리 서쪽을 가리키네
墟煙暗淡樹高低
草沒人蹤路欲迷
行近君家猶未識
田翁背指小橋西

정도전은 친구 김익지를 오랜만에 찾았던가 보다. 그것이 아니면 낙엽 진 뒤에 들렀다가 녹음이 우거진 뒤에 다시 찾고 보니 집이 어디에 있는지를 냉큼 찾지 못한 것이거나. 높고 낮은 나무들이 빽빽이 들어서 있고, 안개가 앞을 막고 있으며, 길은 풀에 묻혀 어디로 가야 할지 분간하지 못하고 있는 것으로 보아 그렇게 판단할 수밖에 없다. "분명 이쯤 어딘가에 있었는데"라며 더듬거리고 있는데, 소를 데리고 밭을 갈던 노인은 반대편 작은 다리 건너 서편에 김익지의 집이 있노라고 알려주고 있다. 김익지는 초목이 무성한 숲속 개울 건너 인적 드문 곳에 살고 있다. 선인仙人처럼 살아가는 친구 김익지는 청산에 숨어 살았기에 천수를 누렸을 것이라는 짐작을 하게 된다. 선仙이란 글자는 본래 '산에 사는 사람'을 의미하였다. 그것이 나중에 '신선'으로 정착되었는데, 아마도 정도전은 친구 김익지를 산에 사는 신선으로 그리고 싶었던가 보다. 정도전을 맞은 김익지의 모습이 어떠했을지 궁금해진다.

 청산에 살기를 바랐던 옛사람들의 마음은 정철鄭澈(1536~1593)의 '중흥사를 방문하다'[訪中興寺방중흥사]라는 시에도 잘 드러나 있다.

세상 밖에서 삶을 관조하다   361

중흥사를 한 번 다녀간 지

덧없이 흐른 세월 이십 년

청산은 옛날 그대로 푸른데

머리엔 이미 백발이 가득해

一別中興寺

悠悠二十年

靑山猶舊色

白髮已瀟然

중흥사가 있는 청산과 20년 세월이 지난 뒤의 백발로 인
생무상을 그렸다. 이 시 속의 중흥사는 북한산 증흥사 터에
있던 절일 것이다. 조선 시대엔 삼각산 중흥사라 하였다. 그
러나 그 절이 어디에 있던 절이든 그건 별로 중요하지 않다.
다만 중흥사를 품은 곳은 깊숙하여 사철 푸른 산이다. 20년
이란 세월이 흐르는 사이에 시인 정철의 검은 머리칼은 백발
이 되었다. 그 백발과 대비시키려는 의도에서 청산과 중흥사
를 동원하였다. 중흥사는 시간의 흐름을 말하기 위한 무대장
치이다. 청산과 백발의 청백 대비로써 청산은 변함없는데 인
생은 무상함을 극적으로 표현하였다. 이것은 정철 자신의 늙

음을 말한 것이지만, 후일 연암 박지원의 시에서는 그것이 보다 객관화되어 있다. 머리 하얀 노인이 '나'에서 제3자의 누군가로 옮겨간 것이다.

나비들의 꽃 희롱 한창 극성이라 말하지만
사람은 나비 따라 꽃과 인연 맺으려 쫓아가네
푸른 가지 너머에 노니는 한낮의 봄은 푸르다
거리엔 붉은 연기 자욱하고 사람들 떠들썩하다
새 소리 다른 것은 너희들 각자의 뜻이라지만
곳곳에 피는 꽃은 저 하늘에 맡겨둔 일이지
이름난 동산에 앉아 보니 소년의 검은 머리 없고
머리 하얀 노인들이 작년과 다른 게 서글퍼라

戱蝶何須罵劇顚
人還隨蝶趁芳緣
春靑晝白遊絲外
共哄烟喧紫陌前
各各禽啼容汝意
頭頭花發任他天
名園坐閱無童髦

白髮堪憐異去年

이것은 『열하일기』의 저자 박지원이 남긴 '필운대의 꽃구경'[弼雲臺賞花필운대상화]이라는 작품이다. 곳곳에 꽃 피고 새 지저귀는데 거리는 사람들로 북적이며 시끄럽다. 그 속세와 약간 거리를 두고 있는 한양 서쪽 꽃동네. 여기서 꽃 피는 봄을 청춘으로 이해할 수 있으리라. 박지원의 '꽃동네'에 핀 꽃은 살구꽃이었다. 그 마을에 소년은 간 데 없고 백발의 노인들만 모여 있는 모습을 그렸으니 봄과 꽃, 청춘, 노년 그리고 노인이라는 시어들이 각기 서로 연관을 갖는다. 시간 속에 피고 지는 꽃이나 세월 속에 오고 가는 인생을 중첩시켜 시를 읽는 이들로 하여금 애상의 세계로 데려간다.

이 필운대에 관해서는 정조와 관련된 기록에서 알 수 있다. 1795년 3월 7일 정조는 세심대洗心臺에 올라가 꽃을 감상하고 편을 나누어 활을 쏘게 하였다. 임금이 도총관都摠管 이민보李敏輔에게 말했다.

"매년 이 행차에 경들과 함께 올라왔다. 신해년(1791년) 봄에 내가 지은 시 가운데 '자리에 앉은 많은 백발 노인, 내

년에도 지금처럼 술잔 들으리.(坐間多皓髮 來歲又今樽)'라는 구절
이 있었고, 그 이듬해의 이 모임에서 지은 시에도 '마음에 맞
는 동서울 노인, 탈 없이 시 짓고 술잔 드누나.(會心東洛老 無恙
又詩樽)'라는 구절이 있었는데, 이 모두가 경을 가리킨 것이었
다. 오늘의 놀이 역시 경이 전담해야 하겠다."

이어 편여便輿를 타고서 선희궁宣禧宮 북문을 나갔다. 나
이 60세가 넘은 신하들에게 모두 지팡이를 하사하여 산을
오르는 데에 편하게 하라고 명하였다. 마침내 옥류천玉流泉
을 따라 수십 보步를 지나가서 세심대에 이르렀다. 임금이
장막을 친 곳에 올라가 앉아 영의정 홍낙성洪樂性과 우의정
채제공蔡濟恭을 불러 보고 말했다.

"매년 이때가 되면 꼭 이 세심대에 오르는데 이는 경치 좋
은 곳을 찾아 꽃을 감상하기 위해서가 아니다. 이곳은 대개
경모궁景慕宮을 처음 세울 때 터를 잡았던 곳이기 때문이다.
내가 어찌 한가하게 즐기려고 그러는 것이겠는가. 옛날 을
묘년에 나라의 경사가 있고 나서 세상을 뜬 영성군靈城君이
여러 재상들과 함께 필운대弼雲臺에 모여 기뻐하면서 축하

하는 마음을 편 적이 있었다. 그때 영성군이 지은 시 가운데 '해마다 태평주太平酒를 마시며 길이 취하리.[每年長醉太平杯]'라는 구절이 있었는데, 그 필운대가 바로 이 세심대이다. 경들은 혹시 그런 일을 들어 알고 있는가.”

인왕산 자락, 종로구 필운동에 있던 필운대와 세심대에 관한 이야기이다.

한편 유득공은 조선 후기의 시인 가운데 왕유의 시풍을 본받은 시인이었다. 그의 시를 읽다 보면 한 편의 그림을 보는 듯하다. 다음 작품은 동양화 화조도花鳥圖 한 폭을 감상하는 듯한 착각에 빠진다. 육각봉하 이습독원정(六角峰下 李習讀園亭)이라는 시이다.

뜰 앞의 모래알보다도 흰데
어울려 앉아 있자니 봄날은 길어
꽃 그림자 의젓하여 까딱 않는데
움직이는 것이라곤 한 쌍의 나비
나비 날며 동편 담을 지나간 뒤
꽃만 질 뿐 온 집안이 조용하여라

庭沙皓於粉

并坐春日永

花影儼不動

動是雙蝶影

蝶飛過東墻

花落茅茨靜

　이것은 단순히 눈에 보이는 정경을 읊은 것이지만, 그가
그린 것은 정태적 서경이 아니다. 한 쌍의 나비를 등장시켜
꽃이 지는 가운데 바쁘게 움직이는 나비의 모습을 그리고 있
다. 흰 모래와 흰 나비의 대조, 바람 한 점 없이 조용한데 이
따금씩 꽃이 지고 있고, 그 속에서 나비가 움직이는 풍경을
묘사함으로써 봄날의 고즈넉한 분위기를 반전시키고 있다.
　고려 말의 정치가이자 시인이었던 이숭인李崇仁(1349~1392)
의 또 다른 시 한 편. 시제는 제승사題僧舍이다. '승려가 머
무는 집에 쓰다'는 뜻. '승사'는 절간을 이른다. 그것을 요사
寮舍 또는 요사채로도 부른다. 요사나 승사는 모두 중이 머
무는 절간을 이른다.

산속 오솔길 남과 북으로 나뉘어 있고

송홧가루 비를 머금고 어지러이 날리네

도인은 물을 길어 띠집으로 돌아가는데

한 줄기 푸른 연기가 흰 구름을 물들이네

山北山南細路分

松花含雨落繽紛

道人汲井歸茅舍

一帶靑煙染白雲

산을 가운데 두고 북으로 가는 오솔길과 남으로 가는 두 갈래 길로 나뉘어 있다. 봄비에 송홧가루 어지러이 날리고 있는 가운데 도인(道人, =중)은 물을 길어 절간으로 돌아가고 있다. 흰 구름 떠 있는 하늘로 한 줄기 푸른 연기가 솟아오르고 있다. 작자는 하늘에서 내려다보듯 전지적 입장에서 산사의 승려와 그 주변 경치를 그려내었다. 절간의 승려처럼 속세를 떠나 청산으로 가고픈 심정을 얹어놓은 것인데, 황준량의 고주(孤舟, 외로운 배) 역시 바로 그런 마음 세계를 보여준다.

사람 없어 하루 종일 누워 있고

온 강의 비바람에 홀로 외롭네

하늘 한가운데 달빛 가득 싣고

배를 저어 5호로 가고 싶다네

無人橫盡日

風雨一江孤

滿載中天月

相携泛五湖

  강을 건너는 사람이 없으니 배도 온종일을 옆으로 누워 있다(無人橫盡日). 한 줄기 외로운 강에는 비바람. 그 비바람은 무엇을 말하는 것일까? 긴 강의 빈 배는 외로움 그 자체다. 그러나 이것은 눈에 보이는 현상들을 말하는 게 아니다. 화자의 내면세계를 요약한 것으로 이해할 수 있다.

  즉, 이런 심상이 바로 '마음을 비워 사람을 받아들인다'는 이허수인以虛受人의 경지를 말하는 것이리라. 살다 보면, 샤일록(Shylock)처럼 제 이익만을 지독하게 따지는 냉혹한 이들, 허풍과 자기주장, 독선과 오만, 지나친 우월의식 같은 것으로 주변 사람을 힘들게 하는 이들을 가끔 만난다. 얄팍한 지식으로 다른 사람을 얕보거나 가진 게 있다 해서 가진 것 없는 이들을 깔보는 부류도 마찬가지. 가시 돋힌 물건처럼 가까이할 수 없는 것들이다. 나를 비워서 경계를 허물어야 사람이 내 주변에 가까이 머물 수 있는 법. '이허수인'은 바로 그런 경지에 올라 '겸양의 자세'를 갖고 있는 사람을 이른다. 바로 이런 사람이라야 주변에 사람이 모이게 되고, 그래야 비로소 부자가 될 수 있다. 주변에 사람이 없는 이가 진정 가장 가난한 사람이다. 사람은 누구나 가장 가까운 사람으로부터 정확한 평가가 내려지고, 그것이 주변에 퍼져서 평판이 된다. 좋든 나쁘든 그런 이력이 평생 쌓여서 나 자신의 재무제표(대차대조표)가 된다.

그런데, 그 다음 마지막 행에서 화자는 '중천의 달'이 가득한 밤 오호五胡로 가고 싶다고 하였다. 이거 무슨 뚱딴지같은 이야긴가? 강호로 돌아가 은거하고 싶다는 이야기인데, 5호가 문제다. 고요한 강 빈 배는 달빛을 실어 5호로 가져가기 위한 수단일 뿐, 오호는 그가 그리고 있는 이상향이다. 5호와 관련된 고사 또한 중국에서 시작되었다. 중국 춘추시대 월나라 재상 범려范蠡가 오나라를 멸망시키고 돌아가던 길에 오호에 이르러 월왕 구천句踐을 피해 배를 타고 떠나 종적을 감춘 데서 유래한 말이다(『사기』 화식열전貨殖列傳). 그런데

5호가 우리에게 안식과 평화를 가져다주는 곳일까? 아무튼 시인은 사람 냄새 적은 곳에 은거하고 싶다는 막연한 염원을 '오호'라는 공간에 기탁한 것으로 볼 수 있겠다.

위대한 시인들의 사랑과 꽃과 시 ❶

인생, 어떻게 살 것인가?

지은이 | 서동인

펴낸이 | 최병식

펴낸날 | 2025년 1월 20일

펴낸곳 | 주류성출판사

주소 | 서울특별시 서초구 강남대로 435 주류성빌딩 15층

전화 | 02-3481-1024(대표전화) 팩스 | 02-3482-0656

홈페이지 | www.juluesung.co.kr

값 21,000원

잘못된 책은 교환해 드립니다.

ISBN 978-89-6246-548-8 04810

    978-89-6246-547-1 04810(세트)